辽宁文学

2022 辽宁文学小说卷

金方 主编

北方联合出版传媒（集团）股份有限公司
春风文艺出版社
·沈阳·

编委会主任：滕贞甫
编委会副主任：金　方　孙伦熙
　　　　　　　单英琪　孙金宏
编委会成员：姚宏越　雷　宇
　　　　　　邢东洋　刘　维

主　　　编：金　方
副　主　编：雷　宇
常务副主编：姚宏越
特约副主编：姜鸿琦

目录 Contents

| 短篇小说 |

梨花镇 ··· 段锡民 / 1

樱桃沟夕照 ··· 向忠阳 / 18

玉人歌 ··· 曲子清 / 41

小站昔年曾飘雪 ································· 杨　明 / 65

牛在天上飞 ··· 孙玉秀 / 83

小区广场 ··· 王军强 / 101

咱们工人有力量 ································· 英　木 / 114

卷毛和土豆 ··· 侯佳林 / 129

那时的爱情 ··· 胡　宝 / 140

交通助理 ··· 郑海涛 / 149

晓月与阿阳 ··· 栾　瑶 / 155

红果的爱情 …………………………… 张艳华 / 162

| 小 小 说 |

调　动 …………………………… 刘博纯 / 169

海　沫 …………………………… 西瓜猪 / 173

小姨顾顺 ………………………… 关璐斯 / 177

温　暖 …………………………… 关洪禄 / 182

蓝帽子，红帽子 ………………… 张宝义 / 186

二百美金 ………………………… 曲文学 / 190

最美那颗星 ……………………… 李　箪 / 194

生日离归 ………………………… 王　可 / 197

我欠老唐一支笔 ………………… 董玉涛 / 200

纪　念 …………………………… 蔡雨艳 / 203

回　家 …………………………… 吴　雪 / 206

| 附 |

2021年辽宁小说扫描 …………… 张维阳 / 208

短篇小说

梨 花 镇

◎ 段锡民

民国十九年冬,梨花古镇发生了一件大事:镇南的彩绘廊桥遭了火灾,桥面以上的木结构部件损毁了大半。

古镇的得名自然是因这里梨树多:河边、沟畔、山坡上都是梨园,就连家家房前屋后也满是梨树,有的老树已经上百岁了。可它能称为"镇",却因了另外三样东西:手工布鞋、梨膏糖和羊汤。这儿的手工业和牧业都很发达。镇中东西向三条街,中街是一条老商业街,青石板铺路,两边青砖青瓦房都是商铺,均为前店后作坊形式。商铺以鞋店和梨膏糖批发店为多。制鞋业起初均为缝制绣花鞋、千层底布鞋,后来赶时髦有了两家制作皮鞋的作坊。梨膏糖则取材于当地上好的秋梨,加上砂糖、蜂蜜及数味中药制作。两类物产均远销沈阳、赤峰、承德等地,镇上人多半从事这两个行当。牧业主要是养羊,吃了山上和老梨树下的青草,羊肥壮,肉鲜嫩。因了这个缘故,镇上最受欢迎的小吃是烧饼、羊汤,在热东辽西一带,"梨花镇羊汤"远近闻名。

梨花镇不仅古老,还难得地山明水秀,简直是一步一个风景。尤其是梨花盛开的仲春和梨子采摘的暮秋,更是红男绿女、游人如织。还有一个特别吸引游人的地儿,就是那座被火神光顾的桥。桥是北方很少见的廊桥，木方打造，飞檐斗拱，遍体涂着彩漆；南北两向的桥头各有一尊泥胎彩塑，乃是关公、观音这两位最近人间烟火的神祇。据老辈人说，该桥建于清同治年间，算得上是古迹了。

商贾和游客也成就了古镇的饮食业和娱乐业。前街上酒馆、饭铺、旅馆、大车店一家挨一家，还有一个戏台。后街则有麻将馆、赌坊，还有一家专营卖笑的所在，取个暧昧而有诗意的名字叫"红蕊院"。

第二年是辛未羊年，初春，镇公所募捐筹资修缮廊桥。镇里人口最多的秦姓家族的老族长沐浴焚香，捧出一紫檀木匣，匣子已传了几辈族长，里面珍藏着廊桥最初建造的图样资料。各个部件的一榫一卯、图样尺寸都标注得清清楚楚。镇里招募巧手工匠，依图样修缮、刷漆。老桥修旧如旧，面貌却焕然一新。只是，在重塑两尊彩塑时发生了争论，秦族长为首的老年人主张还是原样塑关公和观音。镇长是省城里读过洋学堂的新派人物，建议改塑两尊反映本镇民俗的雕像，为的是张扬本镇特色，提升古镇形象，招徕游客，发展旅游经济。几个年轻的镇里头面人物是镇长的忠实拥护者。后经过几番协商，镇长答应筹资修缮镇北山脚下已倾颓的观音庙，族长无奈做出让步，同意桥头遂镇长的意，树立民俗彩塑。

鉴于机会来之不易，也为保证塑像的高标准，镇长专门修书一封，给远在沈阳的老同学——某著名私立大学副校长祁慎思。请他帮忙延请高水平的专业美工来塑像，并承诺酬金一定优厚。

老同学还真够意思，信发出仅十数日，即有一个年轻人来找镇长。年轻人自称名为欧阳石奚，是副校长指派来塑像的。小伙子二十出头的年纪，黝黑光亮的及肩长发、长鬓角，左眼眉心有颗不甚明显的红痣，算得上俊俏风流、风度翩翩。镇长心里却存了疑问：看上去倒挺有画家范，只是太年轻了，行吗？

可他的疑虑很快就打消了。欧阳石奚微笑着递上了一封信，祁慎思写的。信里说：欧阳石奚虽然年轻，却是本大学最优秀的美术老师，尤擅雕塑。本校正门处矗立的主题雕塑《图强》深受全校师生的喜爱，沈阳古城中某著名雕塑亦出自其手，对其彩塑水平尽可放心；关于塑像具体事宜，完全按欧阳老师要求筹办即可；酬金不必支付，所有费用由本校负责，算是我本人一点心意和鄙大学对老同学公益事业的支持。

看过信，镇长喜笑颜开：欢迎欧阳老师，往后日子辛苦您了，你们校长我那老同学太客气了……咱先到客房休息，待会儿为您接风洗尘，屋子早就收拾干净了，就在镇公所住，方便，也安全。说着帮忙拎起欧阳老师带来的原色皮质双肩包。这一拎吃了一惊，双肩包足有四五十斤重，他不禁对欧阳石奚更增添了一分敬佩：这文质彬彬的老师还蛮有力气哟。

傍晚，镇长在本镇最有名的酒家"龙凤楼"摆酒，为欧阳石奚接风。陪客除了秦族长，还有镇高等小学堂的校长秦可名，以及鞋业行、梨膏糖行、餐饮服务行的头面人物。这几行统归商会节制，商会会长则由三行头面人物轮流坐庄，三年一换。

酒过三巡，接风宴就变成了恳谈会，镇长与几个陪客讨论起两尊彩塑的主题和具体设想，欧阳石奚微笑着倾听，不插话。宴饮即将结束时，镇长归纳了一下众人的意见：人像择选男女老少不拘，但塑像造型必须体现出梨花镇的几项特色元素，制鞋、秋梨、养羊业或名小吃——羊汤。待镇长说完，众人都把眼神转向了欧阳石奚。

欧阳石奚微笑着点头：好！没问题，但我也有两个条件，第一，为与当地民风民俗贴近，我要选一两位本镇居民做模特，哦，模特就是人样子啦；明天请找六个年轻人让我挑选一下，男女各三，要最优秀的。第二，彩塑的工棚要全封闭，我不用助手，完工之前任何人不能窥视，更不能干涉我的创作。

有清新的花香梨香熏陶，有明澈的梨花河水的滋养，梨花镇自不乏俊男美女。第二天镇长就带领六个俊俏年轻人供欧阳石奚选择。男子名字分别为秦俭、秦耕、孙广山，女子是秦玉蝶、郝金枝和秦春燕。欧阳石奚吩咐镇长带六人到门房等候，过一会儿按要求从门房依次走到院中的老梨树下，摆个造型并自报姓名，供他挑选。吩咐完他回客房搬了把椅子坐到了梨树下，然后举手示意镇长。第一个如模特"走秀"一样扭捏着走来的男子红着脸自报了家门：秦俭。秦俭折回门房，第二个男子秦耕出门依样走了过来。第三个男子是孙广山，四五六名依次是女子玉蝶、金枝和春燕。

六人都经过一番"走秀"回到门房，立刻叽叽喳喳地调笑嬉闹起来。镇长赶紧跑来老梨树下询问结果。欧阳石奚说：那个叫玉蝶的留下，其余的可以走了。

镇长有些为难地说：最好选一男一女，都塑成女像，有点——

欧阳石奚打断他的话：镇里还有更好的小伙子吗？

镇长摇头：这几个就是人尖子了。

欧阳石奚冷笑一声：那就没法子了，塑像不是搭屋垒院墙，是艺术，观赏艺术。

镇长不解，小心地问：您为啥选中了玉蝶？

正拎着椅子准备回客房的欧阳石奚回头说了两个字：气质。

镇长不甘心：我看金枝比玉蝶漂亮啊。

眼睛。

可春燕的眼睛更大嘛。

无神。

目送欧阳回房后，镇长心里还是有些不服气。他踱回门房对六个人说：来，我也过过当大画家的瘾，从我面前走一趟。

六个人忍着笑，又按原来顺序走了一遍。待最后一名女子春燕走过，镇长服了：不愧是搞艺术的，眼光真"毒"啊！

说起来，那玉蝶是秦可名的外孙女。秦可名原是私塾先生，镇上办起高等小学堂后又成了校长兼国文教员；玉蝶姥姥死得早，玉蝶妈是家里的独女，自小在私塾长大；玉蝶父亲是个木匠，也读过两年私塾，粗通文墨，因家穷招赘来秦家；玉蝶算是生长于书香世家。她自小聪颖，姥爷和母亲教的功课过耳不忘，什么《千字文》《幼学琼林》《诗经》之类的蒙学经典倒背如流。腹有诗书气自华，因而玉蝶的言行举止透出了一股说不出来的端庄典雅，于淳朴中透着灵性，幽静中蕴着激情。尤其是一双眼睛生得好，恰如秋水般清澈、明净。俗语说得好，不比不知道，一比较，落选的几个男孩眼神茫然，金枝的眼睛透着妖媚、轻佻，春燕的眼睛则透着肤浅、大而无神。镇长叹口气，挥挥手：玉蝶留下，你们几个回家吧。

虽然模特选好了，可欧阳石奚并不忙着画人像草图。他花了一天时间闲逛，游览了镇容，去了北山、梨花河，也去了几家商铺，画了好几张草图。中午他没回镇公所吃饭，到一家小饭铺吃了两张煎饼，喝了一碗豆腐脑和一碗羊杂汤。饭后还买了一双千层底布鞋，换下了脚上的皮鞋。

每天人来人往，外客云集，按说梨花镇居民也是阅人无数、见过世面的。可无奈街上走的、眼前过的，大多是追钱逐利的商贾贩夫、游山玩水的闲人庸辈，像欧阳石奚这样容貌俊秀、风流儒雅的年轻人还真少见。听说又是来塑桥头彩像的大画家，更是引来人们黏糊糊的目光。尤其是老树下、阴凉处结伙纳鞋底的大姑娘小媳妇们，或羞涩地偷瞄，或明目张胆地盯着欧阳石奚从头看到脚。待他走过，又三三两两地对着他的背影指指点点，笑他的长头发、女孩一样细腻的脸皮，笑他穿上布鞋走路的傻样。

第二天，欧阳石奚请镇长约来秦玉蝶，开始画彩塑画稿。

考虑到小镇风气毕竟不如沈阳开放，为避免有人说闲话让玉蝶难堪，欧阳石奚就把画室搬到了大梨树下，也允许玉蝶穿着一身薄衫薄裤。还请镇长亲自护驾，赶开那些前来看稀罕的闲人。来围观的多是女人，她们来看画像是假，看画师是真。

草图一天就画完了。可欧阳石奚重新仔细审视画稿，越看越不满意。于是第二天他早饭也没吃，就匆匆找到镇长，让他喊来了玉蝶重画。这次临摹描画过程很流畅。不到中午两张草图就画完了。

他凝视着画稿审视了片刻，抬头冲着玉蝶露出满意的微笑：好！成了，这回成了，谢谢你。说着他捡起头天画的那两张画稿，准备撕碎扔掉。玉蝶红着脸问：那，能给我吗？他点点头：收好，别给外人看。

　　镇长早已派人用木板条在廊桥两端桥头搭上了简易的工棚。欧阳提供了用材清单：木条、锯子、斧子、钉子、麻布、黏土、细细的河沙、苘麻剁成段的"麻刀"。其中木条标注了尺寸，钉子画了样，请铁匠铺专门打制。镇长接过单子，疑惑地问：就这些？欧阳石奚点头：就这些，其他的，我背来了。镇长笑了，他想到了那个沉重的双肩包：好，好！我马上准备，一客不烦二主，就让玉蝶跟着你，给你倒倒水嘛，缺啥短啥让她传话找我。

　　彩塑的工序倒也不复杂，先要按草图用木板木条钉成骨架，再取黏土、麻刀、细河沙混合后加水和泥，反复醒、摔、揉并抠捏出混入其中的杂质，使之成为匀净的胶泥，第三步是在木制的骨架上进行形体塑造，第四步是让塑成的坯胎在阴凉通风环境下阴干，第五步是用胶泥填缝、进一步雕塑细部，最后用砂纸打磨光滑，再着色描绘即完成了。

　　第二天起，欧阳石奚就早出晚归地在工棚里忙活，先乒乒乓乓地钉木架子，再大汗淋漓地和泥揉泥。手上是泥，衣服上溅满泥点子。玉蝶陪着他，隔一会儿就要擦一次脸。

　　泥和好饧透，开始往骨架上敷泥造型了。工棚有了神秘感，且开始上锁，不让闲杂人等靠近了。随着时间推移，就有人过来想一探究竟，几个闲汉更没事找事围着工棚转悠，可有镇长的严令，闲人也就断了窥视的心思。

　　到了即将成型的日子，欧阳板着脸对玉蝶说：自明天起，你也不要来了。玉蝶笑着说：我不来谁给你擦汗？他皱皱眉：我自己长着手。玉蝶委屈地嘟着嘴：反正我看过草图，就……欧阳石奚坚决地摇头：不行，眼下最不应该看的人就是你！玉蝶气呼呼地扭身走了：倔驴！

自此玉蝶只好闷在家里，可她的心已被"倔驴"牵住了。针线活不想做，做家务事也懒懒的。黑了天她就关上门点起蜡烛仔细看那两张草图。虽然草图只是简单的线条，可在玉蝶看来，还是形神俱佳的珍品。

桥北头的泥胎塑成型，等待阴干，欧阳石奚动手塑桥南头的泥胎，又允许玉蝶来帮忙了。几日未见，玉蝶有了如隔三秋之感，看欧阳石奚的眼神更加柔媚，说话声音也更加轻柔。可欧阳石奚忙着往骨架上敷泥，根本顾不上看她一眼。

临近成型，又给玉蝶放假了，玉蝶嘟着嘴瞪了欧阳石奚一眼，欧阳石奚歉意地笑了：这样吧，四天后这尊成型，桥北那尊也能完工了，你来，陪我去山上看看风景吧。

第四天玉蝶早早来到廊桥。欧阳石奚已站在桥头等她，今天他穿得很整洁，米黄色长裤、细蓝格白衬衣。看来桥北这尊彩塑雕得不错，他脸上洋溢着轻松并略带得意的笑容。玉蝶瞄了一眼工棚，门仍锁着。她调皮地说：我要看看。欧阳摇头。她一把抓住他右胳膊摇了摇，用撒娇的语气说：我就要看看嘛。他只好从衣兜里摸出钥匙。

从工棚中出来，玉蝶眼里噙着泪水：我……真有那么好看吗？欧阳石奚脸红了：是呀，你可比它还漂亮啊。

梨花已经开过，指甲盖大的梨子已挂上枝头，可梨花镇山上景色还是美得醉人。累了，两人坐在一块状似长凳的山石上，脚边是茵茵的绿草，草中绽出几朵紫红色镶白边的石竹花。欧阳石奚眼睛望着远方，轻声说：你这么聪明，又有国学底子，为啥不去上学，愿意的话，我给你联系沈阳女中。玉蝶大胆地挽过他的右臂：我，我想去沈阳，跟你学画画……欧阳习惯性地皱皱眉：不行！只能上女中。

农历初十日是黄道吉日，两尊彩塑选在这天的吉时——巳时揭幕。一大早工棚就拆除了，可塑像上已严严实实地遮盖上了红绸。

吃过早饭，欧阳石奚、镇长、秦族长、商会会长和几个头面人物来到桥头，后面跟着一大群人，都是听到消息赶来看稀罕的。

瞄了一眼太阳，镇长掏出衣袋里的怀表，咳嗽了一声：还有四分钟，准备！说完他并不把表放回去，在左手的掌心里咔嚓咔嚓响。围观的人都屏住呼吸，没人吭声。秦耕、孙广山两人赶忙划着火柴，点燃了捏在手里的剥去皮的秫秸梗，预备放鞭炮。

吉时已到！分针刚爬上表示"十二"的罗马数字，镇长就高喊一声。秦耕、孙广山两人立刻点燃了悬在长杆上的两挂鞭炮，鞭炮噼里啪啦震耳地响起，淡蓝色硝烟弥漫开来。

镇长迈步上前，右手发力，与欧阳石奚一起扯下红绸。众人情不自禁地轻"啊"了一声。

新彩塑并不像毁坏了的先前那两尊彩塑，只是关公、观音两位神祇"金身"坐像。眼前的彩塑人像后还衬着背景，呈现出完整的生活场景画面：一个妙龄少女坐在缀满秋梨的老树下，左手握着一只千层底布鞋的鞋底，右手攥着一把纳鞋底锥子，似乎在纳鞋底，眼睛却望向前方；少女穿着绣花鞋的脚边依偎着三只小羊。树干、树叶、梨子、羊和人都逼真极了。尤其是少女的一双眼睛：清澈的明眸，蕴含着对美好生活的无限憧憬，还暗含着一缕若有所思。人们都被震住了，一两分钟没人说话。直到欧阳石奚和镇长迈开大步走向桥南时，大伙才醒悟过来，呼啦啦地跟了上去。

桥南头的彩塑是一尊立像，一个姑娘手拈着一枝衬着绿叶的白瓣红蕊梨花，眼睛似乎在看梨花，又似乎在看着来往的路人。那是怎样的眼神哪，天真纯净，又略带一点羞涩和妩媚。姑娘脚下是一片绿茵茵的草和几株鲜艳欲滴的山花，花都是当地常见的品种，有红的山丹、石竹花，还有黄澄澄的猫眼草和蓝的桔梗花。姑娘脚上也是一双绣花鞋，但脚跟处隐在草丛里，脚尖处几朵绣花与真花和谐地融合在一起。

一两分钟的沉寂。秦族长先反应过来：啥啊，这啥啊。掉头走了。身后一个闲汉回了一句：啥？仙女呗！引来一片笑声。镇长满脸笑容抱拳对欧阳石奚拱了拱手：好，太好了！说完也走了。欧阳石奚终于露出笑容，追了上去。围观的人群却没走。欣赏了一会儿，赞叹了几句，就开始评头品足：像！简直像仙女下凡了。几个大姑娘小媳妇议论得最欢：像玉蝶，你看那脸蛋，头发……不像，眼窝要比玉蝶深一点，鼻子也更挺一点呢……这闺女脸上还有两个酒窝呢，玉蝶没有。

镇上人迅速认可了这两尊彩塑。因为忙第一时间没到现场的店主、伙计、家庭主妇们听到议论，咬咬牙丢下手里的活计也跑去看；小伙子有事没事去桥头转悠，一群烟花女也嘻嘻哈哈地结伴去了，闲汉们更是一天去看好几遍；就连掉头而去的秦族长也趁着早晨没人，溜达过来，重新欣赏了一番。来镇里做买卖的到桥头都会停车驻马，邻近十里八村的庄稼人听说了，好多人专程赶来看稀罕。

欧阳石奚工程完工本该回沈阳，可他贪恋梨花镇的美景，准备逗留几天。恰好，镇上商会及几个头面人物都下了请柬，为他庆功，每天一场晚宴，"莅临"完要五六天。于是，他乐得拉上玉蝶到郊外写生。

因了心情好，欧阳石奚给玉蝶讲了自己的身世：他的父亲是沈阳城里知名的画师，最擅长画寺庙宫宇等古建筑上的彩绘，母亲出身满族贵胄人家，虽已没落，毕竟是大户闺秀。父母恩爱，小石奚也聪颖懂事，三口之家本来和和美美。但没想到他七岁那年，父亲从脚手架上跌落身亡，母亲悲痛欲绝，编了个理由把他托付给舅舅，自己跳河追夫而去了。幸得舅舅视他为己出，供他读书，请沈阳有名的画家教他画画，这才有了做画家和大学教师的他，有了性子敏感并有点偏执的他。

说者很平静，听者心里却涌上了一股怜爱之情，本以为他是爹疼娘爱众人宠的，却没想到……玉蝶闪着泪花轻声说：好了，你以后就好了，会有更多人对你好的。

　　画了两天花草山水后，玉蝶红着脸主动提出给欧阳石奚做模特，画人体。先是在河边、山脚、桥头，自然都是穿着衣服的。最后在北山山坡玉蝶自家梨园里，在一个风和日丽的上午，玉蝶勇敢地脱掉衣裙做了裸模。缎子一样光滑、雪一样白的身子就赤裸裸展示在画家面前。梨园里静悄悄的，静得能听见蝴蝶翩跹、蜜蜂振翅的声音，连绿草和野花都停止了摆动。欧阳石奚却觉得一股创作激情在身体里荡漾，手里的画笔也如小河流水般顺畅，不到半个时辰就画好了一纸素描。这是我画得最好的一幅人体。他说着摘下挂在梨树杈丫上的衣服披到了玉蝶身上。玉蝶却伸出胳膊，一下子环住了欧阳石奚的脖子。刚披上的衣服又倏地滑到了脚下。身边的美景催情，眼前的可人悦目，郎情妾意，两个年轻人未能按捺得住感情，红唇就有了亲密的接触，接着火热的身子也融为一体。

　　晌午过了，两人才下山。玉蝶说我饿了，两人就相跟着走进了一家羊汤馆，要了两碗羊杂汤、两张煎饼。老板响亮地答应一声，工夫不大就端来两只白底蓝边的大碗。碗里盛满了乳白色的羊汤，接着端上一个小碟，里面摆着两张卷成圆筒形的高粱米面煎饼。羊汤里撒上红艳艳的辣椒面，绿蓁蓁的芫荽，点上几滴老陈醋，让人食欲大增。店主显然是加了分量，碗里的羊肉、肚丝是邻桌餐客的两倍。玉蝶悄悄递给欧阳一个暧昧的眼神：多吃点，补补身子。

　　吃完，玉蝶掏出铜板付账。老板赶忙推开她的手：一个仙女，一个才子，别说一顿，你俩若肯赏光在我小店吃一年，我也只念阿弥陀佛，不会收一文钱的。

　　镇长的送行宴为欧阳石奚梨花镇之行画了句号，明天他就要回沈阳了。这天下午，玉蝶支走了家人，在闺房里与情人做了一次酣畅淋漓的缠绵。缠绵过后，玉蝶抚着欧阳石奚眉心的红痣，眼泪涌上眼眶：别忘了我……欧阳石奚捏了她耳朵一下：仙女还会哭哇？别担心，暑假后我们在沈阳见面，再也不分开了。玉蝶父母已经同意送她到沈阳女中读书了。

事实证明镇长的大胆求新，改塑民俗彩塑是成功的。有了两尊栩栩如生的彩塑，古镇的名声更响，来游玩的游客骤增，连带着店铺生意也更加兴旺，店主们都捂着鼓鼓的钱褡子咧开大嘴笑了。

转眼两个多月过去，树上的秋梨已经长到鸡蛋大小。此前大约是欧阳石奚走后三周，玉蝶接到他一封来信。除了浪漫的情话外，他在信中谈了两件事：第一件是已跟沈阳的女中联系好，暑假后即可接她去读书；第二件事是说他准备到北平去拜名师学艺。

这几天，玉蝶茶饭不思，头晕，还呕吐了两次。联系到上个月该来的"事儿"没来，她惊恐地感觉，恐怕是"珠胎暗结"了。于是赶紧红着脸跟母亲做了坦白，母亲顾不上责怪埋怨，急火火地带着她去了镇上的"百草堂"。

喜脉，恭喜了。老中医微笑着道喜，可他的脸色转眼就变成了疑惑。玉蝶妈忙递过诊金：此事请不必张扬。老中医忙点头：当然，知道，知道。

可纸包不住火，镇里人很快就知道玉蝶"有了"，而且很自然地猜到是谁让她"有了"。好在因古镇商业发达、得风气之先的缘故，乡风开明，没人乱嚼舌头说三道四。且因她怀的是沈阳风流俊俏画家的孩子，有些姑娘少妇甚至有点嫉妒她。某日，一群妇女聚在"百草堂"店前老梨树下边纳鞋底边谈天，说到玉蝶的未婚先孕，牵连出才子欧阳石奚，一个泼辣的小媳妇竟肆无忌惮地嚷了一嗓子：嘻嘻，我要能跟他好上一回，倒贴都干。另一个忙接腔：我要能给他生个儿子，死了也值。两人的话招来了一连声的"不害臊""真骚"的戏骂，接着是一片叽叽嘎嘎的笑声。

从药铺回来当天晚上，玉蝶就给欧阳石奚写了一封信，第二天托邮差寄走了。

半个月过去了，沈阳的回信还没来，可沈阳出事的消息却在古镇传播开了，讯息是贩梨膏糖的商人带来的：农历八月初七，日本人攻击了北大营，紧接着占了整个沈阳。

玉蝶急了，抹下脸到镇公所找到镇长，托他给校长同学写信，打探欧阳石奚的消息。镇长当她面写了信，托邮差寄走。可镇长的信也如石沉大海般没有了回音。这期间玉蝶家开了个家庭会议，商量孩子的去留，玉蝶爹低头叹口气：干脆到药铺弄点药吧。可见玉蝶坚定地摇头，玉蝶妈点点头说：算了，生下来吧，欧阳那孩子我看是靠得住的。

转眼春节过了，元宵节也过了。这天玉蝶正挺着大肚子做小孩衣服。镇长登门，带来了老同学祁慎思的来信。

信是辗转从北平寄来的，信中详述了学校的遭遇和欧阳石奚失踪的情况。沈阳城里祁慎思和欧阳石奚供职的大学校园，已被日军占领做了飞机场，原大学师生辗转撤退到了北平。欧阳石奚却没跟大家一起走。当日，日军冲进大学，第一件事就是捣毁了校门口标志性建筑"图强"雕塑，因为它宣扬的是振兴中华驱逐列强的精神。当时几乎全校师生都聚在现场。当几个日本兵疯狗一样扑向雕塑时，欧阳石奚一个箭步冲上去跟他们理论：艺术是世界的，艺术无罪！可日军一点也不艺术，一个高个子日本兵冷笑着不客气地挥起枪托，重重地杵到欧阳老师的脑袋上。欧阳石奚的头立刻迸出鲜血，昏死过去。师生们七手八脚地把欧阳送到了附近的医院。两天后，祁副校长去病房看他，欧阳老师头上缠满纱布，人已经醒了。祁校长告诉他学校将迁往北平，说你如果身体不行，可待十天半月康复后再动身归校。欧阳石奚木然地摇头。祁校长叹口气：北平很快也会不太平了，学校早想派个人去法兰西进修美术，我会为你争取这个机会。欧阳石奚摇着头只说了一句话：如今中国，最好的画笔也不如一把最钝的刺刀！隔天校长再去医院，欧阳石奚已经不知去向。同事们都猜测说他多半已投笔从戎，参加了抗日队伍，但谁也没有确切消息。

第二年梨花绽蕊时节，玉蝶临盆分娩，产下一个眉清目秀的儿子。当胎毛黝黑的小脑袋拱进胸前吸吮起奶头时，玉蝶的心里充溢着坚定和豪情：即使千辛万苦，我也要把他养大、让他成才。玉蝶的姥爷给孩子取名秦思远。

1933年，小思远刚过周岁生日。日军就占领了热河，一小队日本兵来到了梨花镇。镇长弃职去了北平。此时秦姓老族长也已经作古，他的儿子新族长秦郁林不堪压力，出任了维持会会长。随着日军一起来的还有"大满号"。这一有日本军方背景和伪满政府后台的商号迅速垄断了梨花镇的几个当家的行业。

自小思远出生就有人来给玉蝶提亲。当地把改嫁叫迈门槛，媒人巧嘴如花：你呀，连迈门槛都算不上，跟那个冤家有三媒六证吗，拜天地、摆喜酒了吗？只要你松口，再好的主儿也能找到，谁让你是仙女呢。后来连姥爷和父母也动心了。可玉蝶坚决地摇头：我要等他，十年二十年都等，不得到欧阳石奚的准信，我绝不迈门槛。

欧阳石奚回沈阳时，只带走了两张画稿，包括两人定情那天的裸体素描，其余的都留给了玉蝶。每到夜深人静，她都会拿出那些画稿翻看。也经常到两人定情的自家梨园痴痴地坐上半晌，望着天上飘浮的白云轻声低语：冤家你在哪儿啊？

夏日的一天，突然有几个身穿黑色警服的男人闯进了玉蝶家。陪同他们前来的秦郁林介绍：为首的黑大个叫马占坡，是县里的警察署署长。他慕玉蝶美名而来提亲，想纳玉蝶为三姨太。秦郁林绽开谄媚的笑：署长是皇军面前的红人，县城西街跺跺脚，东街都跟着颤悠，妹子，这可是打着灯笼也难找的好事呀。玉蝶沉下脸：我不嫁人，嫁人也不会嫁给他！马占坡脸唰地黑下来，刚想张嘴，玉蝶姥爷从屋里出来了。他现任镇上国民优级学校校长，也是地方的名宿，马占坡只得把已到唇边的脏话咽了回去，换成笑脸说：秦老先生，我是真心的，您外孙女，我……我明媒正娶。秦可名平静地说：我们小百姓，不想攀什么高枝，各位请回吧。这时马占坡身边的小个子警佐忍不住了：切！一偷人的贱货，还拿把，署长，咱找啥样的没有，何必给那臭小子"刷锅"呀？马占坡脸上再也挂不住了：臭娘们儿，不识抬举！悻悻地走了。

这天晚上，原镇长的叔父来串门，进屋就很神秘地从衣兜摸出一封信：侄子从北平邮来的，有句话提到玉蝶。大意是欧阳托人转话给祁慎思，"我已以身许国，请玉蝶另择佳偶"；因几番辗转传信，有关欧阳石奚其他情况一概不知，连个地址都没有，这样也好，省得他的敏感身份给玉蝶一家带来麻烦。

初听到"以身许国"这话，玉蝶心里咯噔一下，脸色变得煞白，可听了后边的解释，她的心宽慰了许多：至少证明人还活着。

自从接到北平来的口信，玉蝶心里踏实多了，她时常抚着儿子脑袋想：王宝钏能苦守寒窑十八载，我为啥不能，何况我还有个聪明懂事的儿子呢。

小思远如今是家里的宝贝。四个大人都宠着他，教他儿歌、诗词，每天晚饭后，他都会咿咿呀呀地表演一番。有一天，他竟从箱子里翻找出妈妈珍藏的画稿，一下子就喜欢上了，小手攥着不放。玉蝶无奈，只好抱他去街上买来了铅笔和画纸，让他按着爹爹的画稿临摹、涂鸦。

岁月如白驹过隙，转眼十几年过去了。这期间正是华夏神州山河破碎、风雨飘摇的乱世。梨花镇也变得千疮百孔、满目萧条。日伪政权和"大满号"拼命压榨百姓的血汗。后来战事吃紧，物资匮乏，捐税日重。捐钱捐粮，发展到捐献破铜烂铁，羊毛猪鬃。"大满号"还半引诱半强迫村民种植起罂粟，十里八村的大片良田里都是妖艳的罂粟花。

玉蝶家里也发生了巨大变化。先是警察署署长蓄意报复，指使狗腿子抓玉蝶父亲当了劳工；接着姥爷因不满镇国民优级学校的奴化教育，愤而辞职，不久就死去了。母亲伤心过度也丧失了劳动能力。好在玉蝶手巧，鞋做得精致，鞋上的花绣得鲜艳欲滴，深受大姑娘小媳妇的喜爱，十里八村的新嫁娘陪嫁包袱里都会有一双"仙女鞋"。专营玉蝶绣花鞋的店铺都会在显著位置为"仙女鞋"单列专柜。她的鞋价钱是普通鞋的两倍，全家靠玉蝶的一双手维持着半饥不饱的生活。

另一项收入来自家里梨园的秋梨。生活最困难的那两年，有人劝玉蝶把梨园子卖掉，可玉蝶咬咬牙：不卖！

思远已长成玉树临风的大小伙子，人们都说他比父亲还俊俏风流。他先在姥爷辅导下学习蒙学经典，五岁就到镇上国民优级学校读书。尽管在班里个头最小，可他门门课程都优秀，尤其是美术更佳。也许来自父亲基因的遗传，也许是自小涂鸦和画稿临摹的熏陶，画啥像啥，赢得了"神童"的美名。在他十一岁那年，学校来了一位美术大家，是热河省城来的，因迷恋梨花镇风景甘愿到古镇应聘。到校当天，他一眼就相中了秦思远。免费收他为"徒"，悉心辅导他整整两年，直到国民优级学校因抗战胜利而解散。

民国三十四年末，民主联军挺进热河、东北，在梨花镇一带地区成立了冀热辽军区热东军分区，开始了与国民党军队和地方土匪的拉锯战。逐渐地，热东军分区部队占了上风，梨花镇的天也成了"晴朗的天"。

可战事并未平息。热东一带历来多匪患，土匪绺子与国民党军勾结，跟民主政权叫板。某日，县大队追歼一股流窜的土匪，恰好经过梨花镇，土匪惊惶之中，蹿上了彩塑廊桥，拉响了集束手榴弹，想炸桥截断追兵。可百年老桥很结实，只炸坏几块桥板，两段栏杆。匪徒被全歼，可惜的是两尊彩塑已被炸得面目全非。

民国三十八年，也就是1949年，以原高等小学堂为基础，人民政府在梨花镇创办了热东中学。刚满十七岁的秦思远被聘为中学美术教师。

雨过天晴。玉蝶已硬冷的心又长了草：天下太平了，说不定哪天，欧阳石奚就会活生生地站到自己面前的，也许明天，也许后天……

秋天，镇政府筹资重修了廊桥。毁坏的栏杆、桥板好办，村里木匠只用了几天就修补好了，新刷了漆。桥身焕然一新了，可桥头的彩塑无法复原，人们纷纷找镇党委书记抱怨，要求延请名家重塑。

书记经过慎重考虑，请来了秦思远。书记说，百废待兴，镇里资金不充裕，请外地名家塑像眼下办不到。你能不能把这个活接下来？秦思远沉思片刻点头：行，可我学校有课，只能业余时间干，用时可能长一点。书记满脸绽笑：那没问题，塑像的要求嘛，我跟镇里干部碰头了，还是要反映本镇特色，但如今人民当家做主了，要塑造劳动人民形象。

第二天起，秦思远就在南北桥头搭起了工棚，像当年父亲一样在里面忙活。母亲玉蝶有空闲也会来帮忙，给儿子擦汗、倒水。看着儿子忙碌的场景，她不由自主地想起了十八年前那些刻骨铭心的场景，一股喜一股涩在心中交替涌动：儿子有出息了，可儿子的爹呢……

伴随着共和国开国大典喜讯传来，梨花镇的廊桥彩塑也隆重揭幕了。书记和镇里的干部都来了，后面是黑压压一片看稀罕的人群。

塑像上的麻布揭开，如十八年前一样，人们都不由自主地惊讶地"啊"了一声。

桥南的塑像主体是一位身穿蓝底白花粗布衣衫的少妇。她右胳膊挎着一只荆条大筐，里面盛满黄澄澄的秋梨，左手牵着一个小孩，大人小孩都上身前倾，有强烈的动感，似乎在匆匆地赶路。少妇似有些疲惫，一双望向远方的眼睛却是那样的清明澄澈，透着坚忍和刚毅。

桥北的塑像主体是一位少妇坐在缀满梨花的树下纳鞋底，她身着合体的粗布衣，身后摞着一摞布鞋，身边一个小孩坐在小板凳上读书，脚前是一只小羊跪着吃奶，大羊半扭头看着小羊，妇人望向孩子的眼里和大羊眼里都闪烁着同一种光亮：深深的慈爱。

梨花镇廊桥彩塑再一次引来了人们的关注。

彩塑揭幕后第五日，时近中午，一位穿着解放军军服的中年男子匆匆走上了廊桥。他看上去风尘仆仆，似走了很远的路，近看脸上有一道刀痕。男子在两尊彩塑前均停留很久，默默地凝视着塑像。最后他竟在来往人群注目下，扑通跪倒在桥南那尊塑像前，捂住脸颊，大颗的眼泪从指缝溢出，滴到桥板上。

男人捂脸用的是左手，军衣右臂的袖管空荡荡地在风里飘荡着。

他左眼眉心里有颗红痣。

樱桃沟夕照

◎向忠阳

一

在辽西以西的某块丘陵上，有一条沟叫樱桃沟。它先是歪歪扭扭地在川州境内延绵了近十里地，然后擦着大黑山北侧的山裙，往内蒙古方向伸展而去了。跟着樱桃沟歪歪扭扭地忽左忽右纠缠在一起的，还有一条标号101的国道，也是往内蒙古方向伸展而去了。

因有101国道在，樱桃沟交通还算便利，却不是很富裕。山不是很高，沟却很深。二十世纪五六十年代国家号召植树造林，谁造林，谁拥有林地。当地的煤矿企业就把林造进了大山沟里，起先引进的是樱桃树，但林造起来了，树却没活几棵，后来又造了油松和刺槐林，才形成了山林，樱桃沟的名字却保留下来。如今沟两旁是半坡子地，再往上就是油松、樟子松、刺槐的山林，间或有果树园子。稍平缓处，散落着农家小院。新世纪后，农村的实住人口不断减少，说是有百户人家，但实际住户也就六七十户了。

杨九海家住在樱桃沟中部，从地理位置上是来说是整个樱桃沟村民组的中心地带。杨九海在矿山退休，退休前是井下八级工，每月退休金三千多块钱，在整个樱桃沟来说，还是比较殷实的。坐北朝南五间正房，西侧有三间厢房，东侧有马圈和猪圈，房前是菜地和水井，房后是果树园子，典型的辽西农家院。

六年前的腊月初八，杨九海七十四岁生日，整个院子里也是叽叽喳喳，热闹非凡。远处山坡上一个放羊汉抱着鞭子在唱歌，身边一群牛、羊啃食秸秆、干草。他故意大声唱歌，身子对准杨九海的院子，音色谈不到优美，但声音响亮，穿过山洼、耕地、村口，断断续续传到杨九海的院子里。杨九海院子里几个二十多岁的年轻女子在扎堆嬉笑，几个五六岁的孩子在一块冰上打冰欻，间歇望向山坡，山坡上的人仿佛心有灵犀似的，又扯着嗓子拼命把歌声送到她们耳旁。年轻女子们是杨九海孙子辈，小孩子们是杨九海的重孙子辈。正房的一铺大炕上，从炕头到炕梢挤满了人，炕头一桌麻将，全是中年女性，是杨九海的儿媳妇和闺女们，除了打麻将的四个人，还有围桌扒眼的，炕梢两伙摔扑克的也吵吵嚷嚷，是杨九海的儿子和孙子们组成的牌局。

这是杨九海老伴去世后孩子们给他过的第一个生日。杨九海有四个儿子，两个女儿，本来孩子们要大办的，但被杨九海拒绝了，说自己家人一起吃顿饭就好，但即使是这样，也有二三十口子人。大儿子、二儿子都在本村住，三儿子是家里唯一供出的学生，科班中专毕业，现在在市里也是某个局的副局级干部了，在兄弟姐妹中有发言权。四儿子接班在矿山上班，这会儿正赶上矿上破产重组，买断了工龄，自己做了点小买卖。两个女儿都嫁到了城里，一个在川州，一个在柳城。

现在，杨九海在炕中间坐着，陪他坐的是自己的三儿子。他笑容满面，一会儿向左看看麻将局，一会儿往右看看扑克局，一会儿同老三有一搭无一搭地说着话。

"矿山关闭了，洗煤楼都扒了。"三儿子跟老爷子说。

"不是民营了吗？"

"民营也赔钱，就关了。"

"真想不到，那么大的矿务局，说黄就黄了。"杨九海不禁有些感叹。

临近中午，有的孩子开始到厨房找各种吃的，但炕头炕梢的牌局还没有散的意思。每年聚会，这个时候儿媳妇们早就开始动手做饭了，这天却没有人动。杨九海心里明白是怎么回事，但他不言语。

问题都出在"钱"上。退休后，老杨退休金不少，在农村菜、肉、蛋都不用现钱，所以老杨的钱就是儿女们的钱，谁家有用得着的地方，老杨看在眼里，就会帮帮忙，但这忙必定是不均衡的，便引起了很多家庭纠葛。所以老杨后来想了一个办法，总共八个孙子辈，每人每月充一百元话费，由三儿子以红包形式办，并且对儿女们公开这一项。其余有就暗中帮些，没有就可以不帮，孩子们也说不出什么，其实暗地里帮得最多的就是屯子里住的老大和老二。因为其他人条件还好些，即使时代发展到了新世纪，城乡的差别还是巨大的。所以得到帮助最大的家庭，在聚会时，家务活也干得最多。但自从老伴去世后，杨九海就把公开的电话费一项免除了，暗地的帮助也渐渐舍去。大家明着不敢说，背地里却相互通着气，老爷子这么做的目的只有一个，要找后老伴。虽然各种局都在如火如荼地赶着，但各人心中都有这个疑问，想借今天这个生日宴讨个究竟。

老三自然也知道是怎么一回事，因为他是话费的执行者。他不直接招呼大嫂二嫂，而是招呼自己的媳妇。

"玉殊，先别打了，下来帮把手做饭。"

虽然不情愿，但丈夫发话了，还是要给面子，玉殊下了地开始到厨房做饭。二三十口子人，最少三张桌，两个人忙了一会儿，几个儿媳妇和大小姑姐也过来帮忙做饭。

三个大桌，男人们一桌，女人们一桌，小孩们一桌。然后是祝爸爸生日快乐、祝爷爷生日快乐、祝姥爷生日快乐、祝太爷生日快乐、祝太姥爷生日快乐的贺词。

杨九海全程笑容满面，而大家所期待的答案却没有在酒桌上得到。

酒席撤掉后，三儿子还是在父亲授意下，召开了一个简短的家庭会议，没有外姓人参加，只有四儿两女参加，主要议题是父亲年岁大了，但感觉身体还可以，需要有个人做伴，也减轻点儿女们的压力，希望儿女们给予理解和支持。三儿子最后总结说："满堂儿女不如半路夫妻，爸，你怎么做都合适，我们支持你。"

喧嚣了整个白天的院子终于沉静下来了，连屯子也都静悄悄的了。杨九海一个人把门楼灯、厢房灯、大门灯、北屋灯、厨房灯、南屋大灯一一关闭，最后只剩下南屋的一个小炕灯，自己和衣坐到炕里。

矿务局破产了，重组了，选煤厂黄了，冠山矿关闭了。尽管杨九海已经退休多年，但他依然关注着矿山，这些消息不断通过各种渠道传到他这里。他翻看儿子白天传到他手机上的一段视频。是记录洗煤楼拆扒的画面，当看到一个大游锤呼啸着砸向洗煤楼时，便感觉这一百多年的老矿山也就此玩完了。

矿山、千米竖井、巷道曾经是杨九海奋斗过的地方。年轻时，他也曾是"全国煤矿十面红旗掘进队"的主力队员。那里曾经泼洒过他的汗水、血水和泪水，也曾经有过荣耀、尊严、快乐。他对矿山是感恩的，是矿山给了他福泽，这福泽一直延绵至今，每个月有固定的工资，有病百分之九十五报销，有固定的医疗保险，收入在整个屯子都能排进前列，在同年龄段的老头儿中更是绝对第一。但多年的井下工作，也给自己的身体带来了一定的麻烦。

连续几年"硅肺病鉴定"，杨九海都没有鉴定上。他的心情是复杂的。一方面希望鉴定上，每个月会多开不少的钱；一方面他还不希望自己鉴定上，那就说明自己的肺病还没到那个程度。

除了不可逆转的职业病之外，杨九海自认为身体还是健康的。多年的体力劳动造就了强壮的体魄。即使退休，他也没有停止体力劳动，近几年年岁大了，在劳动强度上才有所递减。老伴有病后，他把主要精力转移到伺候老伴上，可是尽管他很努力很精心，老伴还是离他而去了。他知道这是多年的家庭辛苦劳作造成的，他还知道老伴跟着自己确实没享多少福，年轻时自己在矿上出大力流大汗，目的就想多挣点钱。老伴在农村一个人带六个娃，生活磕磕绊绊，跌跌撞撞，着实不易。

老伴去世后，杨九海选择继续一个人在农村生活，尽管经济条件允许他在城里生活，但他过不惯，他也不想拖累儿女。他有自己的想法。虽然已经七十四岁了，身体还很硬朗。和杨九海想法一致的，还有负责乡村婚介的一帮媒婆。他的优势是有较高的退休工资和待遇，以及相对强壮的身体。他的劣势是年龄稍微大点。但他不知道的是，他的这个劣势在媒婆的嘴里，有时候还成了优势。

当他明白这个劣势转化成优势的时候。杨九海终于有了信心。

二

四十多年前，赵瑞芳和韩媛媛前后脚嫁进了离樱桃沟不远的一个小村子。赵瑞芳和韩媛媛亲近，这一亲近，从赵瑞芳嫁到山沟沟就开始了。那年，赵瑞芳还是新媳妇，基本整个村庄的人都来祝贺婚礼，但只有一个人亲切地叫自己芳芳，赵瑞芳一下子就记住了这个人。这个人就是韩媛媛。多年来，岁月把小媳妇变成了老太太，每当日子苦闷的时候，她就会去找她的媛媛姐，有时就为了听她的媛媛姐喊自己一声芳芳，自己觉得生活又有了奔头。作为回报，她也称呼对方媛媛姐。一个称呼，竟使得岁月有了温情，多年后，她俩又前后脚成了寡妇。

因为村子傍着矿山，和矿上的生活也息息相关。村子里在矿山上班的，临时的、固定的都有，无论哪一种，只要每月有工资，日子就好过多了，年岁大的正式矿工退休后依然在村上生活，生活依然要好一些。倘若失去了老伴，那么这个老矿工就会成为"香饽饽"。

与丧偶的老矿工结婚，如果再正式办理结婚手续，不但生活有了基本保障，倘若老矿工去世，矿上会给家属开一份工资"遗属费"。这笔费用，会成为农村老太太最后生活的一个大保障。与矿山相邻的十里八村，有这样的例子，所以也就催生了这样一个半职业半业余的老年婚姻媒介，李彩琴就是这样一个媒介人。

李彩琴五十多岁，十多年前，偶然给人说合成几件婚事，后来找她牵线搭桥的人就多了起来，她干脆就把这个当成了一个半职业。现在有了网络后，她已经同城里的几家中介所形成了资源共享，介绍保姆、联系工作、介绍婚姻、房屋买卖，项目也很多，收费也是明码标价。

李彩琴这人很会摆道理，也很会抓机遇。一旦有老矿工成了鳏夫，就会有上门的服务。杨九海虽被李彩琴夸得像花一样，但他没有飘，他提出了三个条件：首先要干净利落，不要邋邋遢遢的；其次要通情达理，能够处理好和儿女的关系；最后是经济上自己说了算。

他本想说最好是年轻漂亮点的，有点文化的，看着李彩琴的笑有些深了，便止住了口，说就这三点吧，总之，人我相中了算。

李彩琴向他推荐了附近村子里他能知道的一些寡妇，其中就包括赵瑞芳和韩媛媛。当然推荐的时候，李彩琴不会说是赵瑞芳和韩媛媛，而是说前村那谁谁，还有那谁谁都没了丈夫。

杨九海还是红着脸说出了心里的话："最好是年纪轻点的，相貌好点的，有点文化更好。"听到这里，李彩琴心里有了数，这些人中，赵瑞芳最年轻，相貌也最好，但有文化的是韩媛媛。

当听说杨九海的三个条件后，赵瑞芳撇着嘴说："老流氓吧，经济上还要说了算，呸！做他的春秋大梦吧，我可不图他的生活费、遗属费。"

韩媛媛则说："可以答应他的三个条件，但我也有三个条件：一要正式登记结婚；二要到年底给我一些钱，因为我有晚辈，过年要有压岁钱；三要冬天去城里过，樱桃沟太冷。"杨九海爽块地答应了韩媛媛的条件，说第一年年底给一千元钱，第二年给两千元钱，第三年给三千元钱，逐年递增。

韩媛媛得到回复后还是很满意的，她知道条件不能再高了，但还是有些害怕。

李彩琴给双方的建议很时尚，也很实际，都这么大年龄了，儿女都一大帮，谁也不是黄花大闺女，谁也不是嘎嘎新的小伙子，试着过一阵，行就一起过，正式办理结婚登记，不行就散，别说吃亏占便宜的话，也不怕人说三道四。

韩媛媛的担心很快就消失了，杨九海虽然年龄大，但身体很健康，不仅会侍弄菜园子，还会劈柴、烧饭，饭菜还非常可口。夜里的时候，还很温柔，会考虑自己的感受，使自己的拘谨得到舒缓。韩媛媛觉得重新活了过来。

杨九海对韩媛媛说："我们都这年龄了，不种地了，工资够开销了，平时收拾收拾菜园子，养点鸡呀、猪哇，溜点猫哇、狗哇就可以了。"韩媛媛持家是把好手，把屋子收拾得干干净净。又淘了两个猪崽子，十多只鸡，两个人年龄加起来一百三十多岁了，日子过得却是有声有色，有模有样。两个人都非常满意。没出一个月，就办理了正式结婚登记。

韩媛媛是初中毕业，在樱桃沟村里是算是比较有文化的，结婚后曾在村小学当过民办教师。她珍惜这份工作，还自学了一些卫生护理知识，在村小学还担任临时的校医。本来如果一直干下去，是有机会转为正式教师的，怎奈男人在三十多岁的时候去外地打工时摔坏了腰线,直接坐轮椅不能下地干活了。虽然也得到了补偿金,但那时三个孩子都不大,为了照顾男人,照顾家,韩媛媛只能辞掉了工作。男人坐轮椅还可以干点活的,但五十岁那年去地里收苞米,轮椅又一次掉进了大沟,命是捡回来了,这回是彻底瘫痪了。幸亏韩媛媛伺候得好,在床上缠绵了七八年,孩子们也都纷纷成家了,他也撒手人寰了。

人们说,韩媛媛是个要强的人,只是命运太不济了。

这次跟杨九海的婚姻,让韩媛媛觉得苦尽甘来。尽管屯子里有很多种说法,但韩媛媛听而不闻,专心过自己的日子。她觉得这一生对得起前夫和孩子们,孩子们都住在农村,条件都一般,她也帮不上太多的忙。各人过各人的日子吧,在那么艰苦的家庭中,把孩子们都安排成家了,她觉得尽力了,她也不让自己的孩子们轻易来看她,不想让杨九海瞧不上自己。韩媛媛再婚时,赵瑞芳给了一个大红包。两个人年轻时各自被生活压迫着,交往不多,这时却像闺密一样经常黏在一起。

三

赵瑞芳的经济条件还不错,丈夫病故后,留下了十多头牛,每年靠养牛卖牛,就可以有稳定的收入,只不过每天把身子拴住了。三个女儿都成了家,有两个还嫁到了城里。两个嫁到城里的女儿经常建议她把牛卖了,到城里去住,但赵瑞芳舍不得牛,觉得自己还干得动,干得好。年轻时,赵瑞芳长得好,人也开朗,嫁过来后,就成了村里闲汉子们追捧玩笑的对象,偏偏丈夫小心眼,过了若干年,也没有个男娃,又成了夫家的心病。丈夫急眼就打人,是那种揭皮剥衣地打,赵瑞芳哭过、跑过、闹过,甚至寻死觅活过,终究抵不过生活,喝酒、打人、赌钱的丈夫病故后,这段婚姻,除了三个可心的女儿外,给她带来的更多是伤痛,不是幸福。

韩媛媛结婚后，赵瑞芳的心也活泛了。觉得自己也可以有更加幸福的生活。但她不想嫁给年龄大的老矿工，她不差钱，只想找个知冷知热、健健康康的老伴，关键是年龄要相当，不指望对方养自己老，经济条件不比自己差就好。但哪儿有那么合适的六十多岁的单身老头儿哟。

李彩琴倒是很热心。向她介绍了几个丧偶的老矿工，她只去看了一个，那人也已经七十有余，身体却是不怎么样，一眼看上去就是风烛残年之人，便就断了找老矿工的心。再介绍，她就一口回绝了。李彩琴问她找什么样的，如果再不打算，几年的光景就到六十四五岁，可就不好找了。她回答，伺候大半辈子人了，不去遭罪，宁可不找。李彩琴说："乡敬老院有个做饭的老光棍，不到六十岁，身体还硬朗，你要想嫁他，我给你俩往一起攒攒。"她回答说那就更不用了。

这天，牛被村子里的放牛倌统一赶上山后，赵瑞芳没事，就到韩媛媛家来串门，姐妹俩聊天聊得热乎。杨九海就和面，说中午别走了，冰箱有孩子们送来的羊肉，包羊肉馅饺子。赵瑞芳客气了一下，三个人就开始包饺子。热腾腾的饺子上了桌，杨九海还给姐妹俩一人满了一杯酒，两口子把赵瑞芳让到了炕里，一边一个陪着，虽然三个人年龄加起来快二百岁了，但画面温馨而祥和。

赵瑞芳平时不喝酒，此时内心激动，不知不觉就把一杯酒喝了。三个人也不深喝，一杯即止。两口子还要多留赵瑞芳，但赵瑞芳说好久不喝酒了，头有点晕，回家歇着了，你们也歇吧。

她回到家，还不想马上睡觉，想借着酒劲干点活。看到牛棚上面的石棉瓦多日来被大风吹得移了位，就想上去整理一下，平时不整理是因为觉得太费劲，这时候觉得自己有些力量。搬梯子，爬了上去，整理了几块石棉瓦，额头就上汗了，抬起身子往远处看，时节是初春，种地还远未开始，午后的阳光很足，也没什么风，远远看到自家的牛和村落里的牛在北山半坡子地悠闲吃剩在地里的秸秆，放牛的和牛一样悠闲。从身影轮廓看，今天轮班放牛的应当是许文。许文此刻正背对着村庄，怀里抱着鞭子，扯着脖子对山里唱歌，声音嘹亮高亢。

看见许文在地里脑袋一动一动的，赵瑞芳猜想，他准是在唱歌，这样想着，仿佛许文的歌声也隐约听到了。许文是村上，甚至乡上有名的一个闲汉，五十大几的人，房无一间地无一垄，却热衷文艺，年轻时就没种过地，却常常参加各种文艺队的演出，也曾经大着胆子参加过辽宁卫视的《激情唱响》选拔赛，混过了海选后在第一轮被淘汰了，这成了他多年来向别人炫耀的资本，村里人都知道他会唱歌，参加过省级比赛。许文登台的实力不足，所以，只能跟着文艺队混，干点保管、后勤、剧务什么的打杂活，文艺队解散了，他就四处打工。近几年年岁大了，工也不好打了，才回到樱桃沟，住在二哥家的西厢房里，平时就帮村里人轮班放个牛、羊，闲时就往打麻将、打扑克的人群里扎，见着大姑娘、小媳妇、寡妇，就乐开了花，吹嘘自己当年可是进过娱乐圈的人。看着许文摇头晃脑的样子，赵瑞芳想，这人就是生在了农村，如果是城里，也许就能出息个人啦。

这样想着，脚下却踩了空，身子斜着往院子栽下去，赵瑞芳本能地正了正身子，右肩膀实实地砸在了地面上。一瞬间的大脑空白后，是浑身剧烈的疼痛，脖子、右肩膀、右手臂几乎都不能动了，赵瑞芳知道不能这么疼着，她艰难地用左手拿出手机。

韩媛媛的手机是她经常通话的，也在通话单的第一页，但她这时不想马上打给韩媛媛，因为刚从人家喝酒出来就摔着了，怎么着双方都尴尬。她试着拨打了几个本屯子的座机，没人接。疼痛再次袭来时。她还是打了韩媛媛的手机。

不一会儿，韩媛媛和杨九海就到了，韩媛媛虽然是农民，但懂得一些医学常识，一看就是伤了骨头，叫赵瑞芳不要动，到屋里扯出一块毯子，把赵瑞芳挪到毯子上，然后果断地拨打了市中心120急救电话。

市中心医院住院部骨伤科602病房有两张病床，赵瑞芳住在靠北临窗的病床上。靠南的病床是一对年轻的夫妻，三十多岁样子，和赵瑞芳的三女儿年纪差不多，年轻妻子车祸被撞断了数根肋骨，此刻已经恢复得差不多了，但年轻丈夫围着年轻妻子摸手贴脸、嘘寒问暖，无微不至，画面温馨幸福。两个人非常有礼貌，对赵瑞芳阿姨长阿姨短地叫着，三女儿一来，三个人年龄相近，又都住在市里，不一会儿就聊到了彼此熟悉的人，说话声音虽不高，但笑逐颜开。看着眼前的年轻人，赵瑞芳心里盼着韩媛媛能早一点来。

CT报告出来了，赵瑞芳右侧三根肋骨骨折，锁骨骨折，伤势还是很严重的，大夫说至少要静养三个月。一听，赵瑞芳就心里上了火，嘴上起了泡。入院第二天，赵瑞芳就做了锁骨定位手术，三女儿离了婚的一个人，大女儿、大女婿、二女儿、二女婿，轮流陪着，照顾赵瑞芳。赵瑞芳很想韩媛媛，惦记着家里的一切也不知怎么样了，想打电话，还怯不开面子，还怕韩媛媛多想，心想媛媛姐怎么不来个电话呀。

电话没来，人却直接到了。第四天上午，赵瑞芳朝思暮想的媛媛姐到了，带着慰问礼品和消息。

"姐你怎么才来呀？"

"还不是帮助你料理家里那么多活口儿。这么多年我太了解你了。你虽然身在医院，但是你的心惦念在家里，这里有孩子们照顾你，我把家里给你安排妥当才过来的。你说你一个人养那么多活口儿干什么？九头牛、一口猪、两条狗、十四五只鸡、三只猫，还有一缸子热带鱼。"

"牛不是年底能卖牛犊子挣钱嘛，狗是看家护院的，猪到年底寻思给孩子分点肉，鸡是寻思给孩子们攒点鸡蛋，猫是陪我做伴的，鱼是给猫看着玩的。"

"天哪！跟我以前一个样，总想在能干的时候多给孩子们准备点。"

"咱们不都这命嘛！"

"不跟你掰扯这个了，我先跟你说说你家里的情况。九头牛，六大三小，许文替你管着，每天放、圈，猪、鸡、狗、猫也是许文替你一天两遍地喂着，屋子我替你收拾了，这几天我看许文干活正经像那么一回事呢，我就托付给他了，你回头好好感谢人家吧。"

"想不到许文还行，比一些老邻居都不差。"

"行，是肯定行，但他是不是对你也有一些想法，你们说过这事吗？"

"什么事？"

"还能什么事，他光棍，你也一个人。"

"哎呀妈呀！姐，我比他大不止五六岁吧，别说他有钱没钱，年龄上人家也不干哪，我可没想过。"赵瑞芳说这话时，脸红一阵白一阵的，连日的伤痛和忧伤好像一下子不见了，韩媛媛一下子就捕捉到了她的情绪变化。

病房由于韩媛媛的到来，一下子变成了赵瑞芳和韩媛媛欢乐的地方，别人都成了配角，插不上话。

孩子们见两人说得高兴，都借故出去了，那年轻妻子在丈夫的陪同下，也出了病房到廊道里溜达，病房里就剩下老姐俩手拉手地聊天。

"咱们这辈子净为子女们活了，现在土埋脖子颈儿，也该为自己活了。不瞒你说，芳芳，我跟老杨这两年的日子过得比前四十年都强。我说句实话，你的条件比我好，年龄比我小，应当找个知冷知热的伴儿，好好享受几年了。"

"姐，你说的都是实话，咱们在农村风吹日晒不比城里，咱六十多了，又不会伺候人，上哪里找合适的人哪？"

"看你怎么想了，如果你不图对方钱什么的，许文就是很好的一个伴儿，你以为他就白白给你干活呢，图你几瓶酒、几盒烟啥的，看他给你干活的劲，是把活当成自己家的了。是不是你们已经好上了？"

"扯淡。"赵瑞芳听到韩媛媛这样说，把脸拉了下来。

韩媛媛本想开个玩笑，看赵瑞芳情绪不对，就说："我没有别的意思，你愿意找个什么样的，条件可以跟李彩琴说，她一张嘴，就能把你说成是三十岁的小媳妇。"

韩媛媛走后，赵瑞芳昏睡了一天。

医生说赵瑞芳最少要住一个月院，静养三个月。然而，赵瑞芳一是不习惯在病床上待着，一是也舍不得每天交钱给医院，能自主活动了，就着急出院，众人劝着，还是在住院第十天就出院到三女儿家里静养了。去三女儿家也不完全歇着，第二天就做饭、刷碗，不闲着。就这样将息了二十多日，就坚持回了樱桃沟。

看着再熟悉不过的场景，赵瑞芳心说这才是自己的家呢。牛、猪、鸡、猫、狗都安然无恙，鸡蛋又多出大半筐。赵瑞芳内心感动着，这是韩媛媛和许文的功劳，屋内是韩媛媛帮着收拾，这里活不太多，关键是院子里，活口儿太多，哪个照顾不到，就会折口儿。回家的当天，赵瑞芳就安排孩子们招呼左邻右舍一起吃了饭，答谢在住院期间屯子里看望她的那些人，包括韩媛媛夫妇和许文的二哥、二嫂、许文等，整整两大桌，饭前赵瑞芳拿出两千元钱给许文，感谢他一个多月来的帮忙，许文却不收，在众人劝说下，勉强收下一千元钱，另一半却怎么说也不拿。饭后，屯子人都撤了，赵瑞芳吩咐孩子们也回吧，孩子们要留下陪她，她说陪几天不都一样嘛，赵瑞芳把鸡蛋均匀分成三份，让她们也赶在黑天之前回家了。

赵瑞芳又把家里家外所有的东西过了遍手，月亮不觉中已经升得很高了，赵瑞芳很累，却睡不着。炕头热，她就挪到炕梢，还是睡不着，迷迷糊糊中鸡鸣狗叫起来。其实赵瑞芳心里是有算计的，一个月，如果单纯雇人照顾家里，有一千五百元就足够了，所以，她拿出两千元，怎么也说得过去了。

　　月光照在许文的炕上，许文也辗转反侧。他心里有数，如果自己去打工，一个月能赚到两千多，但辛苦不说，关键这年龄不好打工了，所以他坚持拿一千元，也是给赵瑞芳留些感激的余地，不想一次就把这样的情意用完。朦朦胧胧中，他觉得，月光下的柳树影里，赵瑞芳笑脸盈盈，向自己招手，自己索性大着胆子拥抱了赵瑞芳。想进一步亲密时，赵瑞芳却突然翻了脸，大声说："许文你有什么？还想好事！"许文立时蔫了下来，只得慢慢收回手，猛地扇了自己一耳光，啪的一声，惊醒起来，看看四周，依然是二哥家的西厢房，睁了一会儿眼，又沉沉睡去。

　　这次的受伤让赵瑞芳想明白了很多事情。如果这次没摔伤，直接摔死了，孩子们还不是一样都过自己的日子，谁又在乎几个笨鸡蛋，谁又在乎几斤农村猪肉。她决定彻底康复后，做两件事，一件是在城里买一套楼房，不用太大，一室一厅就可以，这个也用不了自己太多钱。她准备交给三女儿去办，她拿出一个十二万元的存折，和三女儿说，这是自己全部的钱了，让她看着买，户型好一点，位置是市中心就好，最好离南山公园近些，因为她住女儿家时，常常去公园溜达，那里有很多老年人活动，比自己岁数还大的人，照样跳双人舞，还有做健身操、扭大秧歌的，很对自己心思。想着想着，赵瑞芳心里有了更美好的画面。另一件事，是给李彩琴打电话。

四

　　谷雨时节已过，天还没有一场透雨，赵瑞芳的心着急起来。大田有五六亩，半坡子地也有七八亩，四下分着，哪儿哪儿不挨着，都没插一根苗，这要等见雨了，都忙起来，怕雇不着人哪。家里没别人，谁也帮不上忙，连续几年了，都是别人家种完了才轮到自己,所以自家的粮几年都没有卖过了,因为年年连秸秆带玉米什么的,刚刚够那些活口儿吃的。

吃过晚饭,赵瑞芳去韩媛媛家聊天。走到韩媛媛家门口,见大门插着,便又走回来,到家里,她拿出手机,拨通了李彩琴的电话。

"是赵姐呀!有事吗?"

"没事,现在天也不下雨,闲着没事找你聊聊天,你什么时候得空,上我这里来,给你包饺子吃。"

"好的,你如果没事,赵姐,我明天上午去你家,咱姐俩唠会儿嗑。"

李彩琴什么人物,她马上就分析出赵瑞芳想要找相好的了。

第二天,快中午的时候,李彩琴骑着电动车到了。赵瑞芳已经包完饺子,正等着她。她一进屋,赵瑞芳说:"洗洗手,准备吃猪肉大葱的饺子。"大葱是去年冬天的干葱,赵瑞芳把干葱栽到盆里,又长出新葱来,葱味道冲,和姜末、猪肉、花椒水一拌,味道格外鲜亮。李彩琴一闻,就知道好吃。

在辽西农村,无论男女,只要有外人,喝酒就是常态。赵瑞芳拌了一盘萝卜丝,炒了一碟花生米,两个人开始吃喝起来。闲聊了不少,李彩琴把话引入正题。

"赵姐你属鸡的,今年六十二了吧,别说你身体好,如果再延搁几年,好找不好找都不说,怕你自己就没这个心了。时间等人也抓人,你就说什么基本条件吧。城里的,屯子的,年龄,家庭,收入,都成。"

此前,两个人不是没有过交流,杨九海那时两个人说过这事,被赵瑞芳给怼回去了。李彩琴留下话来,什么时候有想法了,告诉她。所以李彩琴这次说话就占了上风。

赵瑞芳这时也不好再矜持,只好开口说:"我有两个基本条件,第一是身体必须健康,第二年龄要相当,有没有钱都不重要,但自己的基本生活能力得有,城里和农村我也不是很挑。不瞒你说,我虽然在乡下，但我也有工资的，孩子她爸没那年，正好赶上交钱就能上养老保险的政策，我狠狠心，卖了大部分牛，赶上了这艘船，就那么一批，现在每月也有一千多元的退休金。"

"我明白了，你就是想找一个能干活的，白天晚上都能干活呗。"

"让你一说咋就没好话呢。"赵瑞芳回身拿笤帚向李彩琴撒去。

李彩琴躲了过去，两个人都笑了起来。

李彩琴说："你还上哪里找去，你们屯子不就有吗？"

赵瑞芳脸腾地红了起来，虽然喝酒脸本身就红，但这个红，还是让李彩琴看到了。

"哪有合适的？"赵瑞芳低头说道，用最小的声音，仿佛自言自语。

"怎么没有哇，敬老院好几个五保户，都和你同龄，你相中哪个我去找哪个说合，保准一说一个成，不带打回头的。"

"都是病秧子，谁稀罕他们。"

"那眼前可没有合适的了。"李彩琴放下酒杯，点上烟抽了一口，用眼睛瞅着赵瑞芳。

赵瑞芳逼得没有办法，她知道这是李彩琴想故意拿服她，以找回上几次自己拒绝她的面子。

赵瑞芳使劲喝了一口酒说："如果有年龄小一点的，只要能相中咱，也行。"

"那好吧。我就给你问问许文，看他怎么想的，赵姐你这条件，可对得住他。"李彩琴这才放下面来。

"如果是他，我还有几个条件。"

"赵姐你说。"

"第一，不许打人，这是底线，动一次手，就滚蛋；第二，不登记，只在一起搭伙过日子，他到我这里来；第三，他的钱他自己拿着，我不要，生活的事，他也不用管。"

"好吧，这叫经济独立，很多老年婚姻都有这一条，也不算什么。"

李彩琴把赵瑞芳的话变着样说给了许文,意思却没变:"你姐姐看你是文艺青年,有文化,不是普通人,不是农村大老粗,是经过世面的人,才肯答应和你处处。本来你们可以自己搬到一起就可以,但人家要经过正式媒介才算数,不登记是为你着想,看你年轻,怕心不稳,也不拘束你。彩礼一分不要,你自己有个心意就好,你搬过去,你自己的钱自己拿着,生活费不用你出,你过去就帮着干点活。"

许文哈哈大笑:"不瞒妹子说,别看我这些年光棍一条,有些事我可没耽误。你就等好吧!"

"无论从相貌、经济、家庭、过日子的活计,许大哥,你这一辈子都没享过这福。"

李彩琴做媒两边传完话的第四天上,李彩琴夫妇、许文的二哥二嫂、韩媛媛夫妇及赵瑞芳和许文八个人在一起吃了个饭,就算正式见证赵瑞芳与许文搭伙了。

下过开春的第一场透雨,许文开始忙着种地,不曾停歇。

地种完后,许文白天就是放牛,喂牛喂猪扫圈撵鸡,都赵瑞芳一手操办,根本不用许文插手,到了饭点,赵瑞芳就会好酒好菜地等着自己。许文每天乐得小歌不断。许文觉得,确实像李彩琴说的那样,自己五十多年来,没过过有女人的日子,他也很庆幸,自己多年来,庄稼把式还是把手,不是人们说的秧子货,只要自己好好干,不比别人差什么。

赵瑞芳觉得又活过来了,家里家外,格外精神。只不过还是有点亏欠许文的,毕竟不登记是自己提出来,虽然现在老年婚姻这种方式不是新鲜事,不有那么一句话嘛,"一切以不结婚为目的谈恋爱都是耍流氓"。自己和许文搭伙不登记,算不算耍流氓,自己也不知道。还有自己毕竟比许文大,许文在这场搭伙中,得到的少,付出的多,所以赵瑞芳尽可能地让许文少干活,多享受,也是对他的一种补偿，或者说，让自己更安心一些。

等赵瑞芳的孩子们知道许文跟自己母亲搭伙过日子，都已经是几个月后的事了。

都有老伴了，赵瑞芳与韩媛媛彼此互请过对方到家里吃饭，但几次下来，他们发现这样的聚会气氛会很尴尬。两女一男怎么搭都欢声笑语，两男两女就磕磕绊绊。两个女人差了三四岁，两个男人却差了整整二十岁，经历也各不相同，不但聊不到一块，而且总暗暗较劲，攀比着什么，一个说矿山会战的事，一个说文艺队演出的事情。说着说着就开始无边无沿地吹起来，攀比起来，然后就是长时间的冷场，于是尴尬出现了。而姐妹俩心理也发生了变化，都认为自己的生活更幸福一些，这样的聚会便也少了起来。

五

杨九海的大儿子、二儿子都在樱桃沟住，虽然各过各的日子，但见面的机会多，赵瑞芳的孩子们离得远，彼此更加独立一些。韩媛媛在与杨九海晚辈相处中发挥了勤劳善良的本色，不多言多语，经济上的事，杨九海说了算，从不插手其间，但每逢过年过节，总是亲自带领儿媳、孙媳们炕上炕下、灶里灶外地忙活，孩子们连吃带拿，来时不空嘴，回时不空手，得到了家里人的认可。特别是在城里住的三儿媳妇，对她夸奖尤佳，对自己的娘家人和社区的人说，这个后老婆婆干净利落不说，心肠好，会来事，冬天有豆包、血肠、猪肉，夏天有青菜、小咸菜，可会过日子了，我老公公可享福了。于是，大家都知道了她有个后老婆婆，她老公公晚年很幸福。

当韩媛媛的年终奖达到五千元的时候，也就是说，她和杨九海幸福地生活五年了。杨九海的身体出现了较大的毛病，年轻时在矿井下煤尘弥漫的肺终于不好好工作起来，三天两头闹意见，时时刻刻搞小动作。在医院住院的日子多了起来。杨九海自己也感觉到了最后时候,在最后一次入院前,他把四个儿子、两个女儿都召回樱桃沟,他要对孩子们做最后的交代。尽管身体已经不行了,但他的头脑十分清晰,家庭会议上只有儿子、女儿,连后老伴、儿媳妇、女婿都没让参加,孙子辈的、重孙子辈的更是靠边。

杨九海盘坐在炕上,六个孩子或坐或站在周围,他呼吸已经不够平稳了,仿佛多年前农村大灶上漏气的风箱,虽然动静很大,但效率已经不高,说几句停几句的。

他让三儿子把立柜里的一个小木头匣子拿出来,那里边有自己的退休证、开支本、户口簿、身份证、结婚证等证件。还有一些年轻时取得的荣誉证书、几个定期存折、一个活期存折和十几张老照片。他把它们分成了三部分,证件一部分,证书和照片一部分,存折一部分。

他先把存折放在一边。证件浏览了一遍,也放在了一边。然后把每张照片和证书一一观看,对着某张照片呆看好久,然后再翻看下一张,原本就不平稳的呼吸更加起伏起来。孩子们在一旁也静静地等待,没有人多说一句话。

过了好大一会儿,三儿子说:"爸,一会儿再看吧。"

"好吧!"

杨九海把存折推给老三:"就这些钱了,你们分了吧,你们这辈的不给,下下辈的也管不到了,孙子辈的每人一万,你韩姨六千,拿出两万元备着,到时发送我也够了,不用你们凑钱。"停了一会儿接着说:"我的丧葬费分成六份,你们五个加你韩姨每人一份。你妈妈留下的金戒指给大鑫了,他是我唯一的孙子,谁也别挑。你二嫂已经领走了,我这屋里的东西不值钱,谁愿意拿啥,你们自己看着办,就这样吧!钱由老三拿着办,还剩下四千元,老三代我送到乡敬老院,这是我的一点心意,让老哥几个吃几顿好的,以后也没机会了。"

一阵剧烈的咳嗽终止了交代。

"爸，你还看这些照片吗？"

"不看了。"杨九海随后躺了下去。

大家在老三的指挥下，把杨九海送到医院。这次住院的时间不长，仅仅十天，杨九海精神稍微好些，就张罗着回樱桃沟。老头子的脾气很倔，孩子们也劝不了，只得又全员出动，把杨九海接回了樱桃沟。

所有家庭成员都知道这次意味着什么。杨九海不让大家住南屋陪，在城里住的三儿子一家在北屋住，老四一家住厢房，从外地、外乡回来的女儿、女婿、外孙等分别住在大哥、二哥家。南屋，只剩下杨九海和韩媛媛。

"杨哥，还喝点水吗？"

"不喝了，陪我躺躺吧。"

韩媛媛把门在里面插了，躺在杨九海身边。

"媛媛，这几年有你我是真享福了，我病了，你也遭罪了，说实话，还想过几年，但不成了。"

"杨哥，别这样说，好好歇着吧，跟你过活，是我过得最好的日子。"

"你比我小十多岁，身体也好，以后有什么事，找老三，他不敢不办。"

"我知足，我们还好好过。"

"不成了……"杨九海喘息不稳起来。

韩媛媛只得把枕头再垫高一些。她本想说，不要再说了，但又不想让杨九海遗憾，只得陪着。杨九海平稳了些，接着说："其他人不知道，只有老三知道，我给留你了一个金手镯，在老三那里，我走了，你就去取回来，是我给你的一点念想。"

"杨哥，我知足，我真的知足！"韩媛媛流下了泪水。

秋天的清晨，天亮得晚，凌晨三点的时候，天还没有一丝亮光。韩媛媛把北屋老三的门敲了几下,随后,老三把全家人都喊了过来,四点不到,杨九海走完了他八十年的生命旅程,面容安详。

韩媛媛全程参加了杨九海的葬礼。然后,收拾包裹回到自己的家里,杨九海的院子和院子、屋子里的一切东西都留给了杨九海的孩子们。

就在杨九海去世的当月,杨九海的硅肺鉴定也终于批了下来。这对于媛媛来说是个好事,因为遗属费一下子就多出好几百,能达到每月一千二百多元,相当于城里一个临时工的工资了。杨九海的丧葬费下来的时候,尽管有杨九海的口头遗嘱,但媛媛还是放弃了自己的那一部分,把那一部分也均匀分摊给了杨九海的孩子们。

六

赵瑞芳和许文搭伙的那天,韩媛媛特地包了一个红包给赵瑞芳。这回赵瑞芳把钱又随了回来。赵瑞芳把韩媛媛请到家里吃饺子喝酒,三个人吃饭喝酒,气氛又变得温和起来,没有两个男人较劲,仿佛几年前赵瑞芳在韩媛媛家喝酒吃饺子一般。

两个女人有一句没一句地说着话,许文则在旁一边陪着,一边伺候酒局。一切宛若几年前的饺子酒局,只不过地点换了,男人换了。

"媛媛姐,你往后有什么打算?"

"我收拾下院子,明天就去城里了,老杨租的房子还没有到期,即使到期了,我也习惯了城里公园和暖气的生活,有了老杨带给我的遗属工资,我去城里住也够了。我在城里住,孩子们去看我的时候比我在屯子里的时候还多。"

"媛媛姐,你这一步是走对了。老杨大哥把你后来的事情都安排了,你算遇到了一个好人。"

"是呀!不瞒你说,芳芳,当初我是图老杨经济条件好,退一步说，往后也有保障。屯子风言风语的我不在乎。但这几年，我和老杨是有真感情了，老杨人好心善。每年春节都舍一千元到乡敬老院。他没了，敬老院里哭晕两个。他性格很倔，原则性强，但没有大男子主义，对人尊重，说实话，我嫁得不亏，没和老杨过够哇！"

说着眼睛浸出泪水。

"媛媛姐，我说句不该说的话，你别生气，我有什么就说什么。我去城里公园溜达，那里上了年纪的单身老头可不少，你身体好，能伺候人，如果自己孤单了，再往前走一步，也可以的。"

"谢谢你，不走了，我这一生嫁了两个男人，所有的感情都使完了，不会再有想法了。"

两个人说得很动感情，几次泪水涟涟。许文很知趣地下了桌，小声念叨了一句："我去收拾牛圈了。"

看着许文的背影，赵瑞芳说："我也是，媛媛姐，我们都是丧偶再婚之人，我也觉得，遇见了对的人。许文还真不错。"

姐妹俩从中午一直聊到下午，仿佛这一辈子的天都要在今天聊完一样。

夕阳西下，红霞满天，赵瑞芳要留韩媛媛吃晚饭，韩媛媛起身告辞了，姐妹俩手拉手依依惜别。

送走了韩媛媛，许文进屋做晚饭，赵瑞芳说："不着急，咱们说说话。我同你商量点事。"赵瑞芳突然忸怩起来，酒劲还没有完全退，脸更加红扑扑的。许文来了兴致，伸手要抱赵瑞芳。

"你等会儿，你等会儿，说正事。"

"这不就是正事嘛！"

"我要成为你正式的老婆。"

"还怎么正式？"

"我们明天去登记。"

许文摊开双臂，赵瑞芳倒入他怀中。

"我们去登记，你愿意吗，许文？"

许文怔了好长时间，双手轻轻地并规规矩矩地捧起了赵瑞芳滚烫的脸。

　　窗外，秋天的夕阳格外长久，从大地到天际，一片橘红中迸射出无数道霞光，大朵大朵的云彩风驰电掣般在天边游弋，翻滚，又迅速消失，新的大朵大朵的云彩又从霞光中蹦出来，依旧滚滚向前。

玉 人 歌

◎ 曲子清

一

　　楚云霓长得不够漂亮。个子太高，表情寡淡，脸部线条过于直硬；眉不够弯，下巴不够尖细，身子不够纤弱；眼神不够柔情，表情有些犀利，整个形体缺乏柔韧度。娘说："你还小，就像花骨朵紧缩在一处，还没长均匀，等长开了就好看了。"而同年龄段的胡丽莉则圆润和谐，身材相貌一切都刚刚好，巴掌大的狐狸脸镶嵌着葡萄粒一样的大眼睛，转眸之处，风情无限。胡丽莉虽耐看却不及楚云霓抢眼，如果说楚云霓是一株含苞待放的红梅，那么胡丽莉则如柔婉滋润的一串紫藤，气定神闲，把一切都把握得刚刚好。成绩刚刚好，做事刚刚好，人缘刚刚好，做人刚刚好，又刚刚好夺走了楚云霓的工作岗位和男人。

　　楚云霓由省实验中学改派到辽河口最边远的后街小学，再见到这片灰突突的小平房和小操场，她内心百感交集，说不出什么滋味。小时候，娘牵着她的小手，把她送进这里。她安静地跟在娘身后，在一群哭闹的孩子中显出与年龄不相符的冷静。娘弯下身子叮嘱她:"妮妮,你要好好学习,给娘争气呀。"

楚云霓没吱声,但她知道自己一定会好好学习的,不为给谁争气,只为离开这个自小成长的地方。

在后街,她就像一株长错地方的小草。记忆里,她没有爹,只有娘。从记事起,周围的妇人都指指戳戳说她。再大一些,周围人则在她走过时,对她报以意味深长的诡笑。她说不出什么,却感觉自己被一张用视线编织的怪网罩在里面,挣扎不了,抗争不出。这样的环境让她觉得自己的存在就是一个错位的尴尬。

娘是那种美人坯子,来自大城市,进过大学堂,性格温柔,说话轻声软语,气质出尘。娘学过舞蹈,走路像风摆杨柳,可镇里的女人就是看不上娘。娘之前曾有过一段轰轰烈烈的爱情,具体咋样情节她不知道,结局是娘出局,独自带着她来到辽河口。这段爱情娘必然经历了刻骨铭心的伤害。后来,娘醉心于辽河口民间舞蹈研究,夜以继日收集整理相关资料。这在镇里人看来又是不正经的表现。娘做这些几乎没有收入,她又不善理财,日子过得经常无以为继。

娘和楚云霓的日子过得苦极了,不仅仅生活清苦,精神上也压抑。半夜里,还有人往院子里扔石头,娘去卫生院的一会儿工夫,就有人砸坏了家里的玻璃。云霓小小的身子缩在角落里,不敢看也不敢出去。

夜深人静,娘坐在院子里,不吃也不动,两行清泪无声滑落。月亮升起来,照在娘身上,像省城大剧院舞台的灯光,为娘涂抹了些斑驳的色彩,也增加一丝神秘气息。

娘不睡,云霓也不敢睡。她偷偷地观察娘,怕她想不开寻短见,那样她就真成无根的草了。

月亮西斜,娘起身,在柜子底下找出湖蓝色缀满亮片的衣服换上,然后,对着镜子细细描画眉眼,还把乌黑的头发挽起,梳成简单发髻。收拾停当,娘拿起墙角的包袱,出了院子,直奔湖边。

糟糕！娘要想不开！

冷汗丝丝密密地冒出来，楚云霓咬紧下唇，她不敢出声，也不敢阻拦，心里乱成一锅粥。她远远地跟着娘的影子，月光诡异地调节着影子的节奏，一会儿长，一会儿短，一会儿虚，一会儿实。

她一边走，一边惶然，娘要是想不开，自己力气小，一定救不上来，怎么办？如果大声呼救，会有人来帮忙吗？

娘来到湖边，停下来，回头看了看，若有若无地扫了楚云霓一眼。楚云霓的心缩紧了，娘发现她了？怎么办，要出来吗，见了娘，要说什么呢？

娘转过身，直接坐在湖边开阔地上，打开包袱，往脚上绑特制竹帘子，绑紧系好，而后穿上绣花金莲，只有脚尖和前脚掌在鞋里，鞋跟处是珠帘的另一端。娘站起来，伸展柔美四肢，踮起脚，做一个留头似的旋转，稳中怯，柔中俏，像一只在空中飞旋的天鹅，指尖画出令人痴迷的弧度。月光下，娘的鬓边发丝与裙角飞速旋转，美如仙子。娘沉浸在舞蹈的世界中，脸上逐渐褪去浮躁愤懑，变得安定祥和。楚云霓想，原来舞蹈还有这样神奇的魅力。她沉浸在舞蹈的世界，没有愤懑，没有疾苦，只有童话般的美好。

不知何时，娘收了招式，出声说："妮妮，你出来吧。"

原来娘早发现她了。楚云霓怯怯地跑出来："娘，这是什么舞，这么美呀！"

娘抬起下巴，有些骄傲地说："这是《玉人歌》，是我根据失传的辽河口寸子舞，加上芭蕾舞精髓，重新创作编排的。"

小云霓带着兴奋问："啥是《玉人歌》呀？"

娘软软的声音吟诵："风西起。又老尽篱花，寒轻香细。漫题红叶，句里意谁会。长天不恨江南远，苦恨无书寄。最相思，盘橘千枚，脍鲈十尾。鸿雁阻归计。算愁满离肠，十分岂止。倦倚阑干，顾影在天际。凌烟图画青山约，总是浮生事。判从今，买取朝醒夕醉。"

娘望着水天云深处，怅然若失。

云霓听不懂，但觉得很美。"娘，你念得真好听啊，是娘写的吗？"

娘纠正说："不是，是杨炎正写的。"

云霓两眼放光："杨炎正是谁，是我爸爸吗？"

娘一声长叹："杨炎正是个宋人。"

二

从考入初中始，楚云霓就离开了家。十几年来，她几乎没回过家。娘会不时给她送点干粮和衣物，想不起来就算了。实在没有钱了，她宁愿不吃饭也不回去，有时一饿就是几顿。

她的意识开始模糊，天地万物也开始模糊，那个月光下的舞蹈却在心上清晰起来。她曾打开娘装寸子鞋的包裹，一双普通的寸子鞋、绣花金莲、竹帘子和绑带，令人意外的是还有一张黑白照片，镶着精美的框子。照片背面，两行钢笔字遒劲有力："倦倚阑干，顾影在天际。"居然是《玉人歌》里的句子。这几样东西是娘万千宝贝的东西，平时任谁都不让动的。或许那男人是父亲，因种种原因而不得不分手，而娘希望穿上这双普普通通的寸子鞋，就能飞越凡俗人生的烦恼？

楚云霓不想让别人发现她的窘境，在同学面前尽量体面，没有胸衣短裤，她就学习用布头给自己做。她从不和同学结伴，吃饭逛街都不在一起，连做活都自己出去找一个没有人的地方偷偷干。

最先发现不对头的是班主任吴老师。她发现楚云霓虚弱得抬不起头来，就上前摸了摸她的头，看到她发白的唇和菜色的脸，吴老师心下明白了。她把楚云霓领回家，端来热乎的饭菜，还找出自己衣服给她换上。

楚云霓感激地望着吴老师，泪慢慢溢出眼眶。她哆嗦着嘴唇，想说些什么，又不知道说什么好，最终，自己转过身擦掉了泪，一言不发地退开。

此后，吴老师经常领她回家吃饭，还替她申请帮着学校做些杂事来换吃的。楚云霓长这么大，从没有人对她这么好，她不知道怎样表达感谢，只是默默地把一件件事都记在心里。

有好事的人劝吴老师，这孩子那样的出身，你做啥都白做。再说了，你做这些事，她都没说过一句感恩的话，可见是个没良心的人。

吴老师思考一下，叹气说："我看她的眼睛清澈通透，可见是个善良的好孩子。换句话说，我也没指望回报。"

吴老师的儿子聂五是个调皮男生，比楚云霓大一年级，经常嘲笑她，欺负她。她本来不予计较，可他挖她的老底儿，在同学面前嘲笑她。这可是踩着她的底线了，楚云霓记仇，因为他的缘故，连去吴老师家里都少了。

楚云霓吃的问题解决了，穿的就靠自己改和补了。一双葱根般的小手，经常被扎得鲜血淋漓。疼，但她早就不会哭了。渐渐地，她学会飞针走线了。她把吴老师的衣服改瘦加长，变成合体衣服，她把两件穿小的旧衣拆并成一件，往身上一套就是一件新衣。她还动脑筋把帽子改成凉鞋、把牛仔裤做成手袋等。做这些并没有耽误学习，她的成绩一直是最好的，她是后街唯一考入重点高中，也是唯一考入省城重点大学的优等生。

从高中起，吴老师一直资助她读书。她没听娘的建议考舞蹈学院，而是考了省城师范大学，她想像吴老师一样，做一名光荣的人民教师。吴老师高兴极了，拿出多年的积蓄给她交学费。

楚云霓流着泪，对着吴老师深深拜下去。她嘴笨，想说什么，又觉得千言万语表达不出她的情感，她后退两步，行步切身，顺畅自如地跳起寸子舞。虽然没有踩寸子，却自如地踮起脚，演绎起寸子舞动作。楚云霓清颜白衫，青丝墨染，身段窈窕，脚踩碎步，时而抬腕低眉，时而轻舒云手，时而轻快切身，把佳人颦笑、爱恨情绪完全表达在舞蹈中。

跳得吴老师泪眼朦胧，看得聂五目瞪口呆。

三

在大学校园里，没人认识楚云霓，也没人知道她的来历。可她就是不自信，她不会和同学交往，不会沟通，不敢说话，不敢做事，小心地掩藏心底的自卑。同学们私下里都议论，说她是冰山美人。她成绩一流，衣着也过得去，也从没出现大的窘境。她外表高冷，对任何人不假以辞色，内心却极度彷徨无依。

吴老师告诉她，缺钱就给她写信，千万别委屈自己。

她想念吴老师，想通过写信缓解精神上的孤寂，但她不敢写信，怕吴老师以为她缺钱，而钱确实是她最大的坎儿。

聂五常常给她写信，那个调皮男孩长成高大帅气的男子汉，不再欺负她，有了哥哥的担当。他有时会来学校看她，以吴老师的名义给她送生活用品。但是，她一直都知道，聂五不会是她的伴侣，只是她的亲人而已。

娘的年纪渐渐大了，舞跳不动了，一辈子追求的东西也没弄出大名堂，而普通的生存能力又荒废了，她成为一个可悲的存在，贴上一个叫作失败的标签。哪怕她曾那么努力，那么坚强，也没能挽回人生颓势。楚云霓不能贴上这个标签，她要努力成功，具体成功是什么样子，她很模糊，她知道实现对自身的超越就会接近成功。

大学里，有些家境不好的同学会分两极，一极是拼命掩饰贫困，甚至不惜打肿脸充胖子。外表与其他同学一样溜光水滑，背地里斤斤计较，大算经济账。一极是恨不得全天下都知道自己是贫困生，哪里有钱往哪里凑，浅薄地张扬着自己的贫困。楚云霓寝室三姐曼玲就曾多次在镜头前张扬着自己的贫穷。

楚云霓虽觉得曼玲假，可自问没得罪过她。曼玲却处处针对她，一张嘴刻薄如刀，令楚云霓不知如何招架，遂采取一贯的应对措施，不搭理、不接招。如此一来，曼玲不但不觉得乏味，还扩展打击面，搞起联合战、煽动战，孤立楚云霓。楚云霓没空研究迎击曼玲的对策，贫困就是她的常态，养活自己成为当前第一要义。她在网上卖衣服，开始，她的"云之霓"小铺生意并不咋样，她耐住性子，一点一点地扩大影响，渐渐地有了一些人气。不仅解决自己求学的费用，还有了些许结余。虽然钱不多，也足足令楚云霓欣喜了。楚云霓买了几斤毛线，为吴老师和娘亲手织两件毛衣，一件玫红色的，一件藏蓝色的，手工绣上吴老师和娘的名字，配以她亲手设计的"云之霓"标志。

走出寝室，十月的暖阳穿过银杏树漏下来，看着像遍地的碎金子。这么些金子没有一块是自己的。从邮局寄毛衣回来，她在心里发誓，等自己有能力了，一定让两个娘过上最幸福的生活。

四

吴老师收到礼物，很高兴，立刻穿上新毛衣，拍了照片，让聂五来学校，拿给楚云霓看，还顺手带来一堆吃的用的。楚云霓把这些东西分给同寝姐妹，用以缓解曼玲营造的紧张空气。聂五也以哥哥的身份招呼姐妹们吃东西，感谢她们对楚云霓的照顾。

同学间暗淡的氛围正慢慢扭转为温馨，楚云霓的心渐渐回暖。

但曼玲不依不饶，依旧挑拨大家的关系，这把楚云霓的思绪一下子拉回到童年。她像一枚被锤击的河蚌，闭紧口，任凭钝器击碎赖以生存的壳。楚云霓本来和同学相处一般，好像又回到了后街，自己想逃离。

聂五留下来想安慰她，被她毫不留情地赶走了。

这个尴尬的境遇被一个叫胡丽莉的女孩子破除了。本来胡丽莉和楚云霓不搭界，她无意中看到楚云霓的云之霓小铺，看到林林总总的特色商品，发现了楚云霓赚钱的秘密。胡丽莉大胆地站出来，为楚云霓澄清误会。胡丽莉的仗义执言让两个女孩子的心一下子走近了。

此后，胡丽莉做什么事都拉着楚云霓，有人对楚云霓提出异议，她立马就出面澄清解释。渐渐地，游离圈外的楚云霓被拉回来，与同学们和睦相处起来。

一次，胡丽莉拿着刚淘的新款连衣裙，找到楚云霓，说自己买重了，不喜欢这款式了，要送给楚云霓。

楚云霓不动声色地收下，然后把裙子做一番修改，放到网上卖，卖得的成本还给胡丽莉，剩下的补贴自己的生活。楚云霓这个本事让胡丽莉很羡慕，楚云霓成为胡丽莉的专职设计师。因为楚云霓的精心设计，胡丽莉成为一个有魅力的女生。渐渐地，两个女孩子心更近了，分享着各自的秘密。胡丽莉讲她做商人的父亲、抠门刻薄的继母。楚云霓也介绍自己的童年，却没有和盘托出，不是不信任胡丽莉，而是肚子里一堆乱线，没有头绪，她倒不出来。

忽然有一天，胡丽莉把林跃然拽到楚云霓面前。

五

林跃然第一次见到楚云霓就觉得她与众不同，仿佛全天下的事都与她无关。这样清冷的女孩子都有些独特的气质。林跃然仔细打量楚云霓，没觉得她多漂亮，简单的裸色连衣裤，腰系蓝丝巾，长发用景泰蓝发簪挽住，仙鹤一样的长腿小半截裸露着，底下一片炫目的小麦色。

楚云霓跟在胡丽莉的身后，一脸淡然地走进吵成一锅粥的会议室。十几号"大神"停止争吵，抬头看过来。他们正在研究大学生服装节的设计方案。胡丽莉微笑着和所有"大神"打招呼，楚云霓则寻个地儿坐下，戴着耳机听音乐。刚刚停顿的争吵再次转为激烈。这个发言说，要弄牛仔系列，充满时尚感；那个提议说，还是职业装系列，正规的总不出错；第三方又说，特长个性要突出来。胡丽莉等大家都说得差不多了，站起来表示，咱们是师范大学，要正统与个性结合起来，野性与柔美相得益彰才好。胡丽莉本来综合了大家的意见，可是大家吵得更激烈了，都说自己的见解最正确。有人见楚云霓一直没说话，就把视线转向她："楚同学，不如你说说看。"

此话一出，所有人都把眼光转向楚云霓。林跃然心有不屑，女孩子嘛，惯会以退为进，这楚云霓又是在网上做服装设计的，这回应该侃侃而谈、大展其才了吧。

楚云霓慢慢地摘下耳机，淡淡地撩起眼皮："你说什么？我没听见。"

气氛尬住了，有点进行不下去。林跃然起身硬着头皮上来做总结："同学们的意见都很好，各抒己见，提出中肯意见。可咱经费少，怎么把有限经费发挥最大的作用，大家应该在这方面想想办法。反正咱们怎么也赢不了纺织服装院校。"他咬咬嘴唇，眼角扫一下四周，人人都看着他。他眼风扫过楚云霓，发现她连眼皮都没抬。他微笑了一下，继续说："现在不是有个流行词嘛，重在参与，咱们不求名次，只要参与就好了。"

到了操作环节，大家反倒没什么想法啦，场面由热烈转为冷清。

林跃然环顾一周，脸色冷下来。

胡丽莉一见林跃然不悦，赶紧站出来救场，她推荐由楚云霓来承办这次活动。她介绍说，楚云霓有这方面特长，她的云之霓小铺也小有名气，不如咱自己设计制作，既节省经费，又美观大方。

此言一出，大家纷纷点头，觉得这个办法可行。

林跃然偏过头问："楚同学，你看呢？"

楚云霓淡淡回复："要我做，就请你们相信我，我做什么，就是什么。如果大家同意，我就做。不同意，当我没说。"

楚云霓话音一落，大家好像被什么东西掐住脖子，静了几秒钟，再次吵成一锅粥，这次直接针对楚云霓。大家都不同意楚云霓这样，没有大家参与意见就是不行。

楚云霓静静地等着大家吵，不急不躁。

吵了一个下午，还没结果。最后，大家把眼光投向林跃然。人人都以为高傲的林跃然定会不同意楚云霓这样独断，没想到林跃然出人意料地点了头。他说："行，就这么办吧。"

接下来的日子，大家伙都聚集在楚云霓和胡丽莉寝室，帮忙创意，参与设计。楚云霓不理睬他们，径自和胡丽莉从批发市场买了大批布料、辅料，开始埋头创作。楚云霓没有听大家设计制服衣裙的建议，而是从民国师范学生服获得设计灵感，又从传统汉服借鉴经验，女生身着汉服襦裙，男生一律改良的长袍马褂，同时大胆采用丝绸与棉布搭配，色彩和边角装饰，既文气又与众不同。

在大学生服装节上，锦城师范大学一亮相，惊艳了全场，一举拿下团体冠军和最佳设计奖，爆了个大大的冷门。锦城师大全体都高兴极了。

庆功宴上，楚云霓第一次感到林跃然火热的目光。

六

胡丽莉的敌意和谣言几乎同时袭来。谣言说，楚云霓在活动中贪污了公款，而且把剩余的布料据为己有。林跃然及时出声澄清，且公示账目明细，还了楚云霓清白。这个风头刚过，楚云霓又被爆出人品不端，善于玩弄男性于股掌中。曼玲更是迫不及待跳出来，充当打击楚云霓的急先锋，"有的人，面上装着冰清玉洁，其实暗地里左右逢源。"

她话音一落，啪的一声，楚云霓清脆的巴掌甩在她脸上。楚云霓的凶悍震慑了全寝室的人。此后，她们只敢在背后嘀咕，轻易不敢面上挑衅。

楚云霓也成为全寝室的公敌，1∶5，悬殊的比例让林跃然颇为担心。楚云霓却还是一副淡淡的、毫不在意的样子。起初，林跃然以为楚云霓假装淡定，仔细观察后，他发现，楚云霓是真的不在意。

　　林跃然对楚云霓好奇起来，这个真实不做作的女孩旁若无人地来去。读书的时候认真读书，生气时生气，欢笑时欢笑，跳舞时跳舞。这个月光下跳着《玉人歌》的楚云霓，就像一座宝藏，越了解越惊喜不断。

　　林跃然用耐心和执着撬开她紧闭的心门。除了情侣间该有的小殷勤，还处处呵护楚云霓，帮助她处理各种琐碎事务，给她最大自主空间，出其不意营造浪漫。

　　楚云霓知道林跃然出身不错，可她从没想过沾林家的光。只是林跃然所描述的幸福家庭，让她打心眼里羡慕，她不知道她动心林跃然这个人，还是他的生活。他们相处期间，彼此一直保持经济独立。她只收过林跃然一件礼物，就是大三生日那天，林跃然用一支紫罗兰发簪替换下她一直戴在头上的景泰蓝发簪。林跃然白皙的手指穿过她乌黑的头发，温润的唇低低呢喃："用这支发簪束住你，今后，你的美只能在我一个人眼中。"她为林跃然踮起脚跳起《玉人歌》，轻歌曼舞，笑脸明媚动人，内心充满对未来生活的憧憬。

七

　　那一巴掌来得太突然，林跃然到现在都还没从那声脆响中清醒过来。

　　一个晴好的午后，林跃然牵着楚云霓的手，穿过林家门前的紫藤架。楚云霓打量着白墙黛瓦的建筑，清冷的脸上巧笑嫣然，似春风拂过林跃然的心田。

　　从见面那一刻起，林母审视的目光一直落在楚云霓身上，眼光似深思，似回忆，让楚云霓摸不到头脑。"听然然说，你家住后街，叫什么名字？"

林跃然抢先答:"叫楚云霓。"

没说两句,林母就打发两个人出去。

林母要见楚云霓在她意料之中。林母明确表示不同意她和林跃然处男女朋友,姿态高傲地说,他们这样的家族容不得这样出身的女子。末了,还塞给楚云霓一张30万元的银行卡,说什么是对她这几年陪伴林跃然的补偿云云。

楚云霓冷冷地看着林母表演,不留情面地拒绝了她。

林母嘴脸狰狞,上来就是一记耳光。啪的一声,响亮,迅捷,有力。

林跃然知道他们完了。他还是不自觉地想她,想她玉人般的清冷,想她动人的浅笑,想她栀子花般的馨香。

时间久了,一些细腻的情节早忘了,心上就是刻着这样一个人影。身边的胡丽莉再柔情似水,再曲意逢迎,就是不能让那个人影淡去。

离开时,楚云霓拿走了那张30万元的卡。他以为她不能拿,可她拿了。虽然一切都随着那响亮的耳光结束了,但他不甘心,他苦恼、烦躁、彷徨,困兽一样红着眼睛走来走去。最后,他下定决心,不管谁说什么,一定过去看看才安心。

八

楚云霓改派到后街,表面上并没有多难过,每日除了教课之外,继续做着她的云之霓小铺。随着网络大发展,她的小铺有了更多的发展空间。她自己做模特,拍照上传,吸引更多粉丝光顾。每日客户不断催促新品上架,她没心情做烦琐的设计,耐不住顾客催促的声浪,随便做件纯棉乳白连衣裙,一字领,直及脚踝,用浅紫腰带束了,标价3600元,拍照上传。半小时内就卖出去了,除了给母亲寄去1000元,扣除成本600元,净赚2000元。

看看时间,来不及回去换装了,就这一身出了门。边走边挽起长发，擦去淡妆，匆匆赶往办公室。

教导处主任秦梅红看见楚云霓急急忙忙地进来，微笑打招呼："楚老师来了！"

秦红梅长得笑眉笑眼的，年过四十，保养得宜。"楚老师，你这身衣服很漂亮，哪儿买的？"

楚云霓淡淡地说："我自己做的。"

秦红梅微笑了："能不能麻烦你，给我做一件？"

楚云霓一口回绝："对不起，我没时间。"

秦红梅惯常微笑的脸上讪讪的。

楚云霓的课一般都是上午最末节或下午最末节。她知道是这个秦主任在捣鬼。秦主任对楚云霓的不满表现在她力所能及的每一个方面。刚一下课，就听秦红梅用她能听到的音量在同事们面前编派她："穷转什么，我最看不惯她那张狂样。听说上学时表现也不咋的，要不能改派到这里来？"

同事们看好戏一样地看着楚云霓，她直接无视而过。下了课，根本没时间休息，要准备下午的课。她来不及回寝室，只好在办公室休息。

校长白子义轻轻地走进来，说要和她谈谈，楚云霓只好起身。白子义是个白净文弱的人，说话和气，长相文气，楚云霓从第一次见他就奇异地感到他眼底跳跃着不知名的火焰。

白校长温和地请她坐下，说有人反映她十指描丹，穿奇装异服，一本正经地教诲她："人民教师要有人民教师的形象。"

楚云霓听了校长的话，微微点了点头，礼貌地告别，出门而去。

九

楚云霓看见林跃然等在寝室外，直接开门进屋，把林跃然挡在门外，甚至没让林跃然看到她泪盈于睫。

楚云霓正色说:"你以后别过来了,这样影响不好,被林夫人知道说不上怎么整治我呢。"

林跃然急急地表示:"对不起,我妈就那个脾气,我一定能说服她的。"

原来他什么都不知道。她没指望林跃然能说服他强势的妈,可心底还希望他硬气起来,说他会不管别人态度如何,就要她。明知道不可能,还存着什么幻想。楚云霓苦笑,从林夫人的嚣张态度就知道事无转圜。当断不断,必受其乱。楚云霓收起最后一丝幻想,硬起心肠。她自小就想斩断尾巴实现幸福,原以为林跃然是陪伴她一起的那个人,怎知是一个美丽的泡沫。

窗外,明灭的烟火整整闪了一夜,室外一地烟头。

林跃然的出现,像证明什么似的,第二天,关于她的谣言传得满天飞。她对任何人不假辞色,继续上课,设计服装。

白子义看她的眼神多了份探究,不厌其烦地指点楚云霓要走正道。楚云霓烦不胜烦,采取一贯的不解释、不理睬的态度应对。

聂五来的时候,楚云霓正患重感冒。看着她憔悴苍白的脸,聂五急急地奔上来,握住她的双手:"才几个时日,咋把自己弄得这样憔悴了?不行你辞了工作,跟我回省城吧。我现在有能力养活你,再不让你受一丝委屈。"

看着这个一直照顾自己不离不弃的好哥哥,楚云霓有一刻心动,真想就此靠进聂五的怀抱。她一直知道聂五不是她的陪伴,他从自己的过去走来,已经放下了,此刻如何能欺骗自己再欺骗他?她狠狠心,坚定地摇了摇头。

看着聂五落寞的身影,她知道,聂五从此走出了她的生活。

围绕聂五的来访,谣言又上了新层次。楚云霓照例不理不睬。

白子义再次派秦主任找到楚云霓,楚云霓还以为又是谣言的事。走进校长办公室,除白子义外,旁边还有教育局一个姓吴的科长,楚云霓以前见过的。

白子义异常严肃，眼底的火焰似乎都被冰层冻住了。楚云霓心里直打鼓，不知道出了什么事。等室内氛围起到足够的威慑作用之后，白子义才开口："楚老师，你在网上卖服装？"

　　楚云霓看他手里厚厚的一沓资料，点头说："是的，可那只是我业余爱好，卖的衣服都是我业余时间做的。"

　　"教师守则知道吧。"吴姓科长插话。

　　"知道。可这并不冲突，教师也可以有业余爱好，我的衣服交易量很小，不占用正常工作时间，算不得业余经商。"

　　"我从来都不知道，你口才不错嘛，可惜用错了地方。没见你在讲台上这么能讲。"白子义调侃楚云霓。

　　吴姓科长似笑非笑地接话说："口才好不等于不违规，你这教师岗位怕要调整一下了。"

　　楚云霓明白，此刻多说无益。

　　其实，离开这个地方也不是不好，再坏能坏到哪儿去，不如就随着命运转弯，且看看到底还能咋样。想想自己曾憧憬在教育岗位大展身手，像吴老师一样，实现桃李满天下的理想，看来这个理想破灭了。吴科长肥唇上下翻飞，如两片肥肠打架，想想就可笑。想到此，楚云霓居然勾唇一乐。

　　白子义悲悯地看着她，奇怪她这时还能笑得出。

十

　　车随着路走，越走路越细弱，最后没有路了，车还在固执地左奔右突。楚云霓安静得像一片树叶，随着颠簸上下飘浮。她想到后街那条细弱的羊肠路，自己从那条羊肠小路出发，几番辛苦打拼，如今又回到羊肠路来了，可能这就是轮回吧。

　　车终于喘息着不动了，司机满脸油汗对她说："天要黑了，今天咋也走不到了，不如找个地儿住下来吧。"

楚云霓从来不废话，点头应一声："好吧。"

司机说："咱看看附近有啥旅馆吧。"

楚云霓蹙眉看着他，没吱声，等他下文。

司机只好再介绍："这里旅馆又贵服务又不好，只有外地拍照片的艺术家住，平常没有人来。"说完司机有些忸怩，"我姓杨，我妹妹开了家小客栈，不如去我家吧。"

楚云霓了然，点头说："好吧。"

说客栈，就是一个农家院，好在比较干净，有一股浓浓的熏艾味道。小杨的妹妹冬至是个圆脸大眼自带喜色的小姑娘。楚云霓问了价格，100元一宿，带早餐。楚云霓不但自己开房间，也给小杨付了钱。这样一来，小杨兄妹明显热情许多。

楚云霓好奇地问："龙门渡离这里还有多远？"

"还有15里路，"小杨不好意思地搔搔头，接着转移话题，"姐，你为啥到这儿？"

楚云霓明白，定是小杨为了给妹妹拉客才要住下的。她淡淡地说："不为啥。"

"姐，你对谁都这样戒备吗？"

楚云霓笑了："没有，我真的不知道为啥。"

小杨想了想，诚恳地说："我叫杨立夏，以后您叫我小杨吧，我妹妹叫杨冬至，以后您叫她冬至吧。"

楚云霓不想继续这个话题："冬至，这里有没有热水？"

冬至快言快语："没有哎，姐姐。客栈后面有条小河，河水连着鲤鱼潭，地下常年温泉喷涌，河水四季温热。咱这里的人都去那里洗。"

"那咱也去吧。"楚云霓说完率先往客栈后边走，冬至拦住她，让她换上雨靴，还抱上一捆艾草。看着楚云霓诧异的眼光，冬至解释说："这里蚊子太厉害，得点着它熏着。"

客栈后面没有路，常年覆盖着没脚面的水，地面泥泞异常，两个人穿着雨靴艰难跋涉其间，楚云霓有好几次差点跌倒。无怪乎古人说"辽泽兮泥沼",看来此言不虚。

这里自然生态保持得非常好,处处原生态的湿地湖泊,水面覆盖着茂密的植被和不知名野花,大片红滩绿苇交错生长,如连天锦缎铺向天边。鹤舞鸥翔,虫鸣唧唧,晚霞和红海滩、芦苇荡交相辉映,鱼鳞样的云如古老图腾升在空中,诉说着这一方水土的神秘。

楚云霓全身都浸在水里,水温暖舒适,包裹着她不安定的心。冬至点起艾草,浓烟冲天。楚云霓掩鼻直呼:"好呛啊!"

冬至却惊呼:"姐,你快看,这烟像不像真龙腾空?这鱼鳞云像不像鲤鱼跃龙门?"

楚云霓仔细看,果然天地异色,人杰地灵,为风水宝地:"什么鲤鱼跃龙门?"

冬至解释说:"这里叫龙门渡,凡天上有这样的云,就是有鲤鱼要跃过龙门。你不知道,这全天下的鲤鱼都要通过这里跃龙门,所以这里是龙门渡。千百年来,无数的鲤鱼从龙门渡跃过,化作蛟龙飞向大海。传说清康熙年间,有一个修行千年的鲤鱼精历尽艰辛来到龙门渡,等待那风云际会的飞天一刻,不想天地异变,辽河口升高,渤海下沉,鲤鱼潭浮出水面,这条修行千年的鲤鱼飞升之途被迫中断,无奈困在潭里。据说,这鱼精为龙首鱼身,已是半仙之体。这鲤鱼潭四季不冻,周边水草丰美、风景如画,几百年来,龙门渡五谷丰登、百姓安居,都是这条鲤鱼护佑的结果。"

"这个传说好美呀。"楚云霓沉浸在故事里,为孜孜以求、不断进取的鲤鱼扼腕。想到自己的际遇,和鲤鱼潭里的鲤鱼一样怀才不遇。

"明天我送你到龙门渡,带你看看鲤鱼潭。"冬至说到做到,第二天,带着楚云霓去了龙门渡。龙门渡村只十几户人家,年轻人外出打工,早都走光了。龙门渡小学早停课了。"派你来这里守着这几间空房子。"

龙门渡小学就在鲤鱼潭边上,这个潭不大,直径十几公里,这里能有修行千年的鲤鱼？楚云霓虽不信，还是对这个传说充满向往。

小学的房子残破不堪，摇摇欲坠。楚云霓找小杨简单地修了房子，打扫了房间，还专门从学校到鲤鱼潭修一条方砖铺成的小路。龙门渡的生活极度原生态，取暖、自来水都没有，楚云霓得大费周章地解决这些问题。好在网络还覆盖这里，虽然信号不太好，至少可以网上卖衣服，她还和冬至合作，做艾条在网上卖，小杨自然成为两人的快递员。

十一

没等收拾停当，楚云霓临时住处来个不速之客——胡丽莉。

一见面，胡丽莉挽上楚云霓："云霓，何必把自己弄成这样，看你这个村姑样子，啧啧，我都心疼啊，何苦为难自己呢？还是放过自己，也放过林跃然吧。"

"我和林跃然的事用不着你来说。如今，林跃然的一切与我无关。"楚云霓一贯的疏离态度拂开她的手。

"既然无关，那你可不可以把那张30万的卡还给我们。"

"这好像也与你无关吧。"

"是这样的，我们已经结婚了，他的钱就是我的钱。再说了，你不是玉洁冰清吗，我们怕自己的铜臭味玷污了你高尚的灵魂。"

"你让他来跟我说，不劳你费心了。"

"你看，等我们起诉就不好了吧，咱们好歹也是朋友。"

"那就来吧。"楚云霓说完直接往门外走。

"等一等，云霓，我是来送请柬的，邀请你参加我们婚礼。"胡丽莉从包里拿出一张烫金请柬，一对金童玉女笑语盈盈。对自己呵护备至的林跃然柔情蜜意地拥着胡丽莉，楚云霓心里一阵酸楚。

胡丽莉看出楚云霓的落寞，于是再接再厉："毕竟咱们是最好的朋友，你不会不敢来吧。"

本来，楚云霓是不想参加他们婚礼的，听胡丽莉这样说，她决定参加。

一袭湖蓝色的长礼服，搭配白色外披，景泰蓝簪子挽住乌亮长发，楚云霓站在人群里，淡淡地看着热闹的婚礼，热闹的人群。看着一双璧人程式化地互换礼物、亲吻、来宾发言、众人喧闹。蓦然，一个尖锐的声音响起来："你怎么来了？"林夫人不善的眼光狠盯着她。

真是冤家路窄，楚云霓晃了晃请柬，淡淡地说："林夫人，你们请我来的，不然，你以为我愿意来吗？"林夫人蹙着眉不再言语。

回到了龙门渡，楚云霓连衣服都没脱，直接奔进鲤鱼潭，把自己的身子沉浸在温暖的水中。鲤鱼潭刚刚下了一场雨，潭水仙气润泽，温润异常。楚云霓想起那鲤鱼，等待千年、修行千年，在风云际会的那一刻，天地骤变，雷电交加，渤海水位下移，辽河口升高，鲤鱼潭露出地面，正在飞升的鲤鱼因这一变故，化作龙头鱼身的怪物，永远沉到鲤鱼潭底。楚云霓把自己的身子沉进鲤鱼潭，感到潭底激流汹涌，似鲤鱼微微发怒的征兆。她不闪不避，把一身的怨气全部融化在水里。有一刻，她甚至想和潭底永远不能越过龙门的鲤鱼一样，就沉下去算了。她自小就立志逃离，逃离她的出身，逃离周遭的流言蜚语，去过体面有尊严的生活，到头来，和那鲤鱼一样沉在潭底，最终零落成泥。

她想喝酒，没有找到酒；她想和谁说说话，没有找到人；她对着沉寂多年的鲤鱼，做着举杯邀夕阳的姿态，跳起《玉人歌》："算愁满离肠，十分岂止。倦倚阑干，顾影在天际。凌烟图画青山约，总是浮生事。判从今，买取朝醒夕醉。"

十二

龙门渡小学在她到来半年后，彻底停摆。对于她的去留问题，教育局给出方案有二，继续留在村里或回到县上等待另行分配工作。龙门渡小学作价30万对外拍卖。楚云霓丝毫没犹豫选择留在村里，用当初林夫人给她的30万买下这溜儿小平房和小操场。

楚云霓请小杨做了简单的修整，保持原有的古朴和原生态。加固了院门院墙，添置一些必要的东西，在院子里搭建一个木质凉亭。做好这一切，楚云霓仍不愿意创作，思想像灌铅一样运转不起来。可能雨水多，思想的翅膀灌了水，抬不起来了。她沮丧极了，暗暗攥紧拳头，烦闷异常。她疯狂想有个舞台，让自己尽情舞蹈。她一遍一遍跳着《玉人歌》，能欣赏的只有这潭里的鲤鱼了。

在龙门渡闲适生活没几天，白子义来看望楚云霓。他开门见山，希望她可以调回学校。说完这些，目光炯炯地看着楚云霓，眼里的火焰几乎要跳出来把楚云霓点燃。

楚云霓连跟他废话都懒得说，干脆置之不理，转身去了鲤鱼潭。

娘来到龙门渡，看到满目的荒凉，哭了，自己的女儿变成了村妇。娘痛心疾首地闹过之后，居然留下来照顾她生活。娘在后院开辟了一个小菜园，种些时令蔬菜，学着给她做应时应晌的饭菜，怕她饿坏了胃，闷坏了身子。

楚云霓不想和她说话，不创作时就偷偷到鲤鱼潭边跳舞，像娘当初做的一样。她觉得只有舞蹈能安慰自己。她一遍一遍地跳着，直跳到脱力，死鱼一样倒在地上。

娘说，这首《玉人歌》你只是跳出个人的情绪，没有跳出辽河口人民的生活和文化积淀。寸子舞的每个动作都积累了几百年，是生活精华的凝聚，你这首《玉人歌》只有皮毛，没有言语说不出的内涵。

楚云霓无语了，她第一次理解了娘，理解了寸子舞，娘和她一样有一颗传承和发展寸子的心，只不过表达的方式不同。她的舞蹈似是而非，她的诗与远方是海市蜃楼。

她在苦恼和彷徨中，学李白举杯邀明月。醉卧沙场君莫笑，她跹跄起舞，满目孤独，她邀潭里的鲤鱼与她共饮，共跳那首《玉人歌》。古老的龙门渡，飘飘白衣，如诗如画，演绎凡人不屈的飞升神话。

她梦见了那条鲤鱼，片片鱼鳞闪着金光。它在耳边轻轻叹息，轻抚她脸颊，叙述它的苦闷与彷徨，它的飞升与梦想。等宿醉醒来，明月皎洁，清风徐徐，只有她一个人孤寂的身影。

十三

《玉人歌》红遍网络时，楚云霓还在鲤鱼潭边。

人们都在寻找那个把满腔的怨恨惆怅和舞蹈融为一体的精灵。

叶离枫没想到自己一次采风中随手拍的视频能如此火爆，他盯着那个精灵一样的女子，内心充满好奇与悸动。他的制作团队想趁着网上热乎劲，做一个专访，说说这个舞蹈背后的故事。

寻找楚云霓费了些时日。等找到楚云霓，请她说说《玉人歌》背后的故事，人人都以为她会兴奋异常。没想到，楚云霓毫不犹豫地拒绝。人们就是这样，越是没有后续，越是期盼，于是网友开始翻腾，翻出楚云霓的云之霓小铺和当年与林跃然的爱情。

楚云霓的鲤鱼梦做不成了，云之霓小铺和当年的爱情再次成为她飞跃的尾巴，她决定回红尘历练一番。

楚云霓开始不断上升，她的"云之霓"已做成全国闻名的服装品牌，她还涉足文化产业，围绕着她形成一个巨大上升旋涡，产生很强的助推效果。她开始忙碌，忙碌到陀螺一样旋转，每个人握着鞭子抽她，从早上到晚上，人人都有事，事事都得她去解决。钱的数量虽然不断增加，她的幸福感却在不断下降。现在的生活看上去金碧辉煌、锦衣玉食，实际上步步惊心、血泪辛酸，她没工夫整理妆容衣饰，没时间盘算理想追求，没时间理会爱情、亲情、友情，她觉得自己的每一张钱都沾满鲜血汗水，钱越多，心血耗费越多。

她想到家乡的芦苇被锋利刀刃穿过的疼痛，芦苇成片地倒下去，只剩下被搜刮干净的茫茫原野。自己到后来，或许就如那片空空的茫茫原野。

林跃然和发了福的胡丽莉是楚云霓绕不过的坎儿。他们再也不是刚刚好的那一时刻了，而是什么都富余了，再精致的妆容遮不住胡丽莉满脸细纹，几年不见，胡丽莉身材成功"提档升级"了。

胡丽莉还想强做大度："云霓，祝贺你，终于成功了。"

楚云霓没理睬她，一笑而过。

林跃然一把拉住她："为了给我看，用得着出卖自己吗？"

还有这样自恋的人，楚云霓直接怼回去："林跃然，您想多了。"

林跃然还是找到楚云霓。当年瓷白的脸色已经泛起动人的小康颜色，职务让他滋生从没有过的自信，他低声请求："云霓，咱还能回到过去吗？"

楚云霓连话都没答，转身而去。

高品质生活并没有给楚云霓带来如期的幸福，麻烦还是很多很多，多到楚云霓觉得累了。她回到龙门渡那一排摇摇欲坠的平房里。千帆过尽她才知道，少年时深埋心底的寸子心已成长为精神树，而龙门渡就是她的精神家园。

十四

《玉人歌》的走红带起了龙门渡的旅游产业，小村的游人开始增多，有些人声鼎沸的态势。鲤鱼潭变成了风景区，红唇妖艳的导游诉说着鲤鱼跃龙门的传说，龙门渡整体改造成龙门小镇，楚云霓的房子和杨炎正故里都是拆迁改造的重点。

市里已通知她动迁了，这里的一切都将大变样。

娘高兴得合不拢嘴，夸奖楚云霓有眼光。

夜深了，娘俩躺在床上，说着悄悄话。楚云霓细打量娘依稀清丽的容貌，而自己的眉眼虽像母亲，却多了锐利。

"娘，我父亲是谁？"

娘红了脸："我也不知道他在哪儿。"

"娘，再找一个吧，您已经够苦了，别再为不相干的人再搭上仅剩的晚年幸福。"楚云霓不等娘回复，起身回到自己房间。月光顺着窗棂洒下来，不规则地排列着光影。

夜深了，她一个人来到鲤鱼潭。月光皎洁，星光熠熠，多好的月光，她踩上寸子，一遍一遍地跳跃。她为这支舞疯魔了，不吃不睡，痴痴地跳着，舞着。娘说："省城的公司一天打八遍电话要你回去，龙门渡的拆迁协议等你去签字呢。"

楚云霓并没有停止手上的动作，只简略地说："我管不了那么多，对于舞蹈，从没有如此感同身受，内心被激荡着，渴望着。"

娘含泪笑了："我终于可以放心地把一切都传给你了。"

娘拿出她珍藏一辈子的笔记本和寸子鞋，郑重地交给她。这不仅仅是一个个笔记本和寸子鞋，它包含着几代辽河口人对生活的爱与向往。

楚云霓接过笔记本和寸子鞋，像是接过沉甸甸的嘱托。

娘努力了一辈子，也没把辽河口民族民间舞蹈推广出来。缺资源、缺人脉，最主要的是缺少资金。楚云霓传承过来，一样面临这样那样的困境。光有《玉人歌》《龙门渡》这样的优美舞蹈还不行，还要有人热爱。现在学舞蹈的女孩子不少，学习传统民族民间舞的不多。楚云霓决定把所有的资金集中起来，创办辽河口民族民间舞蹈学校。

办民族民间舞蹈学校是一个烧钱的行为，为了舞蹈传承，她还是决定任性一回，创办这个学校。她让娘出任这个学校的校长和法人代表，请吴老师做学校管理和后勤保障。

安排好这一切，楚云霓背起行囊悄悄回到省城，继续陀螺般的生活。楚云霓节省每一分钱用于学校运营，长期的营养不良和超负荷工作让她积劳成疾。叶离枫几乎要疯掉了,他不明白这样一枝美艳的花朵,怎就没来得及盛放就委顿。不行,他一定要为她做些什么。

在母亲和叶离枫的照顾下,楚云霓逐渐好转,学校的孩子们也期待着她康复。

云霓出院时,一队队舞蹈学校的学员早早等在大厅。见到云霓,并不多话,踮起脚,跳起连夜赶演的舞蹈《寸子心》,一个个天鹅般的身姿,面向苍穹,飞升般跳跃。

寸子无心,根根残忍地磨损红颜;寸子有心,寄托无限跨越的向往。

小站昔年曾飘雪

◎ 杨 明

一

2001年秋，深山里铁路沿线两侧层林渐染枝叶参差的时候，老郑和老王坐上火车去段里开会。马段长在会上强调，凌甘全线590公里线路必须在年底前全部翻新改造完毕，各养路车间支部书记和车间主任具体负责好各自分管区段的工作。会后两人和其他书记、主任一起到人事科领人。几个应届的铁路运输学校毕业生在科里坐等着，科长念着花名册，念到南涌时，科长让他跟老郑、老王走。

离了段去火车站，他们要坐车回本车间所在的青屏关车站。等车来时老王回了下头："叫啥来着？"

南涌上前一步，说："王主任，我叫南涌。"

"二十几了？"

"19。"

老王随口又问了几句家里几口人，爸妈都是干啥的，等等。

车上没几个人，显出空旷。老王拣个靠窗的座位，鸭舌帽檐斜着向下一扯，腿一伸，胳膊交叉一端就把脑袋抵在窗沿上。一路上除了偶尔转转脖子，两个多小时的行程他基本就是这个姿势。南涌发现，老王睡得很干净，丝毫不稀松，不像很多人那样连吧唧嘴带滴口水，把前襟都濡透一大片。这是个在谨严中放空的人，惯于在长期的奔波劳顿中安详稍憩，以致把他对面一个上车后捧书而读的女大学生也诱得直打哈欠，合卷伏案。

老郑一直在和南涌交谈，音量像矿石收音机一样开得让南涌担心地向老王方向扭头，老郑笑着摇头说："没事。"

声音不得不大，凌甘线沿途多山，窗外峰峦起伏，翠碧延绵。从工务段所在地的凌云市一开出去，各节车厢内所有灯光全部打开，一个隧道刚过完，耳膜鼓胀的感觉还未消失，南涌张着嘴巴，眼前昏明交错，下一个隧道就嗡的一声冲了进去，车轮轨道，钢铁碾击钢铁的空洞声音无限放大，轰轰隆隆。老郑数着数，一个一个地给南涌介绍：丹塘隧道、刘苍满隧道、野杏坡隧道、周三炮隧道、艳阳庄隧道、小南蛮子隧道……南涌不解，怎么三条隧道六个名字，还杂七杂八连地名带人名？老郑摇摇头，告诉他，不是六个，还是三个，凌甘线本是1970年建成的一条从凌云市到甘泉池镇的战备线，90年代以后，这条沿途人迹罕至的铁路才改成了民用线。

以所在地名正式冠名隧道是竣工通车之后的事。那时候，修筑凌甘线的某师铁道兵们都把这条线叫作"小成昆"，之前的成昆铁路也是他们那个铁兵师参与修筑的，成昆线全线修通牺牲了六千人，每隔一两公里就有几个铁道兵的坟茔。铁兵师从成昆转战到凌甘，几乎每穿透一座山都有战士倒下去。为了抢进度，铁道兵们没有时间给隧道起名字，就把牺牲在隧道里的战友名字或者外号记在隧道口，标在施工图上……就像那个周三炮，隧道半程塌方时把他埋在里边，战友们扒他出来时他已经快没气儿了，憋得顺耳朵眼冒血，腿也砸断了，心跳也骤停了。战友们拿死马当活马，把他送到医院，回手就把周三炮用红漆刷在了隧道口。没想到周三炮在医院躺了六天六夜，又活过来了。复员回家后又活了三十年，至今仍然健在，过去的事他没忘，年年盼着早点去世了，儿女能顺从他一回，按他的遗愿把骨灰送回到凌甘线的青山翠谷中，与当年的战友们长眠在一起。

"小南哪，快到站下车了，"老郑拍拍南涌的手背，"咱养路车间已经快五年没来过新人了，一下子就来了个你，这么年轻还是正牌运校毕业的，金凤凰啊，好事儿啊，高兴啊，老王和我欢迎你来，全车间的叔叔大爷哥们儿弟兄们都会欢迎你。"

南涌笑笑："您这不都欢迎我一道了吗，其实不至于的，就是正常来上班嘛，我谢了。"

老郑说："那我最后再跟你强调这么三点，行吗？"

"您是领导。"

"别这么客套。第一，咱工务段里养路人都是实打实的爷们儿，站着撒尿金枪不倒，从不装花装草。第二，咱们段所管辖的线路都是支线线路，不是正线、干线，咱们车间所在的凌甘区段是支线里的支线，虽然有山有水，风景那是没的说，画册上都画不出，可咱这儿真是太偏僻了，地老天荒，特别寂寞。第三，养路工是铁路行当里最艰苦的一个工种，劳动强度大，作业环境恶劣。一辈子在野外直接与钢轨和轨枕打交道，又脏又累，干了一辈子的老养路工几乎个个都有职业病，不是腰有硬伤就是周身关节风湿。分配工作时没人愿意来干养路，有的来了也不安心工作，想方设法调走。可是你要知道，养路作业是保障铁路运输畅通无阻最基础的一项，没有你和我，就没有火车的安全正点。"

"我该怎么称呼您，郑……大爷还是郑书记？"

"老郑就行，以后跟老王也这么叫。"

"老郑，人都是仰面看天低头选路，能通到哪儿谁也决定不了自己，就像我没考上大学念了运校来伺候铁道一样。人脚下的路和脚上的泡都是自己走出来的，每一步都要脚踏实地。这是临来前我爸亲口跟我说的。老郑,放心,我上班挣钱,干活吃饭。"

"你爸是干啥的?"

"语文老师。"

"教大学的?"

"教大学那是教授,教初中的。"

二

南涌家所在的凌云市离青屏关太远,没法天天跑通勤上下班。老郑家就住在青屏关站后边的职工房里,这些住人的房子还是七十多年前日本人驻占满洲修铁路时盖的黄墙黑瓦的披山式平房。和青屏关车站一个样貌颜色,只是房式上微缩了些。老郑腾出一户当年日本站长的房子,让自己家属给新来的弟兄拾掇拾掇,南涌婉谢,在车间的养路工区里支了一张行军床。

老郑欲把南涌直接融入集体,让他在跟班组大队人马一同在集体作业中感受爱岗敬业的气氛。老王却不同意,说这孩子是个有个性的人,说服了老郑让南涌先去巡道。巡道员工作时必须在车来车往的铁道中间行走,是单独作业的铁路工人,磨炼的是胆量、忠诚、耐力、应变能力,积累工作经验。

老王这个人在说话上最大的毛病就是逻辑都在毫无逻辑之中,人多时要么一声不吭,吭出声来就起码是半军事化;突然前后不搭进出一两个短词句,手下的养路工人弟兄们必会绝对服从;当老王对着一个人说话通畅顺溜时,他的目光又在空茫远处,完全没在受听者那里。南涌看得出来,老王非常有唠唠散嗑闲嗑的欲望,像作内涵诗作惯了的人也特别想写两篇散文一样,但他挑剔,分什么样的听众或读者。他这点跟老郑不同。他对南涌说:"人得耐磨,从前磨三年二载,现在这世道浮躁,拐带得连姓虎头上三横一竖的都心里没根儿了,但我的徒弟最起码也得巡满三个月再说,第一天上道我带你走一趟,熟悉熟悉。"

巡道员的职责是不定时检查线路状况,防止线路的意外伤损和突发事件出现。一个巡道工负责一段线路,每天日不出而作,日落也不息,背着二十多公斤重的巡道工具袋,一个班次往返行走十几或几十公里不等,行走时全程低头,目光只在两轨之间不间断扫视,时间长了也会生职业病——微微的驼背,视野的狭窄。

黎明时分天未亮透,热乎乎地睡得尿欲胀破时被越迫越近的沙沙声音虐醒梦境,老郑在窗外未明的天色里扫院子,见南涌迷迷瞪瞪跑出被窝,在门廊下又是仰观天象又是地上觅踪,总而言之是各种焦急地观望判断,便向厕所摆摆下巴继续清扫。夜行的火车隐隐喻鸣,远处小车站上汽笛在叫。南涌抖着寒战跑回来,老郑和他同步进展,开了灯洗了手让南涌去工具柜里提出那两只装得满满的巡道工具袋来,让南涌将其中一只里边的东西一件一件拿出来,在灯光下仔细检查,确认性能良好无破损残缺后再装回去。老郑说:"这是作业规章里上岗前的第一条,不能简化省略。"

"铁扳手、短撬棍、螺栓螺母、道钉、钢筋铁线、路牌、信号旗、道灯、小铜号、火炬、响墩……"老郑说,"巡道工具备品零件的用途用法,在运校里都学过没有?"南涌说:"学过。"老郑一晃手里的路牌说:"这是和邻站巡道员的交换凭证,巡道员单独作业无人监督,用标明着不同日期和班次的路牌进行自我和相互监督的管理。"老郑指指火炬和响墩说:"这些呢,信号工具已经齐备了,昼间用旗,夜间或者昼间天气不好、阴天雾天时用灯,需要声音警示时还可以用小铜号,还要这魔术弹和小烧饼干啥用?脱裤子放屁?"脱裤子放屁是从久远年代流传下来的东北歇后语,意为啰唆,自找麻烦,多此一举。其实也是没办法,歇后语盛行时的年月穷人多,缺吃少穿,脱裤子放屁麻烦是麻烦了点,起码能省省衣服。

南涌说:"不是脱裤子放屁,巡道工人上岗作业时必须标准着装、正确操作、规范用语、传呼应答,绝不允许随意脱下裤子信口开河。"

"不要跑题，我问的是魔术弹和小烧饼。"老郑说。

巡道备品中的火炬是一根紧紧卷裹起来的油纸棍，比常人的大拇指略粗，长三十厘米左右，前端是个带引信的铁盖，尾端是个尖锥状的铁套。油纸里压缩卷裹的是火药镁粉，各种硫化物。火炬插在地上拔下铁盖时，火焰能腾空喷起三米多高，夜间强光照亮区域达半公里以上，可连续喷烧十分钟左右。响墩是一块两面磁铁的金属圆饼，有奖牌大小，一指来厚，饼馅是黑火药配以微量黄色炸药。魔术弹和小烧饼是在旧记忆和慢节奏里土生土长的沿线铁路工人的叫法，从新中国成立初期到现在，也很久很久了，很亲切，但不规范。

南涌左手抓起火炬，右手抓起响墩，示意老郑说："灯旗铜号都是日常的信号工具，这些是突然遇到危急情况时——"

"什么危急情况？"

"比如大树倒卧线路中间，山上巨石滚落到线路上，热胀冷缩导致钢轨突然断裂，凭单人的力量无法排除故障时，巡道员就要立即采取措施，合格的巡道员必须牢记所负责区段的所有列车运行时刻，马上向将会来车的方向尽可能远地奔跑，时间允许的话跑到一公里外，在线路中间点燃火炬，钢轨上安放响墩，司机看见火光轧响响墩之后停车避险。"

老郑拍拍南涌的肩头："说起来，咱们的工作方法和生活方式都很落伍了，外面的世界一日千里，你从山外飞进里边来，应该比我更清楚，对吧。再多说十年，咱们恐怕就得被淘汰了……"

用不了十年，南涌在运校时，老师讲课说："你们毕业了正是大显身手的时候，新式铁路革命、电气化联锁联动、动车、高铁都会纷纷上马运行，迅速领先世界呀，同学们，不要辜负时代，不要辜负自己。你们想想看，现在仍然暂时残留在咱们教科书里的蒸汽机车、人工检视和维修养护线路，在不久的将来会是多么的可笑。"

南涌回家把老师的话学给他爸爸听,他爸爸说:"不可笑,你们老师是从技术层面上讲的,不能光看一个层面,而且任何层面也不可能一蹴而就。我们不能嘲笑历史,我们不敢嘲笑历史。"

老郑说:"可咱们一辈辈的养路工就是这么过来的,知道将来肯定被淘汰,现在也得认认真真过下去。当兵的早晚得站最后一班岗,人家开飞机,人家开大炮,那是人家的事,咱们扛步枪,轮到咱们了,就要站好、扛好。"

南涌后来回家也把老郑的话学给他爸爸听,他爸爸说:"你们老郑是从情感和职责的角度上说的,人要理性,太感性耽误事,但脚踏实地地忠于职守到什么时候都是优秀品质,你要学习。"

老王来了,对他俩点点头,检查好另一只工具袋,用一柄长柄道锤挑了背上肩头,说:"走吧。"

三

老王和南涌出门就跨上了线路,老王说:"上午一往返,先巡南边,往艳阳庄站方向;下午一往返,再巡北边,往柿子谷站方向。"

走着走着,老王一指:"看那儿。"南涌顺着老王的手指,啥也没看着。老王不紧不慢地走了二十来步,取出铁扳手把一个轨枕螺帽一圈一圈地拧牢。

"这颗螺栓松了,螺帽比别的螺栓高出一寸。"老王说。

南涌站在原地又向两边望望,螺栓无数,密密麻麻整整齐齐地排列开去。南涌的眼睛可一点毛病都没有,左右眼裸视全一点五。在学校宿舍里,学弟在他侧下方的被窝里用手机看中国足球现场直播,斜上铺的他睡得迷迷瞪瞪,翻身的时候睡眼惺忪地瞥了一眼下边说,那个5号最臭了,停个球都能停出十米远,有啥看头。

南涌说:"不是老王,你这啥眼睛啊,鹰啊?"老王说:"照从前差多了,老了,花了。"

天气晴朗，太阳越爬越高，光线充足。老王扭头眯眼去看。南涌问："咋了老王？"老王说："火车要来了。"南涌说："火车来了咱们下道避车就是了，您看天干什么呀？"老王忽然眉开眼笑，说："你看。"

南涌学着老王的样子，叉开双腿跨站在另一根钢轨上方，微弓腰探身手搭凉棚向前望去——阳光照在锃亮的钢轨面上，轨面反射阳光，光和热使气流升升腾腾，让人的视野虚虚幻幻，列车从地平线上爬过来，小小的火车头拽着一串火柴盒一样的车厢摇摇晃晃地水波一样在气流中左右波动。

"好看不？"老王说。

"好看。"南涌说。

老王把南涌拉下铁道说："一个人长年累月地在路上，闷得慌，没事给自己找找乐儿。"

火车迎面而来，汹汹地逼近，南涌看到，老王从工具袋里取信号旗，放下袋子在道口旁站好，准备按作业标准接车。

铿铿锵锵，几十节车皮用疾风挂起来，叫大列。车轮滚滚，大列无边。老王面向车头立正，汽笛长嘶一声，大列昂然，从微不足道的老王身边隆隆碾过。老王衣袂飘飘，右手缓缓抬起，敬军礼。左臂平挥，指明列车前进的方向，手中的绿旗在风中舒展开来。

走到一个道口前，一座没门没顶塌落半边的小房戳在道口边，老王说："原来看守道口用的，后来没人看了，废弃了。"房里传来蟋蟀磨翅的声音，一个背书包的男孩跟着蟋蟀跳了出来。

老王一脚碾碎蟋蟀喝问："干啥去？"

男孩盯着老王的脚眼泪汪汪："我妈让我上学去。"

老王："上个狗屁的学，赶紧给你妈拾柴火去。"

"谁呀？"南涌望着男孩折身跑开的背影。

"兔崽子回来，妈的。"老王的手对男孩遥遥一劈一指一斩，"别去北坡去西荒地，北坡的荆条子早让人砍光了，西荒地的玉米棒昨天刚掰完，满地都是站着的秫秸秆。"回头对南涌说："我家二小子。"

"为啥不让孩子上学呢？"

"有个屁用，上出大天来还不是和老子一样遛铁道。"

"你等着将来让孩子接你的班？"

"那我得烧高香了，咱们这行再苦再累好歹也是按月开工资的国有企业，他接不上的。他爸是铁路工人，他妈是村妇女主任，管结扎的，他一条漏网之鱼也甭想指望上学念书改变了他自己，人不能头发长见识短，过日子一辈子的事，早点学会抢柴火比啥都强。"

走出一条隧道，老王蹲下系鞋带，同时双手在钢轨边虚拟了一下，起身就跑。

"咋了老王？"南涌喊。

"作业演习——出现险情，设下响墩，马上通知前方列车。"

南涌拔腿追了上去，一口气跑出一公里。老王回头看看他，指指手表说："还行，不算理想，要经常练。"

南涌长长舒口气说："老王。"

"啥事？"

"必须得背着工具袋奔跑吗？太沉了，比如说我发现险情设好响墩后扔下工具袋轻装奔跑不算违章吧？拦停列车后再回来取。"

老王又上下看看他，说："规章上没有硬性规定这一条，随每个人的意了。我从来都是背着工具袋跑的，战士冲锋先扔枪？我没那习惯。"

对面一个人影遥遥走来，老王指了指说："前边就是两站交界，以后你每班就在那和邻站巡道员交接。"

老王和南涌和邻站巡道员走到一起，交换了路牌，互相在对方的工作记录本上签名。聊了几句，挥手相别，又依原路巡视回来。

南涌听老郑说过，老王家住在距青屏关和艳阳庄车站均十来公里的一个村子里，早年老王担任巡道员的时候，他和艳阳庄站的巡道员高老疙瘩是门挨门院靠院的邻居，还是儿女亲家。用交换路牌和互相签名作为监督和约束的手段，对于老王和高老疙瘩这样的两个人而言就有些微妙，有些画地为牢的味道在里边。假如这种居住位置和社会关系的两名巡道员大门不出二门不迈，捏着酒盅盘坐在自家炕桌边换牌并互签，那就只能天知地知你知我知。老郑说这世上到啥时候都有不需要监督手段的人。

刚才和老王及南涌换牌签字的人不是高老疙瘩，高老疙瘩已经去世了。他退休前一年得了癌症，没挺过三个月。老王又指了一下，说："那不，看见没，就那个坟头，他临死前托我把他的骨灰埋在两站交界的铁道旁边。"

吃了中饭，下午向北边进发。再回来时已经是黄昏了。

"我想起来了。"南涌说。

"啥？"老王说。

"我早就认识你，上学时就认识。"

"瞎扯！"

"我没瞎扯，真的，老王。我上运校时看《铁道日报》，里边有篇人物通讯，叫《头雁的脊梁》，说青屏关养路车间是春天里的雁阵，几任养路工在领头雁的影响带动下，没有一个不安心工作的，领头雁说的就是你，那是九七……对，是九七年吧。"

"噢，那是老郑写的宣传稿，来。"老王拍拍路边的石墩，"你陪我坐一会儿。"

老王说："上午南头咱俩不是路过一个废道口房吗，就是碰到我家老二那地方，九七年那会儿咱车间有个巡道员姜老三，三十多岁才娶了个二婚的，那一阵子他天天跟媳妇闹磨合，头天晚上他把媳妇打得头破血流，媳妇说'好小子，打得好'，就连夜跑了。第二天上午该他走班，他领着他的狗就出来了。他媳妇前夫带着几个人埋伏在道口房，等他过来了就堵住了他。狗拦也拦不住咬又咬不过，还让人家差点一棒子打折了胯，吓得跑回工区冲我叫。我赶过去时战斗早结束了，姜老三趴在地上昏过去了，前夫他们撤了。狗闻他拱他，回头冲我晃尾巴。我把他拖到道口房的墙根下，背上他的工具袋就去走他没走完的路了。留下狗蹲守他。"

"老郑的稿就是那时候写的？"

老王点点头。

"后来姜老三调走了？"

"没有，直接辞职不干了，他媳妇说我身为领导看着手下的弟兄受了伤不先给送医院却去巡道，没人味，连条狗都不如，跟这样的领导干，寒了职工和家属的心。"

"他们俩没离婚？"

"没有，过得红红火火的离啥婚哪，人嘛，男人女人都是过日子过出来的，日子嘛，只要打不死磨不烂，谁跟谁过不是过，人家两口子现在在深圳打工呢。"

南涌说："你没问问他媳妇，他的伤又不是我找人给打的，打人的打完就扔下不管了，凭啥我给送医院？"

老王摇摇头："没呀，当时没往那想，想的是个人天大的事也没有工作重要，人身安全和行车安全我首先要保证行车安全，我是干这个的。"

"人这一辈子，很多事谁也不知道怎么做算对，怎么做不对，反正我做了就做了。"老王回头看着南涌，"你从段上来报到那天，临下车时对老郑说的最后一句话我听见了，我赞同你。人走到哪儿算哪儿，用不着想那么多，好好迈步就是了。老郑是思想干部，有他的一套想法做法，他老愁着咱这没新人来，来了又不安心，老琢磨着咱们也得进步发展。其实要我说，操那多心干什么，这铁路线，这小车站，不一直都有着吗，有着就最好哇。什么责任、追求、理想，光说在嘴里有什么用，人不过就是一种活法，我就这么活。"

落日平西，火红巨大，在两条钢轨向远方流畅到目力穷尽的地方轻轻跳动。前边几十米外，夕阳的背景中，二十多个扛着大头镐的养路工上了铁道，脱了上身衣衫，在秋风里袒出脊梁，每两人一组，略错开，背对背在钢轨两侧的轨枕旁站定。在小站上养护铁路，最日常的集体作业项目是捣固。铁道线的基本构筑是砟石、轨枕、钢轨，砟石在地面堆成道床，道床上铺设轨枕，钢轨卧在轨枕上，三者以地为基，彼此承担。捣固，就是用一把一头带尖一头带钝头的大头镐，把因列车不断行驶造成震动而导致移位散落的砟石重新打回枕底，揳进地皮，保证线路的稳固。

类似青屏关这种没有立交桥没有高架桥的闭塞之地，无论什么路都直接铺设在地面上，在养路工人们的眼里，铁路也像孩子一样，有血有肉，老郑就曾经说过，咱的铁路不是打石头缝里蹦出来的孙猴子，咱中国人讲究天公地母，路是大地的血脉，大地是路的母亲。

大头镐，南涌的运校老师用黑板上的图例介绍说，是在20世纪初期日本铁路股东在中国东北侵占南满铁路时给中国劳工特地设计的。大头镐从力学结构到手感重量，从长度到外观造型，到每一把镐的淬火钢印编号，像量身制作的鞋子一样，都是丝毫不带含糊的。战争结束，日本人回老家修建他们的新干线去了，老王和老郑们，一直把大头镐扛到了2001年，扛进了另一个世纪的大门。

老王拍拍南涌的肩："以后的路是你自己的了，自己走去吧。"也上了铁道边走边脱上衣，一伸手，一个养路工递过一把大头镐，老王接过，在工人们的最前面取位站定，镐头举起轻轻一晃，几十把镐头随即举成了一片小小的镐林，镐头高高抡过头顶，深深打进脚下，工人们不用用眼看，如司机开车时不用盯着方向盘一样，手感和经验使人了然于胸。一把镐头从抡起到落下，镐把是半径，镐头是圆弧，一个人，一张弓，两个人抡出一个互补的三百六十度。从远处看，人在夕阳里，劳动成了带金晕的轮廓，镐头在眼花缭乱中此起彼落上下翻飞。

这就叫作逆光中的错落有致。

镐声笃实饱满，一镐八瓣汗珠，夕阳被镐声的节奏送回家去。

四

12月初，南涌结束巡道实习后的第三天，青屏关养路车间管内线路翻新改造作业开始，集中更换超过服役期限的轨枕和钢轨。

老郑对南涌说："我盼到这一天啦，我们家三辈子铁路职工了，爷爷日伪时期当劳工，我爸爸当年就是铁道兵，这线路上的轨枕和铁道都是他们亲手铺设下来的。我打上班第一天就养护它们，伺候它们到现在，现在轮到我为它们更新换代了。昨晚上我做了个梦，梦见那个奥运圣火递到我手里了，我举起火把就跑哇，跑哇……"

一个社会、一个族群，总是在前进着。发展是延续的，道路是漫长的，很多时候漫长得使发展像植物的开花生长一样，肉眼无法捕获辨析。但绵薄之力的个体都在发展的路径上留下或闪光夺目或雪泥鸿爪的足迹，都不会漏掉。

换枕换轨作业对于铁道线来说类似于医生在人的肢体上做手术。由于铁路自身的行业特点，它二十四小时必须保证分秒畅通，经过严密计算并施行的运行时刻图表不容许有丝毫的打乱，火车也就绝不会因局部段落的伤筋动骨而缓行或停止。换枕换轨就必须在间隔时段稍长些的两列车前后通过之间的"窗口期"集中人力抓紧作业，铁路行业术语称之为"封锁"和"会战"。

雪花飘飘落落，上百号人黑压压地集中在雪地上，站在最前边的是老郑和老王。

老郑频频低头看表，抬头远眺，二十三分钟后，一列客车将从这里正点通过，下一趟货车将于一小时零二分之后通过这里。这一小时零二分就是工人们今天的"窗口期"。

马段长也来了，在不远处的轨道车上督战。轨道车不到黎明就从工务段所在地凌云市开了出来，因为待更换的新钢轨新轨枕都得由轨道车运来并顺次卸到路基两侧的沟坡地段，由于路肩太窄，一根最长最重，型号最大的道岔专用枕顺着七十余度的陡坡骨碌碌地滚落到十来米深的沟底。操纵按钮的轨道车司机立即停止机械作业，脑袋探出窗外向下一望，叫了一声："糟。"回头对副驾位的马段长说："我马上把轨枕捞上来。"马段长探身一按他的手："别忙，你先把车挪开。"

轨道车司机匆匆跑来，最先看到了人群中站在老郑、老王身旁的南涌，忙招手示意让他赶快过来，南涌左右看看，出了队走向他。司机忙把南涌又拉开些，和他咬耳朵，南涌扭头向远处望望。老郑喊："哎，你们干啥呢？""没啥没啥。"司机手捶了一下南涌的胸口，跑到近前说明轨枕落沟的意外情况。老郑把手一招，一百多人呼啦啦跑到路基边向沟底探看。

老王时年五十二岁，身高一米六三，甩掉大棉袄叫了声："谁来？"人群中站出八个。

"不用你。"老王把抢在排头第一个的南涌轻轻拨到一边，点点手，"来来来，你们七个，加上我。"南涌一扫，七个都是和老王相仿的车轴汉子，肩宽背厚，横着看一座座暗堡一样，虽然都只在纷纷脱下棉袄，但南涌在秋风夕阳里看过他们半裸的轮廓，个个膀臂如梁，胸肌叠凸。南涌一米八五，发育得肌肉健美，比他们苗壮，没他们粗壮，比他们匀称，没他们坚固。

老郑已让人把两根短木杠和两副钢丝套拿过来，八个车轴两人一组前后左右分成四对，ABCD正方形站位，老王站在A位内侧，钢丝套套住了一根轨枕的两端，短木杠穿过铁丝套落在内侧四人的肩头上，老王闷哼一声："起！"四条汉子八只脚豹爪一样一挠地，钢丝套铮的一声绷直了，轨枕啷地裂出清脆的声响，从地上颤颤巍巍地撕拽起来。沟底原有积水，那天太冷，轨枕落沟砸碎了积水冰面，瞬间又冻成一体。

那一瞬间四条汉子有的双眼目光一直，愣怔怔瞪死脚前的地，有的颈上青筋一迸，狠歹歹眯住自己的眼，每个人的牙都咬得咯咯作响，虽守住牙关但喉咙深处的唾沫星子仍在呼呼飞溅出来，脸上的肌肉和额边的发梢像电波一样突突颤抖。老王一手扶肩另一只手伸出去在空中拼命抓挠，外侧的汉子上前一弓身，老王扳住拱上来的肩头一拔腰，指甲抠进辅力者的肉里，一股劲道通透肩膀压进辅力者的胸膛，沟底响起一片另三个辅力者对三个担承者的叫声："搂我，搂紧我！"一根大号轨枕五百公斤，搁平常四条轴汉不在话下，现在是在陡峭得近乎垂直的高度面前，千钧不止！

事后老郑让南涌写一篇关于这次会战作业的通讯报道稿，写了抬起轨枕的情景，南涌写道："行业服务宗旨要求我们奉旅客贵为上帝，上帝坐火车常常认为坐得不爽，恳请上帝不爽时不要动辄诟骂我们卑贱的铁路工人那高贵的妈，谁的妈也不欠任何人的票费，母亲的儿女肩上担的是对职守的忠诚，比犹大攥在手里的那只钱袋子要沉重得多。"老郑看着稿嗫牙花，说："写得不错，可这不是规范的通讯报道稿吧，改改？"南涌说："老郑，别难为我，我年轻，缺乏经验、水平有限，不会写规范的通讯报道稿，稿行就投出去，不行我自己留着瞧。写都不会写，改就更不会了。"

A位辅力者让老王压迫得喘息沉重脚如灌铅，艰难伸出一步，老王随即踩住了他的脚印，侧上方一条隆起的高坎，助力者一咬牙跨了上去，外侧陡然高了许多，里外布力不均，老王顿觉失助，低声叫："我快搂不住你了，低一点，再低一点……"辅力者硬硬地跪了下去。

南涌在这里又写道："常在网络或其他媒介上浏览到'跪求'的字样。如今跪求很时尚，多少网民们搜索一个信息、下载一个软件也要跪求。独来独往负重匍行的山野汉子没有跪求的嗜好，今天我们的膝盖着地只是为了我们的职守，为了职守我们宁脆不求。"

老郑带着其余人沿途吼着号子给四梁八柱加油助威，有人惊叫："坡上有冰。"

冰面斜伸下来，但只能向前，不能后退，不能撂下，更不能平移绕道。后退，没有退路。撂挑子，不是汉子所为，况且一撂下轨枕立即重新滑落沟底，前功尽弃。平移绕道？想都别想，这么重的分量压在身上，毕千钧于一发，平移一下试试，腰肌都给你扭断。老郑哗地扯开皮夹克的拉链，高喊一声："弟兄们脱呀。"

扔棉衣没有用，八人负荷那么重，棉衣没分量，会蹬脱踩滑的。南涌想到了，却根本没时间解释，瞬间下意识地就抢在老王脚前趴在冰上，双手死死抠紧冰盖，随即就感到有人扑倒在身旁，挎住他的胳膊和他抠冰的手紧紧拉在一起。八只脚从他们的背上头上蹬踏过去。

老郑和南涌互相搀扶着坐了起来，老郑问："刚才那个司机跟你说啥了，他为啥要先找你？"南涌脑袋被蹬踏晕了，直摇，心里想，妈的，这帮山炮的山杠子鞋底到底钉了多少大傻帽钢钉啊。老郑拉住他不让他摇，说："南涌，你告诉我！"

轨道车上是有起重装置的，像汽车吊一样，马段长仔细察看了轨枕滑落处的深度和垂直角度，告诉司机："别吊，万一把吊臂拉伤损坏了，好几百万的车呢，那可是咱段的重要设备，宝贝家当。"司机有心说咱这车的起重极限是八吨呢，那根轨枕才……马段长催促他："情况紧急，挪好车快去把情况告诉老郑老王他们。"

"那司机是我运校时的同班同学，马段长是他姑父，他刚才让我留个心眼，就这。"南涌说。

"那你还能冲在第一个卧冰，为了啥，为了谁？"老郑说。

"行了老郑你别启发我了，我谁也不为，我现在是这里的一员，我在做这里的事。"南涌拉过老郑的手腕指指，"离封锁前只剩一分半钟了，全体都各就各位了，咱俩还在这儿掰扯这个？"

客车掠起雪花和风，声调明快铿铿锵锵在钢轨上正点通过。一团小小的黑影扔下肩上的柴捆冲上铁道，伏下身去侧耳贴在钢轨上醉心地追听远去的铁轮震颤钢轨的余声。老王上前挥手一驱："小兔崽子，滚一边玩去。"

会战作业开始,老王招手吩咐一声:"下轨!"

下轨,是把待换钢轨撤下铁道。工人们拎着铁扳手一拥而上一线排开,三分钟,把固定待换钢轨的上千个弹簧扣件螺母松开。三四个汉子手提撬棍并排站在钢轨始端内侧,棍头插入轨底,棍梢拱在肩头,看着老王手势发一声异口同声的吼:"一、二……"哗啷啷一阵响亮,钢轨那一刹那失了钢度,成了一条无骨的蛇,轨头如蛇头惊悸地弹起老高,轨身竟如米粉一般滑畅而灵巧,仅凭自重而自动,波浪式扭下铁道而又在道坡两侧瞬间恢复它钢铁的平直。

当时的情景和日后的每一次回味都让南涌目瞪口呆,阿基米德曾说"给我一个支点,我能撬动地球",南涌不认识阿基米德,不敢妄断这个人是不是在吹牛,但他敢百分之百地肯定阿老绝对没看过一帮工人在山关雪地里撬钢轨。南涌忽发奇想,那些闭门在艺术殿堂里跳蛇舞和孔雀舞的舞蹈家可以过来看看,激活激活他们的灵感。

雪在作业过程中渐大,雪花纷飞中,同时同步,老王下轨,老郑上轨,下轨棍拔,上轨人摸。

一根根新钢轨整齐地排放在备料空场的地上,老郑登高临下,把双手向下压了压,在除了簌簌雪花之外的万籁俱寂中清清嗓子,大吼一声:"摸上!"

三四十人走到一根新钢轨后面,像走到了一条起跑线后面,全体弯下腰,双手拂去轨面上的雪花,抓牢轨部上盖。

老郑翻过手掌向上一抬,喊出:"一!"再一抬,"二!"第三下双手过顶一托,振臂一呼:"起来!"

三四十人嘿的一声将腰同时一直,钢轨像刚才的轨枕一样嘚的一声从冰冻的地上撕了起来。人们把他们的起跑线抓了起来,屏气顿住。

老郑一挥手:"齐步——走!"

三四十双脚沉稳踏实,同起同落,虽然一天都没专门训练过,但比三军仪仗队的步法不弱毫厘。这不是科学家在发布豪言壮语,手握几十米长的钢铁起跑线在冰雪地上迈仪仗步，一人乱则阵脚大乱，必伤筋动骨，一伤一片。

这个时候最能看出个人的素质和团队的精神，喊号令，要干净利索，做动作，要听从指挥聚众为一，拖泥带水人命关天。

走上铁道，略稳一稳，听老郑喊一声："放！"再次同时弯腰将钢轨轻轻撂到轨枕枕基上。随即各自操起铁扳手，给新轨戴好扣件，飞快地拧紧螺栓。

下轨、上轨、固定——一波一浪环环相衔，进程如衔枚疾进。

六十二分钟过去，弹指一挥间，最后一排螺栓拧紧，如雁阵掠霞，海分波浪，工人们依次撤下铁道。

远眺山头，山头背后冒烟了。青烟绕山走，火车汽笛声声，货车冲出山口，瞬间到了眼前，从两侧人群的注视中全速通过。

南涌想起他爸爸讲课时常说的一句话："地上本没有路，走的人多了，也便成了路。"南涌笑笑。

地上本有路，路走旧了，换新的。

牛在天上飞

◎孙玉秀

一

河湾村的养牛能手老刘去世了,准确时间是十一月二日深夜两点。老刘一辈子很普通,他的死却给河湾村扔下了一枚炸弹。

老刘去了,今早两点。

可惜了,那么能干的人。

老耿是他活着时最要好的哥们儿。

还用得着你说,河湾村谁不知道,他俩平时好得像一个人。

今天是老耿嫁闺女的大喜日子。

坏了,两家门挨门,这可咋好?

就是呢,这事可真不好办,咱们该去哪家帮忙呢?

不知道,这事百年也不遇一回。

天刚透亮,鸡叫了几遍,得到消息的人就睡不着觉了。好消息不出门,坏消息行千里,不到一个小时,整个河湾村都被这消息炸开了。

二

　　爹，你快醒醒！爷爷，爷爷，你咋了！老刘的家里传出阵阵哭声。

　　老刘的弟弟刘二闻讯赶来时，已是凌晨四点。刘二没哭，一拳头砸在大哥的灵柩上，你这辈子就是一个牛人，最终也不让我多看你一眼。那边没有痛苦，走就走吧！别让我记着你！

　　跪在灵柩边的秀芹，指着爹的遗像说，二叔，您别说了，让爹清静一会儿。

　　刘二好像没听见，找来一瓶酒，跪在大哥的灵柩前。他拿起一只酒杯，斟满酒，泼到地上，又斟满酒，一仰头喝了。他自言自语，来，大哥，咱哥俩喝了这杯酒，让我送你一程。说话时，却一连喝了三杯。

　　老刘的儿子秀生怕他喝多了闹事，赶忙去拽他，二叔，不能再喝了！

　　切，这点酒，能喝多？刘二说着，一仰头，将剩下的酒咕咚咕咚灌了下去。大哥，你走好！牛啥牛，你记着，你就是跑到阎王殿上，我也能找到你！刘二边说边走，脚下歪歪斜斜的，几次险些跌倒。

　　天亮后，窗外的世界都雾蒙蒙的。秀芹担忧地说，外面雾气那么大，不会下雨吧？

　　秀生说，不会下雨，那是雾霾。

　　秀芹撇撇嘴，雾霾和雾气还不都一样。这样的鬼天气，咱雇的"民间乐队"千万别晚点了。

　　秀生反驳说，姐，你在城里才待了几天，还"民间乐队"。办丧，叫"雇吹"。入乡随俗，不懂别瞎说。

　　老刘的老伴金秋听了姐弟俩的对话，突然说，麻烦了！今天是你耿叔嫁闺女的大喜日子,他家也能雇乐队啥的。咱们两家,大门挨着大门,一个办喜事,一个办丧事。邻里这么多年,这可咋整!

秀生和秀芹一起"啊"了一声,爹的遗嘱不能违背,可河湾村多少年来也没遇见这么赶巧的事。

秀生说,咱爹累了一辈子,咋也不能怠慢,至少给他听一个曲子啥的。

太阳从雾气里探出头时,已是上午八点。秀芹雇的"民间乐队"到了,两男一女。年龄大的男人负责吹拉弹唱,女的负责哭场,年龄小点的负责设备。

秀芹跟乐队商量说,唱一首刘和刚的《我的老父亲》吧,我想用这首歌送爹一程。

金秋过来说,不管唱啥,都不能太悲,邻居家办喜事,也不能让人家骂咱。

老耿从外面进来,恰巧听见金秋的话,感激地说,老嫂子,谢谢你想得周全,可惜老刘还是没等到喝喜酒。

金秋有些歉疚,说,老耿啊,你看这,事情咋赶一起了!老刘活着时也没啥爱好,就想让乐队给他唱几个小曲儿,你可别生气呀。

没事,这是天意,也不能怪谁,赶上了,没办法。

老耿走到老刘的灵柩前,给他鞠了三躬,又给他倒了一杯酒说,老刘哇,你一路走好!我这辈子欠你的,下辈子再来还。

金秋过意不去,又找乐队商量说,你们吹打一会儿就歇着,等隔壁办完了喜事,傍晚时再给唱几首曲儿吧。

老耿家也请了鼓乐队,是从县城的喜庆中心请来的。彩门高悬,气球鲜花,布置一新。秀芹站在门外,看了几眼,心里别扭,心想这叫啥事呀!

秀芹左想右想,还是硬着头皮去找正在祭奠的老耿。耿叔,我爹和您算好朋友不?

老耿愣了,算,这么多年,比朋友可近多了。

那您在家里能不能做主？

做啥主？

您看咱两家的大门口，一个挂喜庆的彩门，一个挂丧事的岁头纸，还摆着花圈。这好说不好看，好说也不好听，让外人看笑话是不？

老耿尴尬地点头，秀芹哪，这事赶上了，我也没办法。

耿叔，您有办法，不如你家退一步，把彩门给撤了。俺爹这辈子命苦，劳累了一辈子，连火车都没坐过。他只有这么一个心愿，死后能弄个响声出来，让大家伙别忘记他。

老耿连连摆手说，这孩子，彩门哪能撤呀！人这一辈子，也只能结一次婚。

秀芹不饶人地说，那可未必，说不定还能结两次、三次。可我爹只死一次。

你这孩子，咋不讲理呢！我闺女能结几次婚，还有没有礼数了！

礼数算老几呀！为了我爹的事，我今天就不讲理了。您回去把彩门撤了，否则我就让乐队专门奏哀乐。

你……你这孩子蛮不讲理！她……她也是你妹妹呀！

金秋听见秀芹和老耿在吵，过来训斥秀芹，这事赶巧了，也不能怪你耿叔。咱两家各退一步，商量着办，别让外人看笑话。

妈，你说有啥办法？我看着都别扭。

好了好了，这事让我跟你耿叔商量，你去忙别的。

秀芹不敢惹母亲生气，只好扭头走了。

三

金秋说，老耿，大门口不少人指指点点的，就是想看我们咋演这出戏。

老耿叹气说，事情赶巧，也没见过这么巧的，我也不能改闺女的婚期呀。

金秋说，咱两家各退一步吧！大门口各摆各的，鼓乐队各自让一让。上午，你家鼓乐队响，声音尽量控制一下。等你那边婆家人来给闺女接走，我家再让鼓乐队响。这办法中不？

老耿拱手说，嫂子，还是你通情达理。

秀琴不敢反驳，只好让鼓乐队上午歇着。来随礼的人都说，这两家人能不闹矛盾，都不简单哪！

秀生找来二叔，还有几位要好的朋友，在院子里烧水杀猪。一头四百多斤的猪，很快收拾干净了。刘二主刀劈开猪身，卸下两条猪腿，叮嘱秀生说，送冰箱里冻着，留着过年吃。

秀生说，二叔，爹生前也是这么说的。你俩的想法咋那么相似呢！

刘二说，我可没法跟大哥比，他这辈子，牛着呢！做啥都认真，还能吃苦，单看养牛场，发展这么快，他就能牛上天！

秀生心里难受，不再说话。

过了中午，天空阴沉沉的，竟然飘起了小雨。乐队悠然响起，《我的老父亲》在细雨里飘荡。秀芹站在院子里恸哭，邻居们过来劝，别哭坏了身体，还得照顾你母亲。

秀芹说，爹活着的时候，对我最好。我还没机会报答他，他就走了。

金秋过来劝，哭也哭不活，你们把日子过好了，就是孝顺你爹了。

刘二忙完了杀猪活，拿来少半瓶酒喝了。他见大门口摆放了不少花圈，都是侄子侄女和外甥们送来的，不禁悲从中来。真牛！你走了，还有这么多人来纪念。等我死后，会有人来吗？刘二说了几句便借着酒劲儿号啕大哭，一屁股坐到了地上。

老耿正好撞见，便喊，刘二，你又喝多了，地上凉，快起来。

刘二犯起混，爱凉不凉，不用你管！你家的彩门咋还不撤呢！

老耿为难地说，男方的婚车在路上遇到了一点麻烦，晚了一个小时。马上就到，等婚车把闺女接走，我马上让人撤彩门。

刘二指着彩门说，那还差不多，要不是看在大哥的分儿上，我早就把彩门给拆了。

老耿赔着笑，把刘二拽起来，又把他送回了家。

进了刘二的家，满屋的酒气扑面而来。老耿见炕上的衣物乱七八糟的，不禁皱了皱眉，刘二啊，你这日子过的，太寒酸了！以后戒酒吧，再把媳妇找回来，身边好歹也有一个知冷知热的人。

刘二冷冰冰地说，我过得不好吗？一个人过日子多好哇，那叫猪尾巴拴大钱——随便。还找她，哼！爱哪儿去哪儿去，要是秋霞还活着，那我马上就去找她。

啥秋霞，不挨边的事，我走了。听见秋霞两个字，老耿脸色苍白，拔腿就往外走。

刘二在背后喊，老耿大哥，秋霞的孩子是谁的？那人当初不承认，一定有啥隐情，比如怕丢工作。那孩子，不是你的吧？我记得你就是在那几年转正的，哈哈哈。

刘二！我看你又喝多了！胡言乱语！老耿愤怒了。

说句玩笑话，何必当真！你也退休了，孩子是谁的不重要了。为了秀芹的幸福，这个秘密，就随大哥一起葬地底下吧。

老耿回头伸出大拇指，这句是人话，还算中听！

老耿回家后，婚车就到了。老耿不愿意去送亲，站在门口目送女儿上了车，鼻子酸了一次又一次。等送亲的车队走远，他转身拆掉了彩门，然后关上门坐在家里抹眼泪。

四

老刘高个儿，黑瘦，小眼睛、长腿、大脚，生前当过河湾村的民兵连长、生产队长。熟悉他的人都喊他"老刘"。土地承包后，老刘便开始养牛。周围十里八村的，都知道河湾村有一位养牛能手。

老刘喜欢牛，甚至把牛当作最亲近的老友。比如吃饭时，老刘会端着饭碗，蹲在老牛旁边吃。老牛吃一口草，他吃一口饭，还傻呵呵地冲着老牛笑。老牛要是生病了，老刘也没胃口吃饭，索性住进牛圈里，精心伺候着，闲下来时还跟老牛唠几句家常。河湾村的人都说，老刘这个人就是一个"牛痴"，说不定啊，老刘就是牛托生的。老刘更喜欢去山里放牛，高兴时甩上那么几鞭子，浑身比喝酒还畅快。那噼噼啪啪的鞭哨声，能让树上成群的麻雀四处逃窜，也能把树叶抽成碎片儿。可最近几年，老刘的头发白了不少，鞭子也甩不动了。

老刘吆喝牛，从来都跟别人都不一样：咧咧！嗒嗒！吼——嘿！村里的孩子大多淘气，只要听见老刘的吆喝，便追在他身后，扮着鬼脸喊，老刘，老刘，力气大如牛！老刘喜欢孩子，可还是板着脸，回头瞪一眼，孩子们便吓得一哄而散。

老刘此生最大的业绩就是办起一个养牛场，这件事对他来说，就是登上了人生梦想的最高台阶。就在老刘筹划下一步养牛计划时，老刘病了，而且住进了医院。俗话说，病来如山倒，他再也拿不出以前的气势了。

弟弟刘二跟老刘长得极像，也是高个儿、黑瘦，小眼睛、长腿、大脚。哥俩儿若是站在一起，谁都以为他们是双胞胎。刘二爱喝酒，每次醉酒后，不是骂人、吹牛，就是摔东西。日子越过越穷，还是喝。媳妇跟他吵，吵了二十多年，后来闹离婚。刘二不同意。媳妇一气之下，走了，去了南方。两个女儿也生气，婚后躲得远远的，极少回娘家。刘二成了村里的半路光棍，日子过得越来越寒酸。

这天早上，主治大夫给老刘家属下了病危通知，几次劝他们出院。大夫说，回去安排后事吧，病人最多活不过三个月。

秀芹和秀生恳求大夫，再给用几天药，或许还有希望。

大夫摇头说，希望不大，还是出院吧。要有心理准备，心脏病随时都能要了他的命。

老刘追问女儿秀芹，我到底得了啥病？咋还住院！

秀芹为难了一会儿，终于说，是心脏病，大夫说的。

心脏病？别听大夫胡说。

大夫哪能胡说呀！

就是想骗咱住院多花钱！

爹，大夫是治病救人的，您这是冤枉好人。

老刘绷紧黑瘦的脸说，大夫是好人，可多住院一天多花一天钱，我能不心疼？你也不想想，牛场那二十多头牛，饿一天掉多少斤秤？一斤牛肉就算三十五元，里外算算，住院这几天共赔了多少钱？万一哪头牛再病了，倒是真给我急死了。

爹，命重要，还是钱重要哇？咱也有医保，能报销一部分。钱就是不够了，还有我和弟弟呢。

是能报销一部分，可剩下的还不得自己掏腰包？你们的钱就不是钱？钱不好挣，花钱的地方多，总不能都扔进医院吧，最终连一个响儿都听不见，不值呀！老刘说话时，一张脸憋得黑红。

秀芹知道只要是动了家里的钱，爹就会比谁都急。这时，病房的门被推开，刘二进来了。只见他鬓角微白、头发蓬乱，瘦松一样的骨骼藏在宽大的灰色夹克衫里，看上去松松垮垮的。牛仔裤膝盖处有两大块油渍，脚上穿一双半旧的运动鞋，鞋面上蒙了一层尘土。

刘二嘴里喷着酒气，晃晃悠悠走过来，把一包油腻腻的鸡翅和半瓶酒丢到老刘床头的药柜上，浓烈的酒气顿时扑鼻而来。

秀芹抬头喊了一声，二叔，你咋来了？

大哥住院了，今天有空，过来看看。牛人！难怪找不到你，原来你躲进了医院！我去牛场找了两天，嫂子不肯告诉我，听别人说你住院了。刘二提了嗓门喊，声音有些沙哑。

老刘冷着脸问，你咋找到这里的？

咋找的？还真不能说。

那你来干啥？

来看你呀，咋不领情呢！

我还没死！不用看。

我看你病糊涂了，狗咬吕洞宾，不识好人心！

秀芹见二叔喝多了，皱皱眉，给他掇来一条凳子说，您少说两句，别把爹给气坏了。

整天没命地喝，早晚得把小命喝没了！我以前也是天天喝，顿顿喝，一年下来，能喝三百多斤酒。结果呢，你都看见了！喝出了心脏病，喝成了一个废人！还想学我咋的！

老刘数落完，眼睛盯着桌子上那半瓶酒，舔了舔嘴唇，咽了一口唾沫，喉结一抖一抖的。

五

刘二龇牙笑笑，我别的比不过你，喝酒可比你强，喝多少都没事。

没事？喝死你就有事了！

放心，喝不死，阎王爷嫌我长得太砢碜。

吹！使劲吹，你别姓刘，干脆姓"牛"吧！

刘二乐了，大哥，你姓"牛"才最合适。咱妈当年说过，老刘家祖坟冒了一回青烟，早晚会出来一位当官的。那几年，妈把咱哥俩比来比去，说数我没出息，就你是一块当官的料。没承想这么多年过去了，你还真当了官，在村里当过民兵连长、队长，可惜现在就是一个"牛倌"。

老刘不爱听，斜了他一眼说，闭嘴，哪儿来的回哪儿去，把酒瓶子拿走！

刘二笑嘻嘻说，大哥，酒瓶子送你了。现在还有力气骂人，这也没啥大病啊。

走，赶紧走！老刘不耐烦了。

不急，不急，咱哥俩再聊几块钱的。

老刘扭头不理。

刘二自知没趣，走到门口，又折了回来，坐到病床上说，大哥，我去买张火车票，坐火车回家。铁路修到了家门口，好歹也得坐一次，你这辈子还没坐过火车呢！

乌鸦嘴，我还没死呢！不就是坐火车吗，有啥牛的！没坐过还没见过？老刘说话时明显底气没那么足。

你在哪儿见过？电视上见过我信。刘二撇嘴说。

臭记性，你忘了？那年咱家丢了一头老黄牛。爹让咱哥俩儿进山里找。翻过一座山，却迷了路，在大山里转悠了半天，突然听见一阵怪叫：呜——哼哧哼哧，哼哧哼哧，呜——

那声音像一头怪物，还有回音。那时年龄小，见啥都稀奇，想去看一个究竟，便追着声音往山顶上跑。等咱们爬到了山顶，见山底下有一辆长尾巴车，在一条铁轨上爬着，就像一条听话的黑蟒蛇。后来才知道那玩意儿叫火车。

刘二打了一个酒嗝，恍惚着说，不记得了，陈芝麻烂谷子，早忘了。

老刘瞪了他一眼，扭过脸不看他。

刘二瞥见大哥那张黑瘦的脸，心恍若被针尖扎了一下，弯下腰假意去擦鞋，看见病床下放着两箱纯牛奶，便蹲下去打开一箱，掏出两袋塞进了衣兜，然后笑嘻嘻地说，大哥，你安心养病，过几天我再来看你。

老刘沉着脸说，养啥病？明天就出院了！

那你跟我回家呀！刘二哼着歌就往外走，恰好与进来的侄子秀生撞了一个满怀。

二叔，咋喝成这样？要干啥去？秀生闻到二叔身上的酒气，捂着鼻子问。

不干啥，回家，呵呵，回家。刘二见了秀生，刚才那嚣张的气焰矮了半截儿，快步逃出了住院部。

爹，您不能再生气了！秀芹见爹在喘粗气，手心捏了一把汗。

看不见他，我还能多活几天。就他那副德行，不气死我就烧高香了。

空着手来的，还拿走两袋牛奶，啥人呢！以后我才不管他叫二叔。

可他再不好，也是你二叔，他也不容易。

他不容易？整天瞎逛，好喝懒做的，要不是他那样，二婶能跟他离婚？

老辈人的事，你别跟着瞎掺和！

秀生说，二叔这人，一喝酒就犯病，还不让人说。

家丑不可外扬，都是自家人，能说吗！

秀生怕爹生气，小心翼翼把盒饭端到老刘面前说，爹，吃饭吧。

老刘见儿子孝顺，心情好了大半，吃了半碗粥，闭上眼睛沉沉地睡了。

六

老刘做了一个梦，梦见自己钻进一片茂密的树林里。树林里的草很茂盛，一头老黄牛吃得正香。摇摇头，摆摆尾，还时不时停下来，眯着眼倒嚼一会儿。脖子上的铃铛不停地摇晃，叮叮当当，当当叮叮，像一支悦耳的歌。

老刘激动地跑过去，拍着老黄牛的头说，老伙计，没承想我在这里遇见你了。你跟了我整整十年，没吃过啥好的。你犁地、拉粮、送肥，再苦再累也不哼一声，河湾村每一户人家都有你淌下来的汗珠子。可你过得苦哇！最累的时候，你连豆秕子、苞米糠都吃不上几口。后来呀，生产队解散了，除了你我啥都没要。把你牵回了家，你高兴得直蹭我的衣襟。再后来，你老了，也累枯了，拉不动车，犁不了地，瘦得只剩皮包骨。家里人想把你卖了，换几个钱贴补家里，可我哪舍得呀。老伙计，你还记得吧，那天我喝多了，在牛圈里陪你唠嗑，你眼角还流泪了。等我醒酒后，才知道你被家里人偷偷卖了。我追到几十里外老黄头家里时，只看见你身上那张牛皮了。我一屁股坐地上，失声痛哭。他们都是俗人，哪里懂得咱们的感情啊！后来我跟家里人斗气，两天没吃饭，发誓这辈子一定要养牛，说不定哪天，你投胎转世，又能遇见老伙计了。

老刘的话还没说完，突然刮过来一阵风，老黄牛不见了。抬头看时，老黄牛飞上了天，冲他哞叫几声，就钻进了云层里。

老刘失声痛哭，老伙计，你等等我，我也老了，等我去给你做伴！

老刘是被秀芹摇醒的。爹，您做啥噩梦了？

老刘擦了擦眼角的泪，才意识到刚才那是梦。看一眼手机，已是晚上六点十分。

查房的大夫进来问老刘，你感觉好些没？心脏病不能生气也不能过于劳累，你这病应该是累出来的。

老刘说，好多了！是累的不假。我和儿子去外地买牛，装车后，儿子进银行去转账。货车的车斗太小，装上六头小牛有点挤。牛头对着牛尾，牛尾挨着牛头，挤来挤去的，小花牛就被踩倒了。去叫人吧，耽搁几分钟，小花牛就会被踩死。我赶紧跳上车去拽小花牛。你想想，牛的力气有多大呀！我使出吃奶的力气，才把它从几只牛蹄子下面拽出来。牛是救出来了，我累得瘫坐在地上，胸口不透气，后来就不省人事了。

大夫说，你拿自己的命去换牛的命！不值当啊！

老刘笑着说，值！牛的命可值钱了。一大家子人，还指望卖牛过生活呢。

大夫说，牛命比人命值钱，我还头一次听说！

养牛耗去了我多年的心血！那不是钱的问题。像我这样，就靠几头牛繁殖，发展到现在二十多头牛的，别说河湾村，就是全县能有几个？

大夫给老刘竖起了大拇指，你是真牛！

老刘出院后，第一件事就央求金秋说，你陪我去牛场转转！这两天也不知牛喂得咋样，瘦一两我都会心疼。

放心吧，牛是咱家的命根子。我宁肯不吃不喝，也得把那二十多头牛照管好。

养牛场距离老刘的家有八百米，过一条马路，再沿着一条羊肠小路，穿过两户人家、一块玉米地、一条小河，就来到了养牛场。

牛场里，有的牛在耍欢儿，偶尔哞叫一声；有的正在眯着眼倒嚼，很悠闲；也有的趴在地上，晒得懒洋洋的。

老刘披了衣服，站在牛场的围栏外。他一只手叉腰，另一只手捏着一根烟，眼里都是他的牛。

秀生拌好了饲料，把那些牛陆续赶进了牛棚。

新建的牛棚长五十米，棚顶是蓝色的彩钢瓦，牛槽子是铁皮做的。只要按了电钮，饲料和水便都会运送到牛槽子里。牛棚旁边是两间临时搭建的小屋，里面有火炕，做饭的器具、被褥等都很齐全。小屋里安装了监控，屋外还有太阳能路灯。

老刘见牛吃得欢实，满意地说，还不赖，牛没瘦，小花牛还长了肥膘。

老伴笑了，没白受累，得你一句夸奖不容易。

老刘喊，秀生，下次拌饲料时，再多放点苞米，牛不吃瞎眼食，吃得好，才能长得壮实。

秀生口里答应，心里却想，科技养牛还比不上你那套笨法？可这些话秀生从来不敢明说。

大哥，回来了！我带来点好吃的，城里人都稀罕吃这口。刘二骑着一辆小三轮车，突突突地跑过来。

啥吃的？还整得神经兮兮的。老刘不屑地说。

刚摘的大榛子，叶子上还带露珠的，可香了。

秀芹提了一桶熬好的羊汤刚好走过来，见二叔送的大榛子，放下羊汤桶，兴奋地去袋子里抓起几个，找了两块石头，蹲下去砸榛子仁。二叔，您这是上山采的？

刘二很得意说，这你可就孤陋寡闻了，我在山场那边栽了一片榛子林，都快有二年了，可我没跟你们说。等挣钱了才能说，不能让大哥一辈子瞧不起咱。

吹牛，使劲吹！吹牛不花钱！我倒是希望你真有一片榛子林，别蒙人就好。老刘嘴上说着，心里对弟弟还是刮目相看了。

刘二转身要走，被秀芹拽住，二叔，喝了羊汤再走吧。

老刘也破天荒说了一句，走啥走，吃了再回。

刘二心里一暖，鼻子也有点酸，可没落泪。

七

老刘的病情一天比一天加重，弟弟刘二来得更勤了。

秀生不甘心，托了关系，联系到从省城来中医院坐诊的专家。专家给爹把脉，随后也摇头说，治不了，准备后事吧。

这一次，刘二跟来了。大哥的病没救了，不如带他出去走走！可怜哪，他还没坐过火车呢！

秀生说，这件事我寻思了好几天，可走路都得扶着，也不敢去呀。

找借口！我背着大哥去，不能让他这辈子留下遗憾。

秀生说，我不同意！心脏病随时都能要了人命，还敢坐火车？要是能去，我和姐早就带他去了。

刘二没吭声，他也清楚，万一路上心脏病发作，谁也救不了。

刘二听村里一位老人说，癞蛤蟆能治病，以毒攻毒，治好了不少疑难杂症。刘二记在心里，天天盼着下雨。那天落了一场秋雨，刘二披了雨衣，便去山下的沟塘里转悠，黑天才回来，抓了几只癞蛤蟆。刘二给癞蛤蟆去了皮晒干，又碾成了粉末，鼓捣了五六天，用白纸包好，亲自给大哥送了过来。

大哥，我淘来了一服好药，以毒攻毒的，你敢不敢喝？

老刘落炕五天了，见到刘二就心烦，没好气性地说，就你，能淘来啥好药？不会是从狐狸洞讨来的沙土吧！迷信那玩意儿，我可不敢吃。

刘二来了倔脾气，爱吃不吃！换了我，只要能治病，给我毒药都敢喝。死马也要当活马医，胆小鬼，不喝拉倒！

老刘气得咳了一阵子，脸憋成了黑紫色，半天说了一个字，滚！

秀芹跑过来给爹捶背抹胸，劝二叔，你快走吧。

刘二赌气走了，去商店买了一斤酒，回家就着一碟咸菜和一碟花生米独自喝闷酒。刘二边喝边骂，掏心掏肺的，都喂了狗！不管了，再管我就不是人。喝多了，炕是凉的，铺上被褥，倒下便睡。

过了几天，老刘感觉胸口又疼又闷，躺也不是，坐也不是，便叫来儿子秀生说，你去医院给我弄点止疼药回来，我不想活受罪。还有，把你二叔淘来的那药拿给我。

秀生说，爹，那东西你也敢吃？万一吃坏了咋整。

老刘说，你二叔说得对，死马权当活马医，吃不死就行。

秀生不敢再反驳，只好去拿药。

老刘吃了三天，说来也怪，胸口竟然不闷了，还有了精神。

刘二听说后，心里欢喜，又开始张罗。刘二去镇里找了一位懂一点中医的老人，问了治癌的偏方。刘二把偏方抄下来，又带上镰刀，去山里采核桃树的树尖，讨要一些晒干的八股牛根，一并给大哥送过来。

大哥，八股牛根熬水特别苦，你能不能喝？

能喝！偏方治大病，不治病，也能去火。

只要你信我，偏方的事包给我了。

你要是用偏方治好了我的病，欠我的那一万，就不用还了。

刘二大喜，当真？

还想立字据咋的？当初你跟我借钱时，连一个借条都没写，这次还不信任我了。一口唾沫一个钉，说话算话，就怕你那偏方不灵。

刘二拍着胸脯说，偏方的事包给我了。

老刘一连喝了半个月的偏方，病情时好时坏。九月初十那天早晨，老刘的心脏病发作，又昏迷了过去。

秀芹拿出几粒救心丸，压在爹的舌根底下。喊了几声，见爹没反应，吓得要打120，叫救护车。

秀生制止说，心脏病不能乱动。咱爹的脾气你也知道，他坚决不去医院。

秀芹说，你没听见左邻右舍都咋说的？

秀生愣了一下，咋说的？

说咱姐弟俩不孝顺。老人都病这样了，还在家里挺着，不给送去医院治，就是怕花钱。

秀生啐了一口说，管它呢，不嫌累，爱咋说咋说。

姐弟俩正说着，老刘哼哼了两声，慢慢醒过来，低声问，你们都围着我干啥？

秀生抹了眼泪说，爹，没啥事，我们在商量秋收的事。

八

老刘的病越来越重，晚上陪护的，除了家人，外人只剩下老耿。

刘二困得睁不开眼，喝了一碗热茶，又去院子里吹风。他四周看了看，除了大门口的那棵老杨树还能借着星光依稀看出轮廓，其余都淹没在乡村的沉寂和暗夜里。

刘二揉了揉眼睛，见一颗星从夜空上滑落，还拖着一条亮晶晶的长尾巴。不好！大哥不会挺不住吧。刘二浑身打了一个激灵，立刻清醒过来，几步冲进了屋。

大哥，你快醒醒！

秀生不高兴说，爹睡了，你喊啥！

刘二握住大哥的手说，咋这么凉呢！不会那啥了吧。

正在打盹的老耿也醒了过来，伸出两根指头放到老刘的手腕上搭脉，又放在鼻口前试了试，然后扒开老刘的眼皮说，老刘，你可要挺住哇！

刘二又摸了摸大哥的手，弯一下他的手腕说，不好，大哥的手冰凉了，胳膊也凉了。

刘二的一句话，像一颗炸弹，整个屋子立刻乱了起来。

秀生，你去拿水盆和手巾。秀芹，你赶紧去拿寿衣，迟了就穿不上了。金秋指挥着，小屋里哭声一片。

老耿喊了一嗓子，哭啥哭！人还没死呢！

金秋摸了摸老刘的脸说，想见你的乖孙女，还有当兵的外孙吧？

老刘没反应，只剩下微弱的呼吸。

老耿叹口气说，见不到最后一面了。

秀芹抹了眼泪说，能见着，有手机能视频，我马上联系。

秀生说，我开车去接女儿和媳妇，丈母娘家不远，半小时就回来了。

刘二说，那还磨叽啥，赶紧去呀。

秀生出去后，刘二突然拍着脑袋说，大哥，你是不是想见秋霞。当年你是民兵连长，长得黑了点，也算帅气。秋霞梳着一对长辫子，没事就坐在树下吹口琴，那曲子谁听了谁心动。后来呀，我才知道那曲子叫莫斯科郊外啥的。

金秋的脸沉了下来，制止说，二弟，你又喝多了？胡说些啥呢！人家长得俊俏，又是城里人，细皮嫩肉的，能瞧上你大哥？再说了，人家都回城了，你大哥都这样了，还胡说编派他，也不怕他拽你去见阎王爷。

刘二霍地站起来，秋霞，秋霞，秋霞！不让说，我偏说，咋了！

别吵了，老刘醒了！老耿喊了一嗓子。

老刘的嘴唇动了动，一只手狠命抓住了老耿。秋霞……秀芹……随后又昏迷了过去。

老耿哭了，只有他最清楚老刘想说啥：秀芹是老耿和秋霞的亲生女儿。未婚先孕，老耿怕受处分，把孩子偷偷送给了老刘。秋霞一气之下，找了个机会回城去了。

九

老刘去世后，秀生全心全意经营养牛场。一年后，规模又扩大了不少，还在城里买上了七十多平方米的楼房。金秋舍不得老房子，偶尔帮秀生照看养牛场。

那天傍晚，秀芹回娘家，在路上撞见了二叔。

是秀芹哪，回来给你爹上坟？

对，顺便看看我妈。

你还应该抽空去瞧瞧你耿叔，他这段日子身体也不好。

秀芹愣了愣说，去瞧他干啥？人家有女儿！二叔，您又喝酒了？

喝了，喝点小酒，日子过得太快。一年了，大哥走了一年了。

二叔，您别再喝了，又黑又瘦的，我都快认不出您了。

喝酒好哇，我经常能梦见你爹，梦见他骑着那头老黄牛在天上飞来飞去！牛不？牛！二叔嘀嘀咕咕说着话，背着手，一步一晃，趔趔趄趄地走了。

秀芹没听明白，回头只看见二叔瘦削佝偻的后背，在夕阳下摇摇晃晃的。若不仔细看几眼，还真像爹喂牛时的背影。

小区广场

◎王军强

一

　　小区广场是我每天必经之地。阳光充沛时，会看到一些老人带着孙子或外孙在那里静坐或悠闲散步。母亲也喜欢来这里，却很少看她在那里散步，她喜欢坐在长椅上晒太阳。她说下午广场上的阳光特别舒服，她也会把这句话说给身边另几位老人，她们感同身受。斑马条椅似乎是为她们特意定制的，四个老人坐在上面，宽窄大小恰到好处。母亲的胖身子虽然占据了最大面积，并没影响她们和谐相处，每次看到走过来的母亲，她们会像手风琴一样慢慢向一个方向收拢，唯恐地方不够。母亲小心翼翼坐下，笑着说，缺了德的，我说了让我好好歇歇别再把你们儿子往我这儿送了，他们就是不听。昨天晚上又给我送来了，说怕我一个人寂寞都是为我好。把我累死了也是为我好，一上午忙得我到处抓瞎，这不刚把小祖宗伺候走。唉，都是上辈子欠他们的，他倒好，一个人撒下我撒手闭眼走了。

　　对父亲的不幸离世，母亲有一种幽怨，幽怨里装的都是满满的思念。那一场车祸其实就是一种天意，刹车突然失灵本来有机会把车开进路边不深的干沟里，那样或许他和一车人都能幸免于难，但他偏偏把车撞向路边一棵粗壮的柳树，不知他想没想过这种选择会带来怎样的后果。车头被深深撞成了凹形，挡风玻璃几乎全部碎掉，父亲仰躺在座椅上，面目皆非，殡仪馆整容师说撞得够惨。父亲当场死亡，他用自己一个人的死换来了一车乘客的鲜活生命。事故处理大队的交警事后说，如果按公交车行驶速度和现场车流路况看，司机有机会或者说有时间把车开到干枯的河沟里，那样的话司机完全有可能免于一死，但车上的乘客就不好说了。母亲想不开他为什么不把车开到沟里。我们不能让父亲复活，让他把自己那一刻的真实想法说给母亲。父亲车祸那年母亲不到四十，正是女人如花似玉风韵犹存的年纪，爱打扮的母亲好像从此不再有这份心情，每天把头发揪成一个马尾，既简单又省事。小妹工作后几次要带她去美发厅她都断然拒绝，她说她都老太婆了还美什么发。尚不到花甲之人老吗？守寡这么多年，母亲把我们一一带大，小妹说咱妈真伟大。我理解小妹的意思。母亲不明白，她说怎么伟大了？不就是一个普普通通老女人吗？母亲一直认为自己是个老女人。

　　母亲的话起了蝴蝶效应，三位老人都有同感。瘦小的张姨说，都这样啊杨姨，我家闺女也一样，你越不让她把孩子往我这里送她越送，还有一堆大道理呢，说什么不往姥姥家送往哪儿送啊，我说你们没有爷爷奶奶吗？我这话您别吃味儿啊杨姨，闺女说凭什么要往他们那里送，我不放心。我说你有啥不放心的，我不明白。你们猜猜我闺女说些什么，她说往那儿放，她不放心，心里就是放不下。你们说这是什么逻辑呀，放人爷爷奶奶家怎么啦？你有啥不放心的，现在孩子都怎么想的，你们是不知道。人家爷爷奶奶可没少给我家小外孙子花钱，什么学费钱都是人家爷爷奶奶给交的，还有平时所有的花销，算下来每个月也不少钱了，闺女这还不知足呢，说什么，给他们家生了孙子就得应该让他们家花钱。我可反对她这种做法，什么叫给他们家生了孙子就得应该他们家花钱？孩子不是咱的吗？让她改改这想法，她就是不听，您说气人不气人？

张姨闺女出嫁的时候楼里人都跟着去帮忙，就像自己亲姐妹出嫁，贴喜字，给接亲司机发烟发糖发红包。坐在镜前梳妆打扮的小莲嘱咐说，记着呀，你们都是我娘家人，到时吃饭可要自己照顾好自己，千万别跟齐家客气。看到齐伟我们才知道小莲撞了大运，小伙子长得一表人才，连我们都有点羡慕嫉妒恨了，本科双学位，事业编，打着灯笼都难找，小莲说要不是齐伟玩命追自己，她才不会乐意呢。追没追谁也不知道，得便宜卖乖是大部分人心理。小莲结婚不到半年就生下一个白白胖胖的大儿子，五官长相极像齐伟，女人十月怀胎，她婚后不到七个月就分娩了，显然是未婚先孕。月子是在张姨家坐的，一坐就是小半年，出了月子她只在齐伟家住了两天就回到娘家，她说她不适应齐伟父母的生活习惯。小莲的生活习惯是哪样齐伟也不清楚，送她回娘家路上齐伟还在纠结，我父母哪些习惯让你不适应了？小莲说，你爸上卫生间不爱关门，你妈吃饭爱在菜里乱夹，还有轻微的吧唧嘴，这些毛病暂时还没有在你身上发现。齐伟说这有什么？就这几天在一起。小莲说这种环境一天我都待不下去，这种感受你体会不到。齐伟摇摇头说，我爸这种习惯确实不好，可这岁数人了也不好一下改掉。怎么不能改掉？小莲说，不就是伸手拧一下门把手吗——关键是意识，意识没有就很难改掉，还有你妈吧唧嘴，虽然声音不大但更让人听了心里难受，你可能已经习惯了，但我可受不了。

两个人热恋的时候齐伟并没有发现小莲这个个性，怕小莲着急一下把奶水憋回去，他劝小莲说等你下次再回来我父母就不在咱这个家了，别再生气了好吗？小莲的沉默让齐伟有了一些安慰。住在娘家的日子似乎很让小莲享受，娘家只有她跟母亲和儿子。与母亲离异二十多年的父亲早就在她记忆中删除了，她不想让所有垃圾滞留在大脑里，包括那个让她和母亲痛恨的女人，她的仇恨似乎并不是因为父亲的过错，完全是由于母亲的可怜。母亲的瘦小枯干、唯唯诺诺，助长了父亲的专横跋扈、为所欲为；那个女人除了比母亲年轻任何方面都无法与母亲比肩。她跟母亲说过，好男人是存在于我们理想中的，现实里无法寻求。母亲笑着说那齐伟呢？他算得上好男人吗？她说他还在考验中，看吧。那会儿她跟齐伟的爱情走到了如火如荼难舍难离的地步，母亲说齐伟除了家庭条件差点人还是蛮好的，能把父母准备留给自己的另一套房子让给了弟弟，自己贷款买一套，这样的男人现在几乎打着灯笼都难找。母亲语意毫无疑问是喜欢齐伟的。她还记得第一次齐伟来家吃饭母亲看他的那种眼神儿，那是难得的喜欢。我知道你父母不太富裕，我们小莲的彩礼钱就不要了，你们把它用在你们以后的小日子里。母亲在饭桌上讲出这句话时小莲大张着嘴巴，眼珠子都要掉出来了，您说什么？不要了？您这是什么鬼话呀，不可能。齐伟附和着小莲说，阿姨小莲说得对，这事不可能，即使我父母愿意我也不同意，给小莲彩礼钱是必须的！

二

齐伟给小莲彩礼钱并非小莲所预期的。她说，五万我怎么跟闺密们说。齐伟已经跟她摊牌了，这是他们家目前所能拿出的极限，他脸上的表情比五万更加痛苦和难受，她说那你就跟你爸妈说不用给了。赌气并不是解决问题的办法，齐伟父母还是找亲友凑够了十万，张姨在订婚桌上接过齐伟父母毕恭毕敬递过来的存着十万元的银行卡，又将它递给了齐伟。她说，你们给小莲的这个订婚卡我收下，我把它给齐伟和小莲，算是我的一份心意。她只当了一把过路财神，触摸了一下那张沉甸甸的银行卡。齐伟没接，是小莲抢先伸手接过去的，表情里带着极大的不悦。那张银行卡小莲没有跟齐伟商量，当天晚上就又给了张姨。

莲莲，齐伟有好些天没来看孩子了。母亲把一碟刚刚炒好的菜端到桌上似乎无意说了这么一句。你惦记他干什么？我们什么事情也没有。但母亲还是试探性地说，他没有前几个月来得勤了。小莲说你别没事瞎想，累不累呀。母亲的话让她触动了一下，齐伟最近不仅来的次数见少，跟自己微信次数也明显不如以前。那天她给齐伟发视频始终没人接，又把电话打过去，齐伟说他那会儿在卫生间洗澡没听见。她说这会儿怎么听见了？齐伟说我刚洗完出来。不可能，你还在卫生间里，我听到了淋水的哗哗声，你在骗我吧？那是她结婚以来第一次发现齐伟跟她说谎。为什么？这个疑惑和不解后来才让她有所醒悟，她出嫁时的那个伴娘闺密跟齐伟亲密无间，而另一个闺密给她发来一个截图。截图是在没有她的另一个微信群里截下来的，齐伟右手搂着闺密上身微微前探着，在一个风景优美蓝天白云的山顶上拍的，两个人笑容灿烂。是拼图吧？她发了一个语音过去，希望不是真的，只是一张别人有意陷害齐伟的拼图。对方很快回了语音，这不是拼图小莲，是我对象朋友现场拍的。她已经没有任何心情回复对方，在屏幕上把那张图片放大到了极限，齐伟放到闺密腰间的那只手已经深深陷进去了，她想起了那只贪婪而又放肆的手曾经放到自己腰间时的那种感觉，这是她绝对不能容忍的事情。拨通齐伟电话时她已经想不起来自己要说什么。这么晚了有事吗莲莲？温柔的声音让她听起来有点恶心，她想呕吐，我刚发了一张照片你看了吗？看了，怎么了？

你俩笑得够幸福。

有问题吗？

你认为没问题是吗？

是呀，合张影怎么了？这怎么了？

她的情绪瞬间失控了。

她本以为好男人在这个世上一定是有的，并一同真实地存在于她的理想和生活中，这次齐伟让她彻底失望了。母亲说他跟女孩照张相有什么，你爸那时也爱跟女孩合影，我根本不往心里去，很正常的，我觉得齐伟不是你想的那种男人，我相信他不会像你爸那样。小莲说，你觉得这很正常没什么，你怎么跟我爸离的婚难道你忘了是吗？这话比打脸还疼。小莲把那张照片看得很重，齐伟来接她回家，她说她现在还不想回。齐伟说你不能老住在娘家不回去吧。怎么了？不行吗？她鄙夷地看着齐伟。那件事还没过去吗？两个人对视着，一个怨恨一个无奈。我跟你说了多少遍了，我跟你闺密鸿鸿照的那张合影是有人成心设计安排的，他们说我不敢跟异性合拍，大家完全是即兴玩玩而已。

　　你怎么不跟别的女孩拍。

　　是大家随便点的，让我跟鸿鸿拍一张。

　　不点别的女孩单点我的闺密，你不用再解释，我不想听了，你俩一定有问题。

　　来接小莲回家，齐伟也记不起有多少次了，爷爷奶奶想孙子，齐伟比他们还着急，小莲不跟他回家他就无法完成这项任务。他背着小莲在电话里让岳母劝劝小莲，我父母想孙子都快想死了，小莲再不回来他们就要亲自到您家接她。

　　莲莲，你听我的，让齐伟接你赶紧回去，你不能老住在我这里，好像我把你拢着留着不让你回婆家似的。小莲很不耐烦，我说过我不想回他们家，不想见他们家任何人。照片那件事她始终过不去，她坚信齐伟跟自己闺密是真的。母亲说齐伟不是那种人，你一定要相信你妈的眼睛。小莲说，相信相信相信，这话你跟我说过多少遍了，那你告诉我齐伟每天都想的什么。张姨说你这不是成心逼我吗，你要是把我逼急了，我可不像齐伟那么好脾气。

　　你要怎么样？小莲怀里抱着孩子看着母亲。

　　我把你轰走，永远别再回我这个娘家。

三

你跟你闺女说这话她听吗？秋姨也有闺女，知道张姨这招肯定不灵。张姨说，你想她那个破脾气能听吗，我要是不拦着，她就抱着孩子赌气走了。回去了？可能吗？她说自己带着孩子出去租房住，你说咱也不知道她跟人家到底怎么回事。家家都有一本难念的经，咱姐俩比你比我算是幸福多了，你就这一个闺女怎么都好办，不像我，件件事都要一碗水端平，您说这一碗水怎么能端平，偏了谁都不行啊。秋姨的事情在这斑马条椅上讲过多次。老头去世那年，她去帮着料理了后事。毕竟夫妻一场，当初甭管因为什么两个人分手了，可那份旧情她心里还有。年轻时因为喜欢跳舞，老头一直认为她外面有人，成天打骂也没有结果，最后不得不分道扬镳。离婚对秋姨来说是件好事，可以逃离无休止的猜疑和打骂，有了自己更大的自由和生活空间。老头迫不及待地又娶了一个外地女人，女人带着一个刚上学的孩子。帮着女人刚刚把孩子培养成大学生，一次急性心梗让他轻松而无痛苦地离世。秋姨说挺好，没遭罪，也算是他上辈子积来的修行吧。老头那套遗产房让她跟那个女人打了一年多官司，官司打赢了，房子判给了她和老头生养的四个孩子，她分文未得。她说她打这一年官司完全都是为了这四个孩子，她跟四个孩子商量想把这套房子卖掉，把钱平分给他们。她的想法老二不同意，说这样不公平，老头一个人的时候都是他在照顾，平时生病也是他跑前跑后。秋姨说你那份让他们多给你一些不就行了吗？不行，凭什么他们要跟我平分这套房子，它应该归我一个人。秋姨说那你有点不讲理了，你爸爸死后留下来的房子你们姐弟四个都应该有份，你不能自己独占。老二坚决不同意，他说，不给我他们谁也拿不走，反正现在是我在那儿住着呢。老二的观点很明确，这套房子就得给他，没商量。

得知老二要一人独占，那三个孩子也不干。他们达成共识要去法院起诉老二，因为房产兄弟姐妹要反目为仇，秋姨死活不干，让邻居们笑话不说，这样家风会影响到下一代。她单独把三个孩子叫到一起耐心细致给他们做工作，她要说服他们改变想法，让他们跟老二好好谈谈。一番苦口婆心没有任何结果，三个孩子坚决要去法院告老二。法院开庭时老二缺席，骑电动车带着媳妇来秋姨家质问，他说是您让他们去法院告我的吧？秋姨说你冤枉了我，我是你们妈妈，你们都是我孩子我会那样做吗？您不可能不知道这件事情，他们也不可能不跟您说，您为什么不拦着他们？老二啊，你说话可要拍拍胸脯讲讲良心的，你怎么知道你妈我没有拦他们？老二媳妇也跟着说，就是吗，您知道了为什么不拦着他们，这样做只能把事情搞砸，本来老二这两天让我劝得有点转变，这样一弄矛盾就严重了，老二脾气您不是不知道，他要是犯起混来天都不怕。老二媳妇话明显带有威胁恐吓意味，事态让秋姨有点不知所措，十个手指伸出来瞧瞧，哪一个都是自己的。她说我不管了，你们自己打去吧，打得越热闹越好，谁有本事把谁弄死好了。秋姨放出这些话突然想大哭一场。

秋姨说自己对得起每一个孩子，给大闺女看完外孙子，给老大看孙子，给老大看完大孙子，给老二看孙子，给老二看完孙子，又给老三看小外孙女，七十多岁人至今还一直坚持奋战在保姆岗位上。她一直想把一碗水端平，可这一碗水真的很难端平。老二说您掉眼泪干什么？我们又没跟您打架，只是来跟您说说这个事情，您这一哭，让邻居们看到好像我跟您儿媳妇欺负您似的。老二说的什么秋姨一句都没听进去，她整个人都在冤屈的泪水里了。

现在这件事怎么样了？母亲看着秋姨，秋姨叹息了一声算是回答了。孩子们事情随他们去吧，咱们管也管不了，剩下不多日子把咱们自己活好了比什么都强。秋姨说，说是不管可这心里还是放不下，我前两天给老二打电话，打了好几个都不接，我知道他是成心不接的，成心跟我赌气。张姨说，咱们都犯贱，改也改不了了。母亲说，你们都应该跟我好好学学，啥也甭管，随他们去，想想咱们女人这一辈子多不容易呀。杨姨说得对呀，不善言语的刘姨直了直腰，在斑马条椅上坐久了腰腿就有些发僵，人老了各个器官都在慢慢退化，相比之下刘姨身体状况要比母亲她们好。母亲说我觉得刘姨心态比你们都好，她在家照顾瘫在床上的老头十多年，也没见她发过牢骚，人和人不一样，要说刘姨比咱们要难要累，照顾一个这样的病人你得有多大的耐心。秋姨说我可看到过刘姨伺候老头，一口水一口饭喂着，一把屎一把尿弄着，唉，真是不容易。张姨说，那都是刘姨老头的福，搁我可做不到。

刘姨笑笑，好像这事说的不是她。

四

张姨背着小莲给齐伟打电话之前思量犹豫再三。齐伟有很长时间没来看小莲和儿子，这不是好现象。小莲每天吊着个脸蛋子很少主动跟她说话，你问一句她答一句，不问一句也不说，两个人形同陌路，这让她每天都要留神注意小莲的一举一动。有一次小外孙躺在床上哇哇大哭不止，小莲却坐在床边两眼发呆，直到她走过去抱起小外孙小莲才回过神儿。她说，看把我家小外孙饿的，不哭不哭啊宝宝，让妈妈去给我们弄点吃的好吧。看着小莲走向厨房的背影，她有了要给齐伟打电话的想法。齐伟在电话里显得有些紧张，这是他跟小莲结婚以来第一次接丈母娘电话。有事吗？齐伟不像之前那样嘴甜了，喊不喊妈其实都无所谓，她从来不计较那种形式上的东西。你现在工作忙吗？如果不忙这两天来把小莲娘俩接回家，让我歇歇。齐伟说，我说要接她回来她说要在您那再陪陪您。善意的谎言她怎么能听不出来呢，齐伟的用意她心知肚明。你快把她们娘俩接走吧，这哪是陪陪我，简直就是累我。齐伟说那好吧，这两

109

天我把屋子收拾收拾过去接她。齐伟语气平淡，既没有兴奋也没有激动，这些她都能感觉到。

齐伟你又放屁了是不是！小莲捂着嘴指着快速逃离她们身边的齐伟，齐伟站在门口得意笑着，你放屁太臭了。母亲说不臭，我都没闻到。小莲说你就偏向他吧，明明每一次他来到您面前故意放屁熏您，您都会毫无理由向着他，多臭您也说不臭。她说本来不臭你非让我说臭。齐伟说，听见了吗莲莲，连咱妈都没闻到，你偏说臭，欺负人是吧？母亲也帮腔说，就是嘛，欺负人家齐伟是不是。小莲说，您怎么里外不分呀！她说当然了，齐伟比你懂事我当然要向着他了。小莲故作生气，怎么还有胳膊肘往外拐的妈妈呀？这种幸福而又祥和的画面在张姨眼前总会不时跳出来。好几天她都在等待或者说期盼齐伟来接莲莲，一天两天三天，一个星期齐伟也没来接莲莲。她想问问明白为什么，电话打过去对方正在通话，再打过去还是正在通话，怎么这么忙啊？她不知道齐伟忙什么，想问问莲莲，来到莲莲身边却欲言又止。有事吗？莲莲看着她，口气变得跟齐伟一样。她说她想问什么来着给忘了，这是她临时做的一个改变，不然给齐伟打电话的事情会露馅的。

秋姨家的家事一波未平一波又起，起诉老二事情还在进行中，三个孩子又打起了她现在居住的这套房子的主意。提出这个想法的是老大，他说如果我们不跟老二放弃我爸那套房子，将来你住的这套房子没有老二的事，由我们三个平分，你跟老二如果都同意，咱们就写个协议再去公证处公证。他们的想法让她有点意外，看来是他们三个人已经商量好的，这个条件老二肯定不同意，老二那天说过，他们对他不仁，他对他们也不义，等她百年以后她这套房子也有他一份，绝不会放弃，老二态度决绝，没有任何商量。三个孩子提出的想法让她左右为难。这套房子她是有过计划，本来想把它留给大孙子，只是还没来得及跟大儿子说，看来这件事跟大儿子说了其他人也不会同意，一个美好愿望有可能会成为一厢情愿。她说你们三个人去跟老二说，如果老二同意没问题，我就按你们说的做。他们说他们没有权利和义务去找老二，也不想去，他们的意思她很明白，他们想让她做主拍板就行了，可这不是她的本意。老大说您要是不想跟老二当面说，您给老二写封信，在信里把意思告诉他。她没有说话，她能说什么？

有很长时间孩子们不来了。那时她家很热闹，平时几个孩子轮流往她这儿跑，到了双休日更是热闹。现在好了，家里每天冷清寂寞得让她觉得孤独可怕，孙子还小，不能代替大人来陪伴自己。她给老大打电话，问他这个星期日还加班吗？老大说加班不能去您那。给老二、老三打，老二不接，老三说他要带闺女去上课外辅导班，好几个补习班。她最后才给大闺女打。大闺女说您有事吗？您要是没有事我就不过去，我们爷爷脑梗住院了，离不开人。想想孩子们也挺不容易的，那天老大给她打来电话说，过两天法院要第二次开庭，给老二也下了传票，她拿着话筒一句话没说。老大说您在听吗？她慢慢把手里电话挂掉了。

五

刘姨有好几天没来斑马条椅上坐着了。母亲说她老头走了，上个星期四，在医院走的，在家里瘫痪了十多年，各个脏器都坏了，要不是刘姨这么伺候着他早就死了。张姨说，可不是呗，我一个老同学也是这种病，躺床上没一年就走了。老伴是二婚，比他小十六岁，刚开始是来给他做饭的，每天只做中午晚上两顿饭，他看上了人家，非要娶人家做老伴，人家是个寡妇，正在搞对象，他跟人家许愿说他有存款一百多万，还说她要是嫁给他，他把自己另一套房子改成她名字，也就是送给她的意思。女人刚刚五十多岁，没有工作，带着一个上高中的闺女在外租房住。女人最后同意嫁给他时，对象不干，提出找他要五万块钱，他给了人家五万才把女人娶过来，两个人生活了不到三年他就得了中风。大夫说过，这种病人死亡大部分都是后期康复时候家人照顾得不好导致的，半路夫妻有哪个能像刘姨这样无怨无悔，一心一意心甘情愿付出照顾自己的老头哇。秋姨说，哎呀，就是的，两个人谁跟谁都藏着心眼，我搬来前有一个老邻居，两个人都是半路夫妻，一人带一个孩子，总吵架，互相怀疑指责对方偷偷给自己孩子花钱，过了没几年又都离了。母亲说像你们这样做最好。张姨说，我老头刚去世没多久就有人给我介绍老伴，我一个一个都给拒绝了，我跟她们说我都够了。秋姨说她也是有人给介绍，她也是一个没同意，她说都这岁数了，谁还有那想法呀。母亲说她是没有合适的，要是有了合适的她就会再嫁的。张姨说你要是嫁了，对得起你死去的老头吗？母亲说，有一次我老头在梦里给我托梦说，艳萍，你要是有心里喜欢的男人你就再走一步吧，我不会怪你的。张姨说，就是因为这个梦你就有想法了？母亲说，是呀，这有什么？活着的时候两个人好好的比什么都强，别委屈了自己，咱们这岁数还有几年活头哇。母亲的话把张姨跟秋姨都给惊住了。

　　如果不说谁也不知道刘姨是一个刚刚失去老伴的人，她跟平时一样，和母亲她们并排坐在斑马条椅上。母亲说都忙完了？刘姨点点头。张姨说这回你算是熬出来了。刘姨说，他这一走我心里空落落的。秋姨说你还没伺候够吗？刘姨笑笑没说话。母亲说这些年他已经很享福了，刘姨，把他放下吧。刘姨说我也是这么想的，很难的。母亲、秋姨、张姨都不说话了，母亲看着远处，秋姨和张姨各自漫无目的地看着自己想要看的地方。五月的下午，阳光非常温柔，广场上已经有人穿短袖短裤，一对小两口正在教孩子练轮滑，站在远处看着他们的也许是孩子的爷爷奶奶，也许是孩子的姥爷姥姥，两个老人都把目光朝向他们，表情紧张而幸福。远处有两处花池，花池里面已经开满了黄色小花，小黄花虽然不大，但在阳光下一个个楚楚动人。

母亲好像有了困意，在暖暖的阳光下闭上双眼，张姨也已经在母亲之前闭起了眼睛，秋姨好像在想着心事，但脸上表情是幸福的。刘姨一直看着远处，远处有一个轮椅。轮椅上坐着一个女人，推轮椅的是一个男人，男人在后面向远处不停指点着，女人顺着男人指点的方向看去。母亲说五月的春天是她最喜欢的季节，她和父亲相识也是在这个季节，而这个季节却成了我最悲凉最痛苦的季节。

那天下午朋友来电话说他七十八岁的母亲在养老院刚刚去世，我去吊唁，路过广场斑马条椅的时候，我停下了。我不知道我为什么要停下脚步，为什么要静静而又久久地注视着她们，她们谁也没有注意我。我站在那儿，站了很久，我的眼睛模糊了，好像有泪水溢出来，那个斑马条椅上再也看不到母亲的身影了。这个春天是我眼泪最多的季节，我走过去，她们看到了我，都把身子往一边挪去，给我腾出母亲坐过的那个位置。我没有坐下，也没有说话，我走到她们身边，在她们没有任何张力和弹性的肩膀上挨个轻轻拥抱着，我的泪水再次涌出来。她们谁都不说话，静静看着我，我能感到她们每个人肩膀里的骨头轻轻刺向我。一串快乐而幸福的笑声在我耳畔响起来，我看到了坐在斑马条椅上的母亲。

咱们工人有力量

◎英　木

一

弓长岭矿300米井下矿洞里，攻坚突击队正在为完成全年的采矿任务忙碌着。

贺全盛右臂顶着凿岩机，样子像瞄准一大片敌人，臂力铆足劲，突突突如射出一排排子弹。他嘴微张，牙紧咬，头跟着机器有节奏地颤动，跟打冲锋差不多。

照明灯下，整个巷道凿岩机轰鸣的声音不绝于耳。头顶有机器震动后顶板掉下来的渣子，巷道狭窄，贺全盛变换了一个姿势。此时，离贺全盛一米多远的老孙，脚站成木桩，头仰起，在凿岩机发出的轰鸣声里，整个人也像上了发条一样，一刻不肯停歇。

为完成全年采矿任务，昨天，在全矿职工大会上，由六人组成的攻坚突击队正式成立，矿里把队长的重担压在了贺全盛身上，并一再强调时间，只能提前不能延后。贺全盛二话没说，把任务接了下来。

六个人，两人一组，分成三组，他把最年长的老孙和自己编在了一组,严明和王福顺一组,最年轻的朱里和李长友一组,严明被任命为副队长。

三组分散作业,指标明确,互不干扰。

此刻,照明灯有些昏暗,贺全盛和老孙他们已经干了将近一天,有些精疲力竭了。

"老孙,歇会儿再干。"贺全盛走过来。

老孙这会儿正握紧凿岩机钎杆,身子挺得笔直来对抗凿岩机的冲击力。钎头已经深入岩石深部,凹痕形成,活塞退回,钎子又转过另一角度,活塞再次向前运动,岩石又形成新的凹痕,两处凹痕形成了扇形岩孔,老孙松了口气。正待再打一个岩孔时,凿岩机突然熄火,老孙知道,电机又被烧坏了。

"他妈的,什么破机器,照这样下去,上哪儿完成任务去。"老孙放下手中已经熄火的凿岩机,叹了一口气。

贺全盛深知老孙的脾气,他也就发发牢骚,一会儿还得玩命干,他没接话。

"行了,就当我没说,我就知道,说了也白说。"老孙换了一台凿岩机。

其实,贺全盛何尝不是那么想的。但是,矿里有困难,机器又没有淘汰,真废弃了,浪费不说,还会增加采矿成本。

这里,终日不见阳光,靠灯光照明,本来就阴冷潮湿,又泥水淋漓,噪音震耳击心,这会儿,贺全盛和老孙身上油污泥水的工装都湿漉漉的,动一下,很难受,但是,为了多采矿,为了钢厂,他们已经顾不上这些。他们知道,安市这座小城的工作重心在钢厂,钢厂需要铁,没有铁矿石,就炼不出铁。虽然近几年铁矿石进口不少,但是,矿山还有余热没发挥出来。

贺全盛是个急性子,任务下来后,把数字进行了分解,以组为单位,分块包干,组内自行分工,用数据说话。

"严明那组进度怎么样了?"贺全盛问老孙。

"老王好像情绪不高，不知道是不是身体出了问题。"

贺全盛一听，马上招呼大家休息。六个人围拢过来，每个人都像刚从抗洪抢险一线回来一样，浑身湿淋淋的。王福顺耷拉个脑袋，眼皮都不爱抬。

贺全盛明白，采矿既要有进度，还要防止开采过多，形成地层断陷、下沉或地下水进入。如果真出了事故，别说完成任务，前面所有的努力都会前功尽弃，所以，任何时候都不能掉以轻心。

"老王，身体不舒服？"贺全盛凑到王福顺身边问。

"还行，就是昨晚没睡好觉。"

"想老伴了？"老孙没头没脑地来一句。

"想什么，一边待着去。"说着，王福顺离开了人群，往矿井口走。

已经过了下班时间，可是，谁都没走。

"电机问题，大家还得想想办法。"贺全盛对大伙说。

原来，凿岩机在打眼时经常被机器排出的废水和泥浆淋湿，里面的电机往往不到十天就被烧坏。设备维修不及时，不但影响进度，还增加成本，贺全盛和老孙这些日子一直琢磨这事。

如果能把电机的铁皮防护盖改成橡胶的，是不是能有效防止电机被水淋湿？老孙把自己的想法跟大家说出来，大家一致认为可以试试。

"我们不怕失败，一次不行，两次，两次不行，就三次，我相信，我们最后总能成功。"贺全盛坚定地说。

老孙斜睨一眼贺全盛："先别唱高调，我是这么想的，我们把电机的铁皮防护盖改成橡胶盖这个方向肯定没错，但是，如果同时在钎杆推进器上安装个橡胶垫，你们觉得能怎么样，都是防水，细节很重要。"老孙打开凿岩机盖，手摸钎杆推进器说。

"这个建议好，我同意，收工。"贺全盛一摆手，示意大家收拾工具，先上矿井。

工友们都不想走。你看看我，我看看你。贺全盛一看就明白了，他们还想连班。

"今天大家都累坏了，我和老孙留下，你们都回去吧。"

"队长，你不走，我们也不走。"跟李长友一组的愣头青朱里在边上喊。

"那你小子留下，我走。脚快没根了，老喽。"说着，老孙开始往矿井口走。这时候，王福顺已经升到地面。

"得了，老孙，别刀子嘴豆腐心了，看把人得罪光了。"严明一边摆弄凿岩机一边说。

老孙一听乐了："我可不怕得罪谁。小子们还是保持体力吧，后面还有很多硬仗要打，干活的时间长着呢，我这么说对不，队长？"老孙把头转向贺全盛。

"老孙说得对，大伙儿都歇着吧，明天都活蹦乱跳地来比什么都强。"

还是没人动。贺全盛向老孙使了个眼色，老孙会意，两人连推带轰，把人都赶走了。

"老孙，你年纪也不小了，悠着点。"人都走了以后，贺全盛一屁股坐在地上。

老孙今年五十岁，一般情况下，这个年纪的老同志在矿山有两种可能，要么提职带新兵，要么调离一线岗位。老孙却两样都没靠上。一是老孙工作较真，从没出过岔子，但是一根筋，不懂处事艺术；另一个是老孙技术好，脑瓜活泛，搞个技术革新啥的，是个难得的人才。就拿凿岩机电机这件事吧，老孙这些日子没少琢磨，暗地里不知改装多少回了。

老孙又开始鼓捣凿岩机。他把凿岩机拆开，按照事先的预想方案重新组装，安装完，试了一下，还是不太理想。

"换上橡胶盖和安装橡胶垫，参数就变了，是不是参数也该改一下？"老孙问贺全盛。

"试试，不行再想别的办法。"

两个人一直鼓捣到很晚，已经饥肠辘辘了。贺全盛说："今天就到这儿吧，回家再想想，总能想出办法来。"

老孙上过技校，也有革新的经验，但是，参数是严谨的，摸索需要时间。贺全盛虽然只有初中文化，但是经验丰富，也善于动脑。

"明天，动员大家一起想办法，俗话说'三个臭皮匠，顶个诸葛亮'，我们两个还是势单力薄了点。"

两个人击掌，会心地笑了。

二

天已经黑下来，月亮又白又亮，青草的香味直冲贺全盛的鼻孔。虽然夏天就要过去，秋天正大踏步走在来的路上，但是，草丛里的虫鸣依然响亮。灌木和杂草遮掩着地面，贺全盛沿着一条小路往家走。

贺全盛从小就有一个钢铁梦，他希望自己长大后，能成为一名炼钢工人。

二十年前，他从偏僻的山村来到弓长岭矿，虽然没能进钢厂，但是，能成为弓长岭铁矿井下的一名正式矿工，他已经很知足了。贺全盛对这份工作格外看重，养家糊口是一个方面，能为钢厂出一份力才是他多年的愿望，所以，他一直兢兢业业，埋头苦干。

住宅区距离矿区很近，为方便工作，贺全盛把家安在了这里。很多矿上的工人也把家安在这里，这里是名副其实的工人区。

天色已晚，各家基本都关闭了门窗，街上没了小贩的叫卖和孩子们喧闹的声音，显得很安静，贺全盛加快了脚步。

工人住宅区是一片红楼，三面环山。这里原先是一片废墟，荒草横生。随着矿区发展，一片崭新的楼群拔地而起。为改善矿区生活，这里先后建起了蔬菜基地、超市和健身广场。

夜风吹过，街区两旁的灌木丛发出轻微的声响。再拐个弯就到家了，这时候，胡同里一老一小两个人影一前一后跑出来。

"你给我回来，你小子一天不惹事就心难受，看我不打死你。"老的在后面拿着一根棒子追。

"告诉你王福顺，我今天走，就没打算回来。"小的回头冲老的喊。

"你个不争气的浑蛋，你要把我气死呀！"老的喋喋不休，还在后面撵。贺全盛看清楚是王福顺。

"老王，怎么啦？"贺全盛拦住王福顺。

王福顺见是贺全盛，脸臊得通红："丢人现眼，我怎么摊上这么个儿子。"说完，一甩手，转身往回走。

贺全盛追上王福顺，拉住他的胳膊问到底是怎么回事。王福顺摇头："我说不出口。"

贺全盛再三追问，王福顺才勉强说出来。

原来，王福顺儿子好赌博，儿媳和儿子经常为这事吵架。王福顺的老伴几年前去世了，他只好跟着儿子过。开始王福顺不知道小两口为什么老吵架，后来知道了，多次劝儿子，可是儿子这个耳朵听，那个耳朵就冒出去了。今天儿子又出去赌，儿媳妇急眼了，抱着孩子回娘家了，还放出话来，非离婚不可。王福顺下班回家，见儿媳妇抱着孩子走了，就对儿子动了气，非要儿子向儿媳妇认错，并把儿媳妇娘俩接回来不可。儿子自知理亏，却拒不认错，觉得老爷子小题大做，两个人便吵起来，吵着吵着，王福顺便要动粗。

原来是这么回事。贺全盛了解完情况，心里便有了主意。

"这事好办，老伙计，你先消消气，回头，我让我媳妇儿去做工作，一定不让他们离婚。"

"她能有什么办法？"

贺全盛拍拍王福顺说："她的办法多了，放心，没有解决不了的问题，你千万别气出好歹来，身体要紧。"

"我先谢谢你！只是这种事，传出去好说不好听，让人笑话。"

贺全盛握住王福顺的手说："放心吧，没人传这种事，一切暗中进行。"

王福顺点点头，心里敞亮多了，千恩万谢后，回家了。

贺全盛也算是矿上老人了，媳妇儿在街道办事处当主任，对处理邻里家务事有一套经验。回到家，贺全盛的脚刚迈进屋子，就把王福顺家的情况跟媳妇儿说了，媳妇儿听后没说话。

"怎么，你觉得为难吗？"贺全盛疑惑地看着媳妇儿。

媳妇儿起身去给贺全盛热饭："现在的小年轻，哪像过去的人，主意正着呢，弄不好再落个埋怨，以后还怎么相处？"

"你是这条街的老主任了，总不能看着不管吧？"贺全盛换上拖鞋，跟着媳妇儿进了厨房。

"管是要管，那也得看怎么个管法。"

贺全盛听出来，媳妇儿是拿不准，不敢贸然答应，就试探地说："你可以去老王儿媳妇娘家做工作，人怕见面，见面把话说透，后面就好办了。"

媳妇儿打量了他一眼："我也这么想的，就怕人家给咱来个大窝脖，不给面子。"

"试试，不试怎么知道。"贺全盛的话跟得很紧。

要说，贺全盛算是找了个好媳妇儿。他平时工作忙，家里家外所有的活都包在了媳妇儿身上，这还不算，还要替他操心别人家的事。

那年，队友吴波被误诊为绝症，急需钱到外地治疗。由于矿里资金紧张，会计只能拿出一部分，贺全盛知道后，二话没说，从自己腰包拿出钱暗自给垫上。媳妇儿知道了这件事，一句埋怨的话都没有，弄得吴波心里热乎乎的。

"还有，你去王福顺儿媳妇娘家的时候，买点好吃的，那家有两个老人呢。别叫人家觉得咱只是去要人的。"

"知道了,看把你能的,心都操到什么份儿上了,先吃饭。"说着,媳妇儿把热好的饭菜端到饭桌上,这时候,贺全盛才感到肚子真饿了。

三

早上的碰头会矿长也来了,会场的气氛显然与往日不同。副矿长简单通报了一下近几天的工作情况后,出乎意料,矿长没让各队负责人一一汇报工作,而是直接宣布,为满足安市钢厂急需富矿的燃眉之急,贺全盛攻坚突击队从今天开始,前往负120米现场,回收散落在6号矿区7条巷道里的45000吨富矿。矿长强调,任务艰巨,时间紧迫,必须在一个月之内完成。

"这么急。矿长,把我们也调过去,支援突击队得了。"正在原矿仓换漏子衬板的三队队长徐虎请求道。

矿长摇头说:"你们有你们的任务,全矿一盘棋,安心做好你们自己的工作比什么都重要。"

"是。"

徐虎看了贺全盛一眼,冲他挤挤眼,又努努嘴,然后笑着露出一排白牙,贺全盛只当没看见。

贺全盛领了任务,回到井下,几个人正一堆一块在干活。贺全盛把哨子放到嘴上吹了一个长长的哨音,大家停下手里的活,贺全盛摆手让大家过来,等人都聚拢过来,他简短传达了矿里新的安排。

"活挺急,给我们的时间有限,大家好好合计合计,怎么干才更出效益。"贺全盛征求大家的意见。

"深部富矿较为破碎,得有针对性才行。"老孙若有所思地说。

"现在来不及谈论计划,得马上去现场。"贺全盛第一个带头往矿井走,后面几个人都拥上来。

很快,几个人就来到6号矿区。巷道分布零散,得一个巷道一个巷道看。

"矿里的意思是先采用新办法，小间隔浅孔，尽量做到精回收。"贺全盛扶了一下头上的安全帽。

"先分段吧。还是两人一组吗？"严明问。

"还是两人一组，注意塌陷地方，不能冒进，安全第一。"贺全盛说。

七个巷道，分片包干，有的巷道破损严重，众人都感到了压力。

"矿里把我们当什么了，打狼啊！"王福顺冷不丁冒出来一句，大伙你看看我，我看看你，都不说话。

"别说泄气话，工作只有分工不同。老王，你要是不愿意干，可以退出突击队。"严明词语锋利，扎得老王差一点蹦起来。老王正待更多的言语围剿他，老孙从一个掌子面钻出来说："都别吵了，是爷们儿就留下，哪那么多屁嗑。"

老孙的话一出口，其他的人嘴都闭上了。

大致情况了解之后，老孙马上提出了一套回收方案。

说干就干，六个人散开，生龙活虎般。

一切顺畅，回收工作按部就班地进行。

就在这时，贺全盛三岁的儿子小金生右眼被邻居家孩子的弹弓射伤，被当即送进了医院。听到消息，贺全盛心如刀割一般。那个时候，他正在第一条巷道里作业。老孙劝他说："去看看吧，省得担心。"

"去了也无济于事，该来的已经来了，就让孩子他妈陪着吧。"

"没那道理。这有我呢，你不放心咋的？"

"不是。"

"就是。"

"我怕……"

"怕完不成任务？"

"嗯。"

"还是吧。"

"这样，你去看看就回，女人家，没自家男人在眼前，没主心骨，你去看看什么情况，也好拿个主意。"

"先干活，回头再说。"

那一夜，贺全盛没离井，昼夜连轴转。渴了，喝凉开水；饿了，啃硬火烧；困了，就在冰冷的休息室打个盹。

三天后的晚上，他打了一辆出租车去医院。走进医院大门，他三步并作两步急急推开医院病房的门。看见儿子的右眼红肿得厉害，心里一颤，妻子看见他，眼泪瞬间流了下来。

贺全盛感觉愧对妻子，那一夜，贺全盛陪妻子一同守护儿子。第二天早上，他安排儿子去省城就医，让大舅子陪着妻子。妻子说什么也不让贺全盛走，贺全盛拉着妻子的手说："我知道你心急，可是，我的工作实在离不开，就劳烦你照顾儿子了。"

妻子叹了口气："我就知道指望不上你。行了，你去上班吧，别惦记我们，安全第一。"

送走儿子和媳妇儿，贺全盛返身返回矿上，才发现老孙一夜未离开，心里涌起一股歉意。

贺全盛让老孙上井休息，老孙不干，离开井下，老孙觉得自己就像断了线的风筝，心是悬着的。

富矿在矿区为数不多，回收起来有一定的困难，经过选矿处理，能用的富矿更是少之又少，所以，回收的时候要特别精细，不能有一点马虎。

就在清理完五个巷道后的一天，夜里下起了暴雨。第二天，为保证安全，贺全盛和老孙先查看了矿井渗水和排水情况，确定没什么安全隐患后才开始工作。

四

过完国庆节，突击队开始承担有难度的负70米深孔采矿任务。

矿领导对此次任务很重视，表示矿山全年采矿任务完成与否，这一仗是关键。

深孔采矿有一定的工作难度，要用凿岩机垂直向上钻孔。人站在机器下面，双臂既要垂直握紧凿岩机钎杆，头还要高高仰起，时间长了脖子就酸了，劳动强度非常大，分配工作的时候，贺全盛把最难的工作面留给了自己和老孙。

分散作业，打眼顺序不能乱，而且当两台机器同时作业时，一定要保持一米以上距离。

开始，进度很快，矿石堆下来，就被传送出去，一切都在按部就班进行。这里虽然没有阳光，但是，队员们的心里都揣着一个太阳。尽管凿岩机的轰鸣声海啸般掠过头顶，他们依旧目光坚定，神情从容。

一天傍晚快下班的时候，王福顺突然上吐下泻，还发高烧，贺全盛立即派严明和李长友把王福顺送回家。

"老孙，明天你去顶王福顺的位置，跟严明搭档。"

"那你呢？"

"我先一个人顶着，等老王好了再说。"

"要不，你向矿里要个人。"

"算了，别再给老王添堵了。估计他也没什么大病，心病大于身体上的，让他休息几天也好。"

"那你自己要当心。"

"没问题，你放心吧。"

这天，随着凿岩机的吼叫，泥水夹带油污，顺着雨衣里面的衬衣脖领钻进老孙的身体，凉凉的，湿湿的，只一会儿工夫，这些泥水又沿着雨裤里面的衬裤裤筒流出来，干了将近一天的老孙早成了泥人。垂直钻孔，拼的是体力。严明见前辈这么拼命，也不敢懈怠，去抢老孙手里的凿岩机。这时候，贺全盛走过来，示意老孙和严明停下来休息一会儿。

老孙已经感到腰酸腿疼了，停下来，一屁股坐在矿石堆上，喘着粗气。

突击队在改进凿岩机的电机上取得了重大突破，有效防止了电机被水淋湿，使电机一次使用寿命从过去的十几天延长到九十天以上，大大增加了作业时间，为完成全年任务打下了坚实的基础。

"队长，给矿里打个报告，技术革新是有奖励的。"休息的时候严明说。

"瞧你那点出息，你就为那点奖励呀。"老孙不屑地看了严明一眼。

"严明说的没错，这项革新，每年能节省不少维修费，可以算一笔账，不为别的，只为老孙没白费功夫。"李长友也凑过来。

"我看可以。明天有汇报会，队长，你就向上面汇报一下呗。"朱里提着矿灯也向工作面走来。

"成果是大家的，要奖励也是奖励我们突击队。"老孙站起来，抻了抻胳膊。

"这话不假，大伙都有功，都有功。"朱里附和道。

"少扯犊子，老孙功劳最大，严明，你说是不是？"李长友回头问正平躺在地上的严明。

严明不说话。为延长凿岩机电机使用寿命，严明觉得自己也有功劳。今年职称评定就快开始了，严明有自己的想法："怎么都行，我没意见。"严明嘴上这么说，心里有些不痛快。

大家不约而同地围住了贺全盛。贺全盛笑笑说："奖不奖励的，一两句话也说不清楚，大家都先别急，我去矿里争取就是了。"

贺全盛看了一下腕上的表说："快到下班时间了，现在，检查一下凿岩机的风门，再干一会儿就收工。"

大家分散，继续干活。

一会儿，下班铃声响了，贺全盛拎着水杯走到老孙面前："老孙，收工吧，喝点水。"

老孙喝了一口,说:"听说钢厂又上了一条新生产线,这回的规模不小吧?"

"是呀,闲不着咱们。"

"那就好。这样,咱们就不怕被别的钢厂比下去了。"

"你想得还挺远。"

"'人无远虑,必有近忧。'呵呵!"老孙笑。

"先别扯那么远。一会儿,你跟我,还有严明去看看王福顺。"贺全盛对老孙小声说完,回头对大家说:"今天就到这,大家都回吧,别忘了,晚上洗完澡再睡觉,省得娘们儿烦。"

贺全盛的话逗得大家哈哈大笑,连绷着脸的严明都咧了一下嘴。

昏黄的月亮升起来,三个人走在一条漆黑的土路上。贺全盛扭头看了一眼严明,哧一下笑出声:"别绷着了,有什么话说出来好了。"

"没什么好说的,老孙说得没错,功劳是大家的。"严明没说实话。

"真心话?"

"真心话。"

"你小子没说实话吧?行了,我也不逗你了。矿里正在评技术职称,我已经把你和老孙都报上去了,估计很快就会填表登记。"贺全盛拍拍严明的肩膀说。

"真的?"严明睁大了眼睛。

"这事还能骗人吗。"

"那我可得谢谢你。"严明脸上露出了笑容。

"谢我的话就不用说了,还是工作上见吧。"

天已经完全黑下来,三人到超市给王福顺买了些东西,说话间来到王福顺家大门外。敲门进屋,王福顺正坐在沙发上喝水,儿媳妇在厨房做饭,儿子在带孩子。

王福顺见是贺全盛他们,连忙站起来让座。三个人没客气,坐下后,贺全盛小声问王福顺:"儿媳妇回来了?"

"回来了，多亏了弟妹。儿子也学好了，不赌了，改天，我得登门致谢。"王福顺脸色不太好，人也瘦了一圈。

贺全盛说："回来就好，谢就算了，邻里住着，互相帮忙再正常不过了，你可千万别当回事。"

"哪里的话，弟妹来回没少跑，去儿媳妇娘家就有十六次，儿媳妇都记着呢，就连亲家和亲家母都感动得什么似的。"

"呵呵！不说这个了，你身体怎么样？好点没？"贺全盛问。

"他们两口子好了，我这心里也亮堂了，病自然就好了。你放心，明天我就上班。"王福顺笑着说。

"我们可不是来催你上班的，你再养两天。"贺全盛诚恳地说。

"我真的好了。"说着，王福顺压低声音说，"不上班，谁给钱。"

"你小子净说大实话。"老孙用手拍了一下王福顺。

几个人不约而同地笑起来。

五

冬天的风刮得人睁不开眼睛，雪一直在下。很多人都把防寒服的帽子竖了起来。

新年一过，大雪已经下过几场了。今天，贺全盛和老孙到矿山公司俱乐部开公司年底总结表彰大会，快到中午的时候，他们才从会场出来。看着漫天飞舞的雪花，两人头一次奢侈地打车回矿上。

离矿区还有几百米远的时候，雪似乎停了。阳光钻出云层，金灿灿地照在大地上。

空气里洋溢着一种新年的气氛。两人从车上下来，直接去了矿区食堂。

突击队圆满完成全年采矿任务，受到了嘉奖，他们希望能和全体队员共同分享。

走过动力厂，食堂在过道尽头，推开门，一股热浪扑面而来。

食堂里坐满了人,还有一条大红横幅悬挂在食堂东面的墙上。

"热烈祝贺攻坚突击队获公司、省、市先进集体荣誉称号"。

有几个人见进来的是贺全盛和老孙,迅速跑过来把他们请到食堂卖饭窗口前,呼啦啦,人们围上来,一阵掌声过后,早有人把话筒递到贺全盛嘴边。

两人一脸蒙地站在那儿,看着食堂里一张张桌子周围坐着的人,老孙捅了一下贺全盛,贺全盛拿过话筒说了句:"你们的心意我们领了,我代表突击队谢谢大家!"

欢呼声骤起,接着,是一个女矿工的声音,脆脆的:"今天借食堂的饭菜,咱们祝福突击队长盛不衰好不好?"

"好!"一阵掌声过后,祝福声此起彼伏。

贺全盛发现,所有人的目光正组成一把疏密有致的梳子,在他们身上从上到下格外温柔地梳着。队员们好像都被感染了,动情地唱起《咱们工人有力量》。

歌声越来越大,随着一起唱的人越来越多,歌声穿过食堂的玻璃窗,慢慢向山顶爬去。

卷毛和土豆

◎ 侯佳林

  卷毛静静地站在车站前面广场的下午阳光里。这是地图上用一个小黑点标识的偏远小镇，车站是几间低矮的刷着白漆的房子。房顶呈三角形，边上刻着花纹，中间是涂着黑漆的两个字"章县"，字体有些古朴。斑驳的墙体和字显示这个小镇有着一段不是很长的历史。车站的门刷着红漆，不时地吱呀一声，进去或出来一两个旅客。出去的行囊空空，他们想出去寻找故事；回来的背负着鼓鼓的包裹，里面装满了故事。

  二十年前，卷毛就是从那扇红色的门走出来的。她的行囊空空的，里面什么也没有。

  车站门前是几棵粗壮的松树，如果没有时常出现的门的吱呀声，这里安静得像是陵园。一个圆形花坛里的鸡冠花开得浓艳。儿子脚边停着两个大号旅行箱，背着一个轻便的双肩包，被一群同学围着，他们开着时尚而又青涩的玩笑。儿子不善于开玩笑，只是偶尔应答一句或动一动嘴角，他的目光始终没有离开车站的那扇红门。那个男人一只脚搭在花坛边上，一边用纸巾擦着那双乳白色的凉鞋，一边在电话里说着什么。

  这时人们听到了期盼已久的火车进站的笛声，儿子立刻拎起旅行箱，几个同学帮衬着，进了那扇吱呀作响的门。这时，那个男人，她的丈夫，孩子的父亲也停止打电话，跟着她进了车站。一辆绿皮车似乎还没有完全停稳，喘着粗气。儿子头也不回地上了车，等到安顿好之后才透过车窗寻找送他的人。儿子把鼻子压在车窗玻璃上，脸变了形，她和他都被逗乐了。

　　火车走了很远的路，似乎很累了，在这里只停留三分钟，不情愿地慢慢吞吞地开走了。她凝视了很久，直到火车消失在她的视线里。她的眼前还闪动着儿子在车窗上做的鬼脸。她的脸上掠过一丝微笑。小站上送行的人逐渐散去，站台上变得空旷而安静。丈夫一边低头擦拭着皮鞋，一边说："走吧，别看了，过一个月就回来了，那么大的人了……"她没有回答，也没有动。当丈夫再次催促的时候，她说："你先走吧，我想一个人走回去。"男人把手里的纸巾团成团，抛到远处的花坛里，摇晃着车钥匙，头也不回地走了。站台上只剩下她一个人了。

　　卷毛的名字源于她天生卷曲的头发。她记事时起周围的人就叫她卷毛。她很讨厌这个称呼，也痛恨自己的头发。她曾偷偷地把头发剪掉，希望长出来的不再是卷发，可是头发一长，还是打着卷。卷毛就把头发编成辫子，不让人看出她的卷发。直到高中毕业，人们也不知道她有一头天生的卷发。

　　土豆的名字可不是因为他长得像土豆，而是因为他爸爸很会种土豆，家里每天都会吃土豆，他上学带的午饭当然也是土豆，于是人们就叫他土豆了。

　　卷毛和土豆两家是邻居，两人同龄，小的时候便在一起玩耍。春天里，他们一起看着土豆爸爸把土豆芽子埋进土里。看着一场细雨过后，土豆苗从土里钻出来。看着土豆秧渐渐长大，开出紫色的小花。他们曾经在夜里偷偷地拔出一棵土豆秧，看看刚刚长成花生米一样大的土豆。

月色下，他们坐在温热的草地上，嘴里都叼着一根马尾草。

土豆问："你怎么老是绑着小辫？"

卷毛说："我不想让别人看见我的头发，他们都叫我卷毛。"

"卷毛挺好看的呀，像洋娃娃。"

"好看什么呀，我宁愿变成一个秃头！"

"变成秃头人家就叫你小尼姑了！"

"尼姑也比卷毛强！"

上了学，土豆和卷毛在一个班里上课，所以经常同出同入。卷毛开朗大方，土豆呆得像木头。如果有谁欺负土豆，卷毛就会拔刀相助。木讷的土豆也不会说些感激的话，只是心里记着卷毛的好。卷毛爸爸在供销社上班，家境殷实。土豆爸爸只会种地，条件就差多了。午饭卷毛带的是一个馒头，土豆带的是两个土豆。卷毛时常用半个馒头换土豆的一个土豆。两人中午经常吃的一样，半个馒头、一个土豆，吃得都挺香。看着眼气的同学就会说一些阴阳怪气的话。说卷毛不是爱吃土豆，是爱上土豆了。土豆羞得无言以对，卷毛则会高声地和人家吵一架。

后来，卷毛的爸爸犯了错——据说是偷了供销社的白面，被辞退了，去了南方。那些眼气的同学终于出了气，对卷毛不再忍让了。他们公开议论，说卷毛爸爸爱偷东西，说不定卷毛也是他偷来的，要不然为什么他们家只有她一个人是卷毛呢。有一天，一个胖丫头居然把卷毛的馒头摔在地上，踩了一脚，馒头变成了黑面饼，卷毛趴在桌子上呜呜地哭起来。卷毛再也不带馒头上学了，干脆什么也不带，饿了就忍着，土豆的馒头也吃到了头。一到中午，同学们都拿出吃食一顿啃咬，卷毛就趴在座位上佯睡。土豆有时看见卷毛饿得用手捂着肚子，心里不是滋味，他便偷偷地把一个土豆塞在卷毛手里。

初中毕业，卷毛去了县里念高中。土豆家里没钱供他上学，他只能在家跟着爸爸学种地。看着卷毛长成了一个大姑娘，每次回家都是光鲜亮丽的，滔滔不绝地讲述学校里发生的事，土豆很是羡慕。他很想看看县里的高中是什么样子的，他更想和卷毛一起坐在教室里。有一次他背上了一大兜子煮熟的土豆，偷偷地去了县里。在学校门口，学生们出出进进，半天也没看见卷毛，他悻悻地走开了。

　　三年以后，卷毛考上了市里的一所师范学校。学校允许学生梳披肩发，卷毛终于把辫子散开，满头的卷发，甚是惹人注意。加上白皙的皮肤、大大的眼睛、高挑的身材，一下子成为男生争相追逐的对象。张建民是众多追求者中很显眼的一个。他具有城里人所有的特征，高高的个子，眉清目秀，拥有雪白的牙齿和修长的手指。他和卷毛同届，学数学的，在二年级时就当上了学校学生会的学习部长。他家是章县县城的，父母都在铁路部门工作，而且爸爸还是副段长，听说很多女生都喜欢他，暗恋的也有。卷毛是班里的学习委员，在工作中和张建民当然要有一定的接触。组织班级干部开会的时候，张建民被大家围着，镇定从容，侃侃而谈，俨然学校里的一位经验丰富的年轻领导。潇洒的风度、出色的口才和组织才能，不要说同学，就连老师们对他也是由衷地欣赏，都说他后生可畏，前途不可限量。后来卷毛逐渐发现，开会的时候张建民的目光在她的脸上停留的时间最长，而且带着温度。布置工作，他给卷毛讲得更加耐心和细致。后来每次开会，学习部长张建民居然亲自来班里找卷毛。态度很是恭敬，而且一直等到卷毛出来，两人再一起去会议室，虽是例行公事，大家已然看出了端倪。

　　卷毛当然知道张建民目光里的含义，可她没有因为张建民的爱慕而欣喜。除了微笑以外，张建民没有收到任何回复。他很是纳闷，卷毛那平静的表情背后是什么呢，为什么对他多情的目光无动于衷呢？他被卷毛的气质深深地吸引住了，众人追逐的张建民开始神不守舍地暗恋起别人来了。

　　卷毛最喜欢去的是学校的图书馆，她痴迷地品读着浩如烟海的中外文学名著。作家们描述的世界那么丰富而有趣,每一个人物、每一个情节、每一个场景都令她激动不已。跟随作家的笔,她去过西伯利亚空旷的原野,去过纸醉金迷的巴黎的酒馆,去过古朴的湘西古寨,去过霓虹闪烁的夜上海。翠翠、繁漪、陈白露、安娜、郝思嘉、包法利夫人等人物的命运牵绊着她,让她很久很久不能释怀。卷毛根本不在意什么开会啦,活动啦,考试啦,她觉得研究文学史或者搞文学批评很适合自己,当然,她知道自己现在只是一个"文学青年"。

卷毛每次回家都看见土豆在地里忙着。土地就像一张用旧了的纸,农民的使命就是每年开春的时候在上面写字,第二年再翻过来在背面接着写。土地和老天爷教给了他所有的本领,他已经变成一个健壮的庄稼汉了。他把两只大脚片子埋在土里,温热润湿的土粒让他感到舒坦、踏实,夕阳的余晖把他通身涂上和土地一样的颜色。他把所有的时间、智慧和汗水全埋进土里,庄稼像他胳膊上的肌肉,疯长着。累了就光着膀子躺在地上,浑身沾满了土粒,像一只刚挖出来的土豆。他像一只鼹鼠,土地给了他所有的痛苦和欢乐,他从未离开过土地,也没想离开,就像他的祖辈们一样。卷毛看得出神,这样的场景比书里讲述的任何悲欢离合的故事都令她感动,没有任何人比土豆更加热爱和依恋土地了,他就像土地幻化出来的神,看着看着她竟然情不自禁地流下泪来。

太阳落下去了,土豆扛着锄头从地里回来,像一个凯旋的将军。他进了院子,放下锄头,在井边稀里哗啦地洗脸。卷毛隔着栅栏对土豆说:"你天天去地里刨着,那土里有金子吗?"土豆一边抠着耳朵,一边乜斜着卷毛,说:"有,当然有哇,我的吃的用的全在这土里呢!"卷毛说:"那等我毕了业也和你一起在土里刨金子吧。"土豆赶忙说:"别,你可千万别。这世界上啊,注定有的人要留下来,有的人要走出去。你就是那个要走出去的。""留下来,走出去还不是我说了算,我打算毕了业就回家。""咱俩可不一样,我是土里生，土里长，你是书里写的，是画上画的。""那你就等着吧，傻子!"卷毛转身回去了，土豆呆呆地立在那里，像一根木头。

卷毛每个月都会给土豆写一封信。土豆的来信要么慢慢腾腾，要么寥寥数语。信里总是说他在地里种什么啦，他种的什么庄稼长得如何好啦，卷毛觉得又可气又可笑。她知道读土豆的来信没什么意义，可是她逐渐产生了一种期待，如果信来得迟了，她会产生莫名的怅然之感。

在学校的图书馆里，卷毛一个人静静地坐在角落，此时她在读《安娜·卡列尼娜》，但她已经不能专心致志了。农民列文爱上了杜丽的妹妹吉提，想要娶她做妻子。吉提对列文的爱很犹豫，因为出身高贵、年轻、英俊、文质彬彬的沃伦斯基正在向她表达爱慕之情。吉提拒绝了列文，想接受沃伦斯基的爱，可是风流的军官沃伦斯基转而爱上了安娜……土豆和列文一样，是那么热爱土地。她就是吉提，高贵、年轻、英俊、文质彬彬的张建民正在热烈地追求她，可是土豆为什么就无动于衷呢?

为了见到卷毛，张建民也时常到图书馆来。当然，卷毛在看书，他在看卷毛。图书馆很安静，只是在卷毛读得累了，需要松弛一下脖子或者起来到架上寻一本书的时候，张建民才能有机会和卷毛用目光交流一下。他盯着卷毛的一举一动，而卷毛理智地用浅浅的微笑予以回应。他曾经把一张写着"我喜欢上你了"的字条放在卷毛摊开的书上，可是没有收到卷毛的任何回应。张建民变得焦躁起来。一次开会讲话时居然出了错，总是心事重重的，甚至有一次聚会时喝多了酒，胡言乱语起来。这是从来没有过的!大家都知道这是爱情惹的祸。

有一天，张建民又亲自来找卷毛去开会。卷毛走进会议室的时候发现只有张建民他们两个人。张建民关上门，面对着卷毛，重重地说:"你看到我给你的字条了吗?"卷毛被这阵势弄得不知所措，一时不知道怎么回答他。血液一下子涌到张建民的脸上,他喘着粗气说:"卷毛,我爱上你了,你怎么不理我呀,我很痛苦……"卷毛知道张建民爱上自己了,可是她觉得自己的爱情还没有萌发。小说里的爱恨情仇她见得多了,可是她不知道怎么对待自己的爱情。"我喜欢你,我能为你付出一切,你对我不满意吗?"张建民脸上现出哀求的神色。卷毛低着头,不敢看张建民的脸,低声说道:"不是……不知道……我还没想好……"张建民在地上转了一圈,一下子握住卷毛的肩膀。卷毛吓得挣脱了张建民的手,跑了出去,后面传来拳头砸在墙上的声音……

卷毛在师范念三年级的时候,爸爸从南方回来了。听说女儿至今没有处上对象,很是着急。他想把女儿留在市里,哪怕县里也好。他便四处打探,可是一直没有攀上一个高枝。他的一个战友老刘的儿子刚从部队转业,分配到工商局当上了司机。卷毛爸爸觉得如果老刘能把女儿留在县城里,把女儿嫁给他儿子刘天满还算不错。一打听,老刘对卷毛印象不错,也满口应下来,让卷毛抽空和天满见见面。妈妈和卷毛说了这件事,没想到她一口回绝,说坚决不和那个什么刘天满见面。爸爸一时没办法回刘家的话,人家还真没追问,这事渐渐就放下了。

张建民的攻势并没有停止。最后一个学期开始的时候,张建民找上几个学生干部,偷偷地到卷毛家进行了一次家访,内容是调查毕业生实习去向的问题。他有意透露了自己的家境,说毕业后完全有能力把卷毛留在县城里。看着眼前的张建民一表人才,住在城里,家境又如此好,卷毛爸爸喜出望外,赶忙问他有没有对象,张建民说没有。爸爸觉得如果卷毛能和张建民好上,那一切问题就迎刃而解了。

回到学校,张建民在同学面前故意表露他已经和卷毛确立了恋爱关系,因为他能准确说出卷毛家的详细地址,大家信以为真,觉得名花有主了。大家都觉得他们俩很般配，应该成为一对儿。同学们便拿张建民和卷毛开玩笑。从此，张建民对卷毛展开了疯狂的追求攻势。主动接近，甜言蜜语，送各种礼物，这一切都被卷毛婉言谢绝。正面进攻不能奏效，张建民拎了重礼又一次来到卷毛家里。他向卷毛爸爸表达了对卷毛的爱慕，并承诺毕业后一定把她留在县里。卷毛爸爸对张建民个人条件和家庭条件都非常满意，心里已经承认了这门亲事。可是卷毛对此不以为然，爸爸很是纳闷。

经过几次耐心地劝说，卷毛还是没答应。爸爸终于按捺不住了，他用力拍了一下桌子，吼道："张建民这样的条件你没看上，你想找一个什么样的？"

卷毛被爸爸吓了一跳，眼泪一下子流了出来，哭着说："张建民，我不了解他，怎么和他处？"

爸爸更加激动了："我和你妈都见过了，各方面都很好，你不给人家机会，怎么了解？"

卷毛一边啜泣一边说："为什么一定要找城里的，我看农村的也挺好。"

妈妈早已在一旁陪着女儿哭开了："孩子，你可不能回农村来呀，你要是嫁个种地的，书就白念了！"

"如果你看张建民不行，那你明天就去和刘天满见见面！"爸爸甩下一句话出去了。

妈妈一边哭一边帮卷毛整理浸着泪水的头发，说："刘天满虽然是从部队转业回来的，可人家也是正式职工，你刘大爷一家早就相中你了，听说……"还没等妈妈说完，卷毛挣开妈妈跑了出去。

夜已经深了，卷毛走到一片庄稼地旁坐下来。四周那么安静，似乎能听到月光流淌的声音。她朦胧地看到眼前是一片快要开花的土豆秧。她摩挲着土豆的叶子，摘下一片放到鼻子下面闻了许久许久，她的泪又落下来了。

回到学校，卷毛找到张建民，说："你真喜欢我吗？"

张建民惊喜异常，说："当然喜欢，天地可以为我做证！"

"你能把我留在城里吗？"

"没问题，我爸爸已经和县教育局局长打过招呼了。"

"如果万一留不下，我回农村怎么办？"

"你就是到天涯海角我也跟你去！"

"那好吧！"

这下卷毛和张建民真的确立了恋爱关系。张建民整天春风得意，乐不可支，只有男生在场的时候，提到卷毛，他居然说"我媳妇儿如何如何"。同学们继续拿他俩开玩笑，卷毛只是浅浅地笑笑。快要离开学校了，有一天张建民的父母居然来到学校，俨然以公婆的身份看望了卷毛，弄得她好不尴尬。

毕业了，他们回到章县。张建民的爸爸妈妈都来接站，搞得很隆重。下了火车，卷毛一眼就看见车站出口那扇红色的门。三年前，她就是从那扇红色的门出去的。三年后，她回来了。她的行囊空空的，里面什么也没有。

回到章县，卷毛果然被分配到县里的一所中学，张建民则到县教育局上班了。接下来就是结婚生子，日子在容不得人片刻停顿和思索中迅速过去。卷毛似乎对生活没有任何感受，她觉得她不用思考，不用观望，更没有时间回首往事，是日子在推着她在往前走。看过的、经历过的似乎没有给她留下任何印象。有时她看着这个家、丈夫、孩子是那么陌生。是时间的潮水冲刷得厉害，还是生活的底片太不靠谱？她时常会透过窗子向远处长时间地眺望。有时哪怕是一个人、一棵树她也会凝望好一会儿。在她的梦里无数次地出现一片月色下的庄稼地，那散着清香的快要开花的土豆秧……

平静的生活让她变得平静。似乎生活里的悲欢离合都不能引起她的兴趣。她与世无争，总是微笑着面对一切人和事，不管是好的还是坏的。周围的人都很喜欢她，可是谁也不知道她在想着什么。

张建民越来越痛苦。这个他曾经热爱和苦苦追求的人，变得像一本晦涩的书，他很难读懂了。

他说："十一我们去旅行吧。"

她说："好哇。"

他说："还是别去了，在家管孩子吧。"

她说："行啊。"

她总是这样温婉随和，张建民找不出卷毛的任何毛病，可他觉得她离他越来越远了。张建民有才华，年富力强，事业如日中天，如今已经当上了教育局办公室主任。他对工作、生活充满激情。可是一旦回到家里，他的激情就像被一盆冷水浇灭了。卷毛就是一潭冰冷的"死水"。

孩子上高中那年，有人告诉她张建民外面好像有相好的了，她听了只是笑笑。同事埋怨她为什么不去和他大闹一场。她平静地整理着桌子，微笑着说："有什么必要吗？他承认了，我们的爱情就没有了；他不承认，我们的爱情更没有了。"

儿子一天天地长大，一天比一天懂事。他静静地观察着妈妈的举手投足，似乎他懂得妈妈的心思。他从来不在妈妈跟前撒娇，也不会跟妈妈说个没完。他不和任何人争执，他用妈妈那样的微笑面对一切人和事。有一天，儿子怯生生地对她说："妈，我听说爸爸在外面……"

她先是愣了一下，很快就恢复了平静，她看着儿子清澈的眼睛说："我知道，不过这没关系，他还是你的爸爸，我们还是一家人。"

儿子满脸的疑惑，说："可是，你们怎么了？我不明白。"

她拍了拍儿子的肩膀，说："就要参加高考了，不要分心，等你上了大学再和妈妈谈这件事好吗？"

儿子愣在那里，想了好半天，说："我爱你，我也爱爸爸，可是我真不愿意待在家里了。"他说完用力地拉开门，冲了出去。

铁轨被阳光照着，发出刺眼的烫人的亮光。远处一节黑乎乎的车厢孤独地停在一段锈迹斑斑的铁轨上。一个穿着油腻腻的工作服的巡道工扛着一支小锤子沿着铁轨懒洋洋地迈着步子。铁轨蜿蜒曲折伸向远方……

她回转身,打开那扇吱呀作响的小门,快速走了出去。一群出租车司机呼啦迎了上来,她选了一辆较为干净的坐了进去。车子沿着站前路一直往北出城而去。路两旁的建筑逐渐变矮,最后变成树木和田园,她的心变得沉静起来。

车子欢快地跑了一个多小时,在一个寂静的小村落边上停了下来。她轻快地下了车,在村口那棵大树下望了望,疾步走进村子。村子里的土路坑坑洼洼,她左摇右摆,鞋子上落满了尘土。她蹑手蹑脚地在一个小院子前停下来,看见一个男人在土豆地里挥舞着一把镐在刨着,他身后的潮湿的土上摆放着新刨出来的亮亮的浑圆的土豆。她脸上带着微笑,站在那里静静地看着。好一会儿,男人才直起腰,回头看了看身后的土豆。

那时的爱情

◎胡　宝

一

每天早上，疯老蔡都会坐在村口小青桥的桥头石墩上，怀里抱着瓶白酒，两眼醉醺醺、直勾勾地看着桥上往来的人，嘴里反复叨咕着几句话。那是他年轻时被一个女人骗走全部家产后，那个女人留给他的教训。

可能是教训太沉重，又或者他对那个女人用情太深，终于在人财两空不久，一个风雨交加的夜里，人疯掉了。村里老人说他没疯时，可是个识文断字的人，可惜疯了之后，他肚子里的墨水就只剩这几句话了。

我常常想，如果程晓霞刚好从桥上过，疯老蔡的眼里看到的是什么样子。我甚至想象着，某一天疯老蔡突然发起疯，顶着一脑袋乱糟糟的头发追打程晓霞的场面。两个拖着长长头发的生物，大呼小叫地穿过村头小青桥，跑进旁边的杨树林里，就像回到了原始社会。

想到这，我的眼前居然出现了程晓霞披头散发，穿着一身树叶、头上插着鸟的羽毛、脸上抹着草浆的怪模样。我忍不住笑出声来。

卢东，你不好好听课，在那儿瞎笑什么？

一个高八度的声音突然在我耳边炸响，活生生地吓了我一大跳，更惊出我一身冷汗。我这才回过神来，原来是一场梦。

数学老师俯下身子，瓶底厚的大眼镜都快碰到我腮帮子了，好像我脸上有什么特别吸引他的东西，又好像警察叔叔勘查犯罪现场。

是不是觉得自己啥都会了？你要再这么下去，重点高中就没希望了，给我认真听课！

我知道了，老师。

我赶紧坐直身体。被抓了个现行，确实挺丢人的，可一想起刚才，程晓霞在我的想象中被我编派的滑稽模样，我的嘴角还是没完全收住，有些微微上扬着。

老师的举动也吸引了程晓霞的目光，她转过头，一脸狐疑地盯着我，而我也看着她。这个动作似乎引起了她更多的怀疑，只见她突然冲我拧起眉头、瞪起眼睛，两只手在半空做了个掐人的动作。我心想，如果我把刚才想象的情景告诉她，她真有可能掐死我。

程晓霞长着一双大眼睛，肤色黝黑。在我眼里，她就像稻田里的稗草，有一种野性坚韧的美。她喜欢笑，尤其对我笑时，眼睛闪闪发光。当然某些时候，那双眼睛传递的是电波和密码，那种你一发出我就收到并且立刻领会的默契感，让我们体验着超越普通友谊，却又止步于雷池之前的真实快乐和惴惴不安。

每次约会，我们都要动一番脑筋，周密计划，谨慎实施，我们都知道稍有不慎露出马脚，后果会很严重。生存环境的险恶，反倒使我们更沉迷其中，甚至欲罢不能，难于止步。

此刻，两辆自行车趴在村头的杨树林边，我和程晓霞躺在一处隐秘的草丛里大口喘着气。为了这片刻美好，我们上完最后一节晚自习回家，一路都要猛蹬自行车，远远甩开其他同学。

当然，这种反常操作，也会引起别人的注意甚至非议，但没有实证的猜测永远只是猜测。更何况在那个年代，学习好就是王道，有天然豁免权。再说，两大高手就算真举案齐眉、比翼双飞了，保不齐将来还会成为一段佳话和美谈。

对了，程晓霞抓着我一只手，歪着头端详我：你今天数学课上傻笑啥？

我……我没傻笑啥。

我用另一只手抓抓有点乱的头发，没等我想出一个更合理的理由，程晓霞又及时警告我说：只要你开始犹豫，就是准备撒谎，你还不如实招来！

在对付我这方面，程晓霞从来不搞外交辞令，而是一贯简单直接粗暴的定点打击。我知道我的胳膊又得青一块紫一块了。

果然没让我失望，她尖硬的手指盖又在我的胳膊上完美制造了疼痛，让我小小地叫了一声。我曾试图用誓死不屈的态度对抗她的威逼动粗，不过屡试屡败，因为我发现确实太疼了。在她"淫威"之下，我只好坦白交代以求宽大处理。

程晓霞听得很开心，我却说得心惊胆战。我一点都没觉得她的开心是发自肺腑的，这笑容后面一定是咬牙切齿的报复行动。果然，说完最后一个字，我的耳朵就被她拎了起来，只见她杏眼圆翻，咬着小牙"表扬"我：卢东，你想象力挺丰富哇，还让疯老蔡追我，要不要我真穿上树叶子在你面前走两圈？

我疼得直龇牙，但心里确实开始设想这幅画面了。

每次闹过之后，程晓霞都会在精神上补偿我，我深谙她恩威并施、打拉结合的一贯做法。她在我怀里施展着小女生的娇媚，这种无缝衔接，岂是一般女子能做到的。只能说，这一招法她运用得游刃有余、出神入化。

我觉得你最近成绩有点下滑，尤其在强项上，不该丢分的题开始丢分了。我轻轻摸着她的头，开始认真地说。

嗯，我最近状态不好。

程晓霞也恢复了常态，她说这话时，明显情绪有些低落。这种情况很少见，我突然有种不祥的预感。

卢东，我真的有点担心，担心自己中考可能发挥失常。

程晓霞脱开我的手，往前走了两步，望着杨树林前面的小河，平静的河面上泛着点点夕光，映衬着她心中的惆怅和悲伤。

你一定是最近压力太大了，我最近也学得挺累。我安慰她说。

程晓霞先是摇摇头，又好像意识到了什么，慢慢转过头看看我笑了：也许过几天就好了，你别分心，马上就冲刺了，你要坚持住，一定要考上县高中。

你也要加油，我们争取都考上。

我尽力。

不是尽力，是必须！

嗯，好。

天开始黑下来，我们推着车走过小青桥，在分开的岔路口，我说：你先走。

程晓霞却修改了以往的顺序：不，这次你先走。

我不想违背她的意思，当我要拐下主道时，听见程晓霞叫了一声我的名字：卢东！

我刚想转身，程晓霞却喊住我：别转身，就这样说一句你爱我。

我说了，声音很小，知道她听得见。这句话让我眼角湿润。

你走，我也走，不许回头，否则我永远不会原谅你。

我听出了她语调中的哽咽。

二

喜欢一句话：幸好岁月无声，否则思念必然震耳欲聋。

多年之后，我依然无法忘记那天，无法忘记那个不曾转身的告别，它已凝成一尊雕像，像断臂的维纳斯，定格成一种残缺的美。

回来了？刚煮好的面条，过来吃吧。

老妈总能掐准我回家的时间，并且在那之前为我备好晚饭。

我说：妈，我今晚不饿，想睡觉了。

说完，我直接进了自己的房间。书包一扔，脱巴脱巴就钻进了被窝，我想尽快平静一下。

老妈出现在门口，确切地说是跟到了门口，但没进来。

我侧头看了一眼她，这是个挺尴尬的时刻，因为我从她的眼神里读到了什么，我开始后悔自己的鲁莽，我的异样有点此地无银了。但我又不知道如何替自己开脱，空气里有飞机机翼划过天空的隆隆作响。

过了一会儿，老妈轻轻叹了口气：我儿子有心事了。

心事这个词，在那个年代专指谈恋爱，显然她猜到了。今晚我有点心神不宁，于是被捉住的尴尬直接转化为垂头丧气和破罐破摔。

我从被窝里坐起身子，对站在门口的老妈说：妈，你猜对了，不过也快完了。

老妈没表现出意外，可能两点她都想到了。

她只说了两个字：没事。

说完径直回自己屋了。我看着老妈离开，心里浮现出一个大大的问号：真的什么事都没了吗？

知子莫若母，老妈对我表现出的包容和平静，在多年后看来，其实是一种智慧，更是对我的救赎。多年后当我旧事重提时，老妈只说了一句：谁还没年轻过。

是呀，年轻就是这样，有时一句话就能当一辈子过，有时一句话也能从此天涯两边。

那年夏天，我顺利考上了县高中，程晓霞却一语成谶，发挥失常，折戟沉沙。我劝她再战一年，她却给了我一个意想不到的回答：我没有机会了，家里的钱得给我爸治病用。我无力反驳更无力解决，那种无力感比死都难受。

在我准备去县城报到前的一天夜里，我们偷偷跑出各自的家，溜进了杨树林。

远处有晃动的灯火，有不时传来的狗叫，有不知疲倦的虫鸣。也有夜行人偶尔从小青桥上经过。

——你将来会娶我吗？

说这话时，程晓霞躺在我身边，看着满天星斗。她省略了太多人生重要的步骤和节点，直奔最终的彼岸。似乎只要我一个肯定的答案，一切就会自然而然、水到渠成。

我没动，也没回答，一直看着夜空。我突然觉得夜空很大，到处都是璀璨的光芒，大到让我感到渺小，感到自惭形秽。

程晓霞用手推了推我，然后翻过身靠近我，我嗅到了她身体的味道，一刹那，我就像猛兽闻到了血腥，突然翻身将她扑倒。而她的身体像来自另一个国度，柔软、温热而遥远，她的眼睛里就有一种璀璨的光芒。

我们在慌乱间拥抱亲吻，人类的本能在这个时候开始发挥作用，就在我掀起她的衣角时，她像被电到猛然将我推开，然后从草地上站起来，背靠一棵杨树，大口大口地呼吸着。

我没有站起来，保持着被她推开的姿势，看着她有些模糊的身影，心里有一种说不出的伤感和悲凉。

你真的想要吗？

程晓霞蹲下来，眼睛紧紧地盯着我问。月光中，她的眼睛里没有欲望，只是委屈、悲伤和深情。她慢慢拉开了上衣的拉链，胸衣勾勒出的柔和曲线若隐若现。我仰头看见她满眼泪光地笑了，那笑容像一块碎掉的玻璃，每一块碎片都扎进我的心。

我呆滞了，可没过两秒钟就立刻清醒过来。我从地上一跃而起抱住她，紧紧摁住她抓着衣角的手。她的身体在我的怀里抖动着，撞击着，有无处诉说的痛苦，有无处投奔的失落。

我抱着她，就像在挽留一段即将逝去的岁月。我多希望它能慢点，再慢点过去。我多渴望回到从前：我们肩并肩坐在地上，看夕阳下黄澄澄的稻田，看突然从哪窜出来的几只麻雀在天地间胡乱地飞，说傻里傻气的情话和未被现实摩擦打脸的理想。

青春的爱情不该是这样吗？

但在即将告别的爱情前，这一切都不重要了。程晓霞说：我太笨了，没法再赖着你爱我。我恨自己没把握住机会。

我把她的头摁进胸膛，任眼泪肆意地流。

直到那晚，我才明白程晓霞有多爱我。其实，即使她考上县高中，她窘迫的家境也供不了她多久。程晓霞说，在喜欢上我之前，她好好学习就一个目的，就是将来回家的时候，也能证明自己不比别人差，能高傲地离开。可当她发现喜欢上我时，她的想法变了，变得不切实际了，她想考上县高中，因为那样，她才能和我在一起久一点。

我问程晓霞：我有啥值得你这么喜欢的？

程晓霞说：不知道，就是喜欢。

很晚了，我送晓霞回家，一路上我们拉着手，她的指甲扎进我的手背，我疼，可我身体里还有一个地方，更疼。我们都不再说话。快到她家门口时，她突然转过身，两只手环过我的脖子，吻了我的嘴唇：你以后要好好的，别忘了我，千万别忘了我。

那是青春岁月里，程晓霞对我说的最后一句话。借着夜空星月的光，她的大眼睛里都是泪水，她的脸，她梳着马尾的头发，她开始婀娜的身体……再见了我爱的女孩，再见了我的初恋。

回家的路上，我的心里满满都是程晓霞的影子：

我没想过你将来会娶我，可我就是喜欢你，只要你说，我就会把自己给你……

卢东，你以后要好好的，别忘了我，千万别忘了我……

十年后一次回老家，偶尔逛镇上的集市，我遇到了程晓霞。此时，她已经是一个三岁孩子的妈妈。她的脸色还是挺黑，而且还粗糙了很多，身体也胖了，头上戴着一条褪色的头巾。在熙熙攘攘的人群中，我看见她，她看见我，她的身边还有一个比她年长不少的女人。她把孩子交给那个女人，扯扯衣襟向我走过来：卢东，是你吧？我都不敢认你了。

她笑着和我打招呼，那笑容和十年前完全不同，褪去了太多色彩，也没有了往日的灵动。

我有点恍如隔世，瞪圆了眼睛深深吸了一口气，努力让自己保持镇定：程晓霞，你还好吗？

好哇，当然好啦。

她说着，眼里有了泪光，但被她迅速抹掉了。

你看，咱农村这风就是埋汰，眯眼睛了。

她连忙解释着，还遮掩地笑了笑。

是，咱农村的风就是大。

我配合着做出有风吹过的样子：你看，我眼睛也眯了。

说完，我摘掉眼镜擦着眼睛。

你……你成家了吗？

还没有，已经不着急了。

还是快点成家吧，有个家心就定下来了。

这种事着急没用，看缘分吧。

别太挑了，差不多就行了。

真没挑啥，就是……就是忘不了……

我嗓子有点发堵。

你必须忘了她，你得好好的，听到了吗？

我一怔，程晓霞这句话明显加重了语气，就像从前我们一起复习功课时，她在我书上打上的重点号。

当我还想往下说点什么时，那个站在程晓霞身后不远处的年长女人喊起了程晓霞：晓霞，你儿子找你。

我侧过程晓霞的身体，看那女人怀里的孩子不停扭动身子朝这边哭闹。

哎呀你看，我儿子又找我了，我得和我嫂子回去了，晌头还得给他爸整饭，下午还得打兑他爸干活去。卢东，我走了，有空去串门。

我没说话，看着她急急转身走回去，从那个女人怀里接过孩子，颠了两下，孩子就不哭了，她也走了。

我还看见那个女人歪头和程晓霞一边走一边说着什么，而且不时回头瞟瞟我，脸上还有一种难以揣摩的笑容，但程晓霞一次头都没回……就像当年不曾回头的告别。

直到这时，我才终于承认，我和程晓霞最后一丝牵连都没了，我们真正变成了对方最熟悉的陌生人。那个曾与我棋逢对手的姑娘，那个曾问我娶她的姑娘，那个叮嘱我要好好的、不要忘了她的姑娘，真的彻底走失了，永远消失在我世界的风沙里。

此刻，站在来来往往赶集的人群里，看着程晓霞抱着孩子渐行渐远的背影，我真希望疯老蔡还活着，还能唱，我会买酒跟他一起坐在小青桥上喝，然后在他荒腔走板的唱词里，回忆着那时的爱情。

交通助理

◎ 郑海涛

前几天乡里召开全体干部会议,县委派下的党委书记冯军在会上和大家见了面。在见面会上,县委组织部副部长向大家介绍,冯书记年轻有为,三十八岁成为正科级干部,有丰富的工作经验。这次县委把他安排到榆树沟乡主持工作,将会给全乡的政治生活和经济工作带来朝气,从而进一步转变工作作风,使全乡各项工作再上新台阶。

在组织部副部长向大家介绍冯军的时候,坐在最后一排的张玉田一下子慌了神,接下来别人说些啥都没听进去,脑袋里迷迷糊糊,真想倒下来睡过去。他在心里嘀咕:"看人家,三十多岁就是正科级了,以后前途远大……我老张这辈子算是白活了,土埋半截还是这副熊样。用老婆的话说,我真是一堆不香不臭的狗屎!"

张玉田是改革开放之初毕业的大学生,学的是交通专业,毕业后学校把档案转到市人事局,市人事局又转到县人事局,县人事局把他分配到出生地榆树沟乡。到乡里上班,乡长问他学的什么专业,他说是交通专业,乡长和书记一商量,交通助理调到县公路段去了,乡里也没有合适人选,便让张玉田当了交通助理,成为乡里的中层干部。消息传出后,大家都感到震惊,在榆树沟乡政府院里像是闹了场地震。人们都说，张玉田真是有福之人，不到三十岁就当上了助理，看来前途远大；也有人说，张玉田这么快坐上"官车"，这可是下不来了……

在以后的日子里，张玉田既没当上什么长，也没有坐上"官车"，而是在榆树沟乡交通助理的岗位一直干了下来，连一点被提拔的迹象也没有。这些年来，乡里来了一批干部，走了一批干部，提拔了一批干部。这些人论文凭都没有张玉田的硬，可是好事就是轮不到他的头上。他心里很急，但急的是觉得面子不好看，而不是想当什么。他知道自己是个老实厚道人，在官场上出不了太大的菜，就是老在一个岗位干脸面上过不去。两口子吵架时，妻子总是骂他："你这辈子也看不到后脑勺儿，就在交通助理上趴着吧，你不知道难看我还嫌丢人呢！"和同学见面时，他不敢和别人比，一个个都比他职务高，生活条件和工作条件都比他强。想起这些他心里很难受，但只要忙起来就把这些烦心事忘了。一天一天，一年一年，张玉田在榆树沟乡就这么干着，眼看快要退休了。

榆树沟乡是县里一个比较偏僻的乡，别的不说，由于离县城远，是个死葫芦头儿，交通条件差了很多。每年县里研究交通工作时，都把这个乡排在后边，即使一再争取，也是一些修修补补的项目，榆树沟乡的交通工作拖了全县的后腿。

这年，主管交通工作的副县长下了狠心，决定对榆树沟乡加大交通方面的投入，把全县交通工作这条"尾巴"割掉。消息传出，全乡从领导到村民都乐了，而最乐的是张玉田。他当交通助理这些年来一直没有政绩，也没有太多的事干，闲得很难受。这回有工作干了，而且是重要工作，他可以在交通助理的岗位展示自己学到的本事了。

乡里开完动员会，乡党委书记特意来到张玉田的办公室，对他微笑道："老张啊，县里今年给咱们乡这么大的交通工程项目，这可是几十年不遇呀，咱们可得多加珍惜。你是这方面的专业人才，在施工中要多操心多受累，一定要严把质量关。俗话说，养兵千日，用兵一时，咱们乡的路修得好与坏，这回可就看你这个大助理了。"说完，临走时还拍了拍张玉田的肩膀。

中午到食堂吃饭，在去的路上乡长和张玉田走到了一起。乡长对他说："老张，县里给咱们的交通工程项目是形象工程，你可得把好关哪。要是打了脸，不但我和书记脸上无光，你这个交通专业人士的脸更是无光。好好干，干好了，到年末我谁不奖励也要奖励你！"

下午，分管交通工作的副乡长把张玉田叫到办公室，沏上两杯香茶，然后单刀直入，对张玉田说："老张，通过开动员会你也看透形势了，今年咱们乡交通工作是大干快上的局势，也是你大显身手的时候。这些年乡里交通工作没啥事情做，主要是资金不够，把你也闲够呛。这回行了，咱们乡交通事业大干快上，你干交通工作，我抓交通工作，咱哥儿俩捆到一起干，一定要把工作干好，让别人看看咱们是好汉还是熊种！"

上午在乡里开动员会时张玉田就有些激动，接着乡党委书记、乡长、分管副乡长都找他谈了话，心里更加激动，感觉到肩上有分量了。他觉得自己不能小看这次修路工程，一定要做好本职工作，好好露一手，这样的机会不好遇。

地里刚化冻，榆树沟乡的修路工程便开始了。县交通局领导和乡道段的工程技术人员在工地走马灯似的来来去去，忙得不可开交；张玉田和分管副乡长配合交通部门工作，到动迁户家一遍遍磨嘴皮，帮助处理一些挠头的事情，忙得起早贪黑。副乡长有些顶不住了，对张玉田说："老张，我这个副乡长事也多，往后修路就多靠你了。为了工作方便，你别骑那台破自行车了，买台摩托车，到年末我找乡长想办法给你处理了。"

张玉田一听乐了："行！乡长，你就把心放在肚子里吧。这路是给咱们乡修的，咱们乡的老百姓受益，我不管是谁来施工，也不管是谁来监理，这质量差一点也不行！别人要的是政绩，我要的是质量，老百姓要的是出行方便！"

副乡长拍拍张玉田的肩膀，说："老张，有你的，有你在我就把心放到肚子里了。"

张玉田笑道："这条八辈子才修一回的路如果修不好，出现质量问题，榆树沟的人得骂八辈儿祖宗。你和书记、乡长是游僧听不着，我是驻僧听着了，这路我说啥得把质量管好了，不然对不起祖宗！"

副乡长又拍拍张玉田的肩膀："老张，有你这句话我就更放心了！"

有事干张玉田就精神了。他向老婆要钱买了台红色摩托车，整天骑着在二十公里长的乡道上跑，老远看像一团滚动的火苗子。忙到紧要关头，他便住在乡里，有时一连几天不回家，星期天老婆也见不到他影，气得在手机里骂，说他以修路为名偷懒。他回道："我这不是偷懒，是在做奉献。咱们乡百年不遇这么一件好事，我这个交通助理得好好展示展示，发挥我的才能把路修好。不然以后路面坏了，老百姓都认识我，不骂我八辈儿祖宗才怪呢！我扎根工地修公路，这叫奉献精神！"老婆在手机里接着他的话骂："你那不叫精神，叫神经，慢慢地就成神经病了！"

张玉田把手机收起，暗自笑了。他知道，老婆骂他让他回家，这是想他了。老婆的脾气急躁，对谁说话都带刺儿，但是心眼儿好，是刀子嘴豆腐心，在村里人缘不错。

乡领导把"确保修路质量"的大印盖在张玉田脑袋上后，他的认真劲儿上来了，从挖路基开始严格管理质量，恨不得每一锹土都要检查一下。他不管交通部门谁抓质量，也不看谁的面子，只要他认为不合格就让停工。施工队的项目经理老远看见红摩托车的影子心里便紧张，暗骂："刀枪不入的阎王爷又来了！"

项目经理是县里一个部门领导的妻侄，干这行有十来年了，上上下下认识很多有用的人，是个修路的"老油条"，自己号称什么人都能拿下。开始，他见张玉田外表憨厚，一副老实巴交的样子，也没在乎他。后来通过一件事让他在乎了，便乐呵呵地递上中华烟，张玉田摇着脑袋说不抽；快到中午时，热情大方地把他往车里拉，说是到酒店喝点小酒，张玉田一口拒绝；第二天，项目经理把他拉到一边，塞给他一个厚厚的纸包，说是不成敬意，让他买身衣服穿，张玉田一把推了回去，扭身走了，走几步回头冷着脸说："实话告诉你，我啥也不需要你给，只要不糊弄把路修好就行。要知道，你这是给我们乡老百姓修路，不是给哪个领导修路，更不是给我张玉田修路！"

项目经理苦着脸说："我是头一次遇到你这么严的交通助理。你管得这么严，我还挣啥钱哪！"

"你挣不挣钱，挣多少钱我管不着，那是你的事，我只管施工质量，差一点也不行！"张玉田说完拧身走了，骑上摩托车向下一处工地跑去。

在这二十公里的乡道上，张玉田风里雨里跑了一春、一夏、一秋，从开挖路基到铺上柏油路面，硬是把他身子累瘦了，脸晒黑了，还得罪了一些人，却把路修得让人拿着放大镜也挑不出毛病。乡领导乐得见着张玉田便拍他的肩膀，伸着大拇指直夸奖他。

看着铺好的路面，张玉田心里高兴，腰板挺得溜直。老婆来电话骂他不回家，他的口气更硬了："回什么家，我现在干大事业呢，是为全乡老百姓谋幸福的大事业。我暂时回不去，你自己过吧！"

在榆树沟乡二十公里乡道竣工剪彩这天，县政府主管交通的副县长来了，县交通局从局长到副局长都来了，市交通局来了位副局长，加上市县新闻部门的记者，扛摄像机的，拿照相机的，场面很热闹。在剪彩仪式上，柳树沟乡党委、政府的领导破例没有上台介绍情况，而是把这个角色让给了张玉田。前几天乡领导找张玉田谈话让他准备发言材料时，他激动得说不出话来，比摸了大奖还高兴。骑摩托车回家对老婆一说，老婆高兴得两眼放光，晚饭特意给他炒了四个菜，拿上一瓶白酒，把张玉田喝得脸红脖子粗，美滋滋的样子像要入洞房。吃完饭，老婆连夜把他的衣服洗了，把皮鞋擦了油，把雪白的衬衣找出来放在箱子上，说竣工剪彩那天她也去看看，张玉田在会上发言是什么样子。张玉田以为老婆也就是说说罢了，没想那天她还真去了，张玉田是在台上发完言往台下一扫才发现的。他看见老婆一连抹了几下眼睛，心里一激动，有一种要哭的感觉。

剪彩仪式很快结束了，主管交通工作的副县长和张玉田合了影，县交通局局长和张玉田合了影，随后三人在一起合了影。县交通局局长一再叮嘱秘书要把这三张合影冲洗成大张的，要加上框，一定要亲自送到张玉田的手里。

此后，张玉田在乡里抬起了头，到县交通局办事和他打招呼的人也多了，乡里开会也敢往前坐了，工作更加积极主动。他还感觉到，老婆在家骂他的时候都少了。

到2016年，张玉田六十周岁，快退休了。在"五一"之前，市委、市政府要表彰一批劳动模范，给各县分配了名额。这几年榆树沟乡各项工作都上去了，在全县各乡镇排到前十名，县里给这个乡一个名额，并让县总工会打招呼，一定要选出让干部群众满意的人选，确实能起到模范作用。在乡党委会上，领导们研究来研究去，最后把这个名额落到张玉田的头上。都说，让张玉田当劳模把握，不会出现负面意见，这个典型到啥时候都树得住。

碰巧的是，就在张玉田参加完市劳动模范表彰大会的第二天，他的退休时间到了。他在把五千元奖金交给老婆的同时，把办公室里属于自己的东西也拿了回来，一起交给老婆，然后把劳模证书靠墙立在箱子盖上，对她一脸严肃地说："老婆，我张玉田退休了，在乡里干了三十五年，当了三十五年交通助理，也没升也没降，啥错误也没犯，就得了这五千元钱的好处。这回我再也不上班了，在家好好归你管了。"

张玉田说完，老婆心一酸上前抱着他哭了，哭的啥意思自己也不知道，就觉得抱着自己的男人心里好受一些。

门外，蓝天白云，阳光灿烂，远处响起几声牛叫。

晓月与阿阳

◎ 栾　瑶

一　搭档

晓月与阿阳是矿山女工，毕业于同一所学校，分配在同一个单位。若是人的身体不舒服了，需要找医生问诊；而设备出现异常状况了，就需要点检员来诊断"病因"。晓月和阿阳，就是给设备"诊病""治病"的点检员，工作中她们是搭档。

在外人看来，这两个人除了年龄相同，其余都不太一样。

晓月是一名称职的"设备医生"。她每天都要深入一线，将所有的设备查看一下。时间久了，晓月对自己所管辖的设备可以说是了如指掌。有时候，压根无须用专业仪器测量，只要她往厂房里那么一站，光靠耳朵听，就能断定哪台设备的哪个部位出现了毛病。晓月性格内向，整日与设备为伍，穿着灰色的劳动服、棕色的大头鞋，赶上抢修时段常常是灰尘暴土，一天下来，除了安全帽是红色的，她身上的色调都是灰的。

而阿阳则大不相同。作为另一名设备"医生"，平日里阿阳习惯从一线职工那里了解设备运行的情况。她不仅问得细致，而且善于记录和分析，通过各种数据与表格，她能提早预测出设备的故障时间，并总能在设备出现异常之前，组织好设备定修。实践证明，这个方法确实也能够保证设备的稳定运行。阿阳一头乌黑的长发焗成亮眼的金黄色，虽然劳动服也是灰色的，但是粉嫩嫩的脸蛋、涂得红彤彤的嘴唇，无论走到哪里，都会让人觉得眼前一亮。她爱说爱笑，尤其是笑起来的时候，声音嘎嘎的，那惊人的穿透力会让你觉得，她快乐的情绪能瞬间传到方圆十里，就连声控灯都在为她闪烁。

背地里，人们都戏称晓月是"黄牛妹"，偷偷叫阿阳"花喜鹊"。

就是这样风格截然不同的两个人，在工作中竟然配合得天衣无缝。她们俩各有所长，互补其短。晓月属于"实战派"，在现场"摸爬滚打"二十多年，设备如何拆卸、如何安装、如何操作、标准是什么，她样样精通。阿阳属于"创新派"，虽然她很少深入现场，也分不清楚 A 与 B 两台设备之间的声音到底有何不同，但是她能从统计数据及一线职工那里，了解到设备存在的缺陷，并集思广益进行改进。

通常设备改造的点子是阿阳出的，方案的具体实施则由晓月来干。任务完成，阿阳能把项目实施的过程写成一个个铅字。每一篇发表的新闻稿件里，都如实记录着她们的辛劳与成绩。尤其是对晓月的宣传和颂扬，阿阳从不吝啬笔墨。待到年底，阿阳还会将一年的工作写成"漂亮"的总结报告；同时将技术创新项目的成果撰写成论文。这些写写算算的工作，晓月就不在行了。虽然晓月经常笑话阿阳"净耍花架子"，但她不得不承认，正是因为阿阳，她那些实实在在的工作，才变成了各种荣誉证书，那些历尽艰辛的改造，才变成了年底不菲的奖金。两个人精诚合作，朝夕相处，不仅成了工作中的"最佳拍档"，也是公认的"中国好闺密"。

二　改革

本来日子过得相安无事。可忽然有一天，国家经贸委颁布了一条意见。从此,"国有企业三项制度改革"便成了大家每日热议的话题。

原本不爱上现场的阿阳开始频繁出入现场。只要有设备检修,阿阳就随着晓月一起去跟踪。她随身带着本和笔,遇到不懂的就问,然后独自去抄写各种仪表数据,小本子上写得密密麻麻。晓月没有啥城府,也没意识到阿阳的变化有任何不对的地方。只要是阿阳不懂的,她都会毫无保留地如实相告,就像师傅带徒弟一样用心。

有一天,两个人照例一起到现场检查。借着阿阳抄表的空档,一线职工老李轻轻拍了拍晓月的肩膀。正在检查设备的晓月见老李对她使了个眼色,示意进一步说话,便一脸疑惑地跟随着老李进了岗位休息室。

"晓月,你听说要裁员的消息了吗?"老李神秘兮兮地问。

"没有哇。没事别传谣,三项制度改革具体方案还没定呢。"

"丫头,就你傻。都说你和阿阳这个岗位,将来要减掉一个人。"老李隔着玻璃,向远处的阿阳瞥了一眼,压低声音,接着说,"这'花喜鹊'上现场的次数和皇帝出巡一样。啥时候这么勤过?辽宁省三项制度改革年底必须结束,这可是下了文件的!虽说具体方案还没出来,但是看她这架势,准是听到了什么风声……她心眼儿多着呢。你可得小心些,别教会了徒弟,饿死了师傅!"

晓月听了老李的"忠告",心里像吃了只苍蝇一样不舒服。阿阳什么事都和她分享,甚至离婚、借钱给孩子补课、父母吵架等私密的事,也从来不瞒着她。如今,减员的事却只字未提过。前天她还问过阿阳三项制度改革有啥消息没有,阿阳把头晃得和拨浪鼓一样。现在看来是要和自己抢位置了,真是"塑料姐妹花",友谊的小船说翻就翻哪!

老李"一语成谶"。没隔几日,果真下了通知。矿山企业为快速推进改革,优化岗位设置,计划实施全员竞聘。方案里明确地写着,晓月与阿阳的岗位,将来要精简成一个。这让晓月更加深信老李所说的，阿阳留了心眼儿，不由得心生嫌隙。

晓月虽然单纯，但并不傻。她心头盘算着，竞聘需要三项内容的加权成绩：一是笔试，二是业绩，三是面试。笔试这方面，晓月是胜券在握的，设备点检的知识每天都在用，早就入脑入心，但可惜权重只占30%。论业绩嘛，晓月看着厚厚的奖状、科技创新评比证书，不由得心中一动，想起了阿阳。阿阳不但能写，还很能讲。科技创新评比是需要论文答辩的，阿阳出马向来是"所向披靡"，定会捧个一等奖回来。在晓月记忆里，阿阳每篇论文都会同时署上两个人的名字。但是，从现在的情形来看，阿阳若背着自己发表别的论文，也是有可能的。都怪自己平时太信任阿阳，无论她鼓捣什么，自己都毫无私心地提供信息和资料，至于做什么用、是否署上了她晓月的名字，却从来没有过问过。好在加权笔试和业绩这两项成绩，她晓月也不会太弱，应该能与阿阳打个平手。看来，最重要的就是面试了。竞聘通知里写着，面试的评审员由两名一线职工及八名机关人员组成。

从那天起，不爱说话的晓月，突然间像变了一个人。她去现场的次数少了，和一线职工聊天的次数多了。中午吃饭的时候，哪个领导没去食堂，她便主动买一份午餐送过去。看到阿阳，晓月冷冷的，能不说话就不说话。阿阳仿佛心知肚明，也不戳破，每日都去现场抄仪表数据，然后就坐在电脑前噼里啪啦地敲键盘，谁也不知道她究竟在忙些什么。

时光飞逝，一转眼就到了竞聘面试的日子。晓月抽到了1号签，需要第一个答辩。等候在考场外，她心头七上八下，忐忑不安，紧张得手心里全是汗。

待到进入考场，看见评审员中间那个熟悉得不能再熟悉的面孔，她不由得傻了眼。

竟然是阿阳？！这是什么情况，参加竞聘的人员不是不可以做评审吗？难道是违规操作？这不公平，太欺负人了！一会儿出了考场，要不要举报他们？或是，阿阳放弃竞聘了？！自己最近对她爱搭不理，她会借此机会报复吗？……

晓月脑海里瞬间闪过千百个念头，脸色变得惨白。直到评审主持人连续提示了两次，她才反应过来，结结巴巴地开始了自述。此间，阿阳用鼓励的目光看着她，脸上带着肯定的微笑，晓月在阿阳的目光里逐渐放松了下来。慢慢地，她似乎只是面对着阿阳一个人，正在一起回忆这些年经历的种种。当她自述完毕，考场内响起热烈的掌声。

评审员逐一评价打分时，阿阳给晓月打了最高分。晓月成功地通过了本次竞聘。

三　谜底

竞聘面试结束。站在阿阳办公室的门前，晓月犹豫再三，顶着头皮敲响了房门。

"我当是谁呢，我俩这关系还敲什么门？"阿阳一看是晓月，一边笑着打趣，一边将满脸尴尬的晓月拽进屋内。

"阿阳，这次竞聘谢谢你。你会不会怪我——"

"都怪你！哼！"还没等晓月把话说完，阿阳立刻截住了话茬，佯装生气地说，"谁叫你不理人的，该！"随即在晓月胳膊上掐了一把，疼得晓月直咧嘴。

"阿阳，你没竞聘点检员的岗位，将来打算怎么办？"晓月略微迟疑了一下，揉着胳膊小声嘟囔着，"你这个人又不能吃苦，又怕脏，让你下去当一线职工，没几天就能要了你的命！要不，我去和领导谈谈，你继续干点检员，我去当一线职工吧？"说完，她反倒觉得心头一下子轻松了，眼神坦诚地看向阿阳。

阿阳怔了一下。看晓月说得认真，不禁感动得湿了眼眶，她一把将晓月抱在怀里，在她耳边轻声说："傻丫头，这些年你都是这样想的吧，所以处处照顾我。真正该说感谢的人是我呀！"

说到这，阿阳转身走到电脑旁，打开一个文件夹，指着其中一个名为"选矿企业浓缩池自动加油装置"的文档说："这个技改项目受到了公司重视，将来要广泛推广。但是，需要先申请专利才行。由于怕别人盗取信息，专利申请书的撰写、报送整个过程都需要保密。所以，我跟你去现场采集信息和数据，一直都没和你说为什么。"接着，她转过身握住晓月的手，激动地说："晓月，专利通过了！昨天刚得到消息，下个月将对全厂的浓缩池进行润滑系统改造，初步统计降本增效能达到三百多万元！"

"阿阳，祝贺你！实在太棒了，专利呀，以后你就是咱工人发明家啦！"晓月也很兴奋，由衷地替阿阳开心起来。

阿阳得意地扬起了眉毛："我哪里就那么菜了，又不能吃苦，又怕脏……"她揶揄地学着晓月的口吻，接着正色道，"是祝贺我们两个。晓月，项目试验是你做的，具体原理是你教会我的。我只是把它通过文字进行归纳与总结，变成了专利而已。成绩是我们两个人的！"

"可是……"晓月还是没理解，问道，"专利是专利。但是，你以后没有岗位了呀，下岗了怎么办？"

阿阳见晓月真心着急，不再卖关子，娓娓道来。原来，她在专利申请、保密报送等工作上的出色表现，得到了公司领导的认可。恰好，公司专利管理部缺员，该部门便向组织部举荐了阿阳。由于阿阳没有这方面专职的工作经验，组织部通过讨论研究，破格放宽了竞聘条件。在晓月竞聘的前一天，阿阳参加了公司专利管理部岗位的竞聘面试。用阿阳的话说，她过五关斩六将，当日便以"傲人的口才、敏捷的思维、专业的语言"高分通过。

晓月被逗得忍不住笑，阿阳接着感慨地说："我是幸运的。感恩遇见了你，是你把我那些改造的想法变成了现实；也感恩遇见任人唯贤的领导，能给我这次竞聘的机会；更应该感恩这个时代，三项制度改革打破'干部'与'职工'的界限，以后能者上、庸者下，收入与业绩挂钩。多劳多得，这才叫作公平！所以晓月，加油吧，点检员再也不是咱工人职业生涯的天花板啦！"

阿阳的眼睛里闪烁着光芒，晓月从中看到了未来与希望。"你能吃苦，但是不善于总结。预防修将来是大趋势，这方面我比较在行，以后我给你做师傅，教你如何做设备状态的数据统计与分析……"说完，阿阳拉了个凳子放在身边。晓月坐下认真地听着，虚心得像个小学生。

从那天起，阿阳办公室的灯光总是亮到深夜。现场设备日夜欢快地轰鸣着，由于稳定运行，显得格外好听……

红果的爱情

◎张艳华

　　公司每年为期一周的秋季培训又要到了，经过大家讨论，商定在秀美的棋盘山举行。本来那座具有传奇色彩的棋盘山就令我神驰，令我向往，看来我多年想去棋盘山旅游的愿望就要实现了呢！

　　培训的日子来了，我们一行人乘坐大巴，临近中午终于到达仰慕已久的棋盘山。他则是此次棋盘山培训中心负责接待我们的经理，也是我们培训的主讲老师。两天紧张的培训结束后，公司安排第三天早上去棋盘山景区旅游观光，而他还是负责我们去景区游玩的向导。

　　早上起来有点晚了，连续紧张的奔波和培训让我有点疲惫，等我收拾好随身携带物品，从酒店出来，发现其他人都上车走了，只有他还等在酒店门口。我们寒暄着一路向棋盘山行进，第一次近距离看棋盘山，我就被它的神奇震撼，被它独树一帜的山水所陶醉。

　　他懂得很多，一路上给我讲距沈阳市中心约二十千米的棋盘山是从长白山深处延伸过来，百转千回，又因传说有两个神仙对弈而得名棋盘山。现如今，棋盘山是集娱乐、旅游、购物、科普、竞技等于一体的旅游胜地。沈阳城市的名片被连绵不断的棋盘山高高擎起。

他说先给我讲一下有关棋盘山的概况，再粗略说说棋盘山的历史和发展进程。

　　棋盘山是一座有来历的山，山上的高句丽山城是隋唐时期的遗址。这么漫长的一段历史，该用什么样的情怀与笔触才能把它描绘完整呢？历史浮沉，时代变迁，大自然的鬼斧神工，为后人留下一个又一个遥远的记忆与奇迹。曾经的鼓角争鸣，为挖掘出沈阳这座历史古城特有的地域文化资源，留下不可磨灭的足印与铁证。

　　他说沈阳不像沿海城市有港口，这里只能靠山吃山，靠水吃水，一方水土养一方人嘛！我们以得天独厚的条件拥有这座山，就要开启这座山的商机，保护大量古代文物遗址，树碑立志，以史为证，引领棋盘山打造精品文化工程，推动沈阳的文化产业发展。而沈阳又是国家历史文化名城，素有"一朝发祥地，两代帝王都"之称，又有"东方鲁尔""共和国长子"的美誉。所以棋盘山是"沈阳的福祉"，与沈阳相映生辉。

　　大家相聚后行进在棋盘山的身体里。"何处秋风至？萧萧送雁群。"洗去凡尘，那声声雁鸣有着怎样的悠远，这不仅仅是雁鸣，是大雁代替棵棵树木发出的呼唤。在环山路比较陡的半山腰，他指着围栏边上红彤彤的山楂问我："喜欢吃不？喜欢吃我下车给你摘点。"我微笑点头默许。

　　他下车，在旁逸斜出的山楂树前，一手拽住树杈，一手敏捷地顺着树杈捋下来。他转身时，我从侧面仔细端详，他长得很帅气，古铜色皮肤配一身深蓝色运动装，白色的贴身小衫是翻领的，想起诗人木心所说的：衣的翻领是一个重要的表情。他年轻俊美，举手投足间气度非凡，既有霸气又有谦谦君子之风，好看极了。暗自欣赏间，一捧山楂出现在我眼前。

　　他说棋盘山一年四季干旱，阳光充足。山楂汲取大地的精华，孕育饱满，颗颗如红灯笼。棋盘山之所以物产丰富，大概与地域水土有关。山楂的营养十分丰富，这是棋盘山的特产，他自己每年都要等山楂熟透时，上山采摘一些回来做红果酱。他说山楂又名红果，不仅味美，还有一个美丽的爱情传说——石榴和白荆的爱情最后化为红果树。

从他口中听闻这些已经被考证的历史故事太多太多了，我立刻被深深吸引。

我一边观赏车窗外的风景，一边听他娓娓道来。他特别健谈，他说："对于这座山的奇经八脉都了如指掌。"

我说："奇经八脉是中医理论，这你也懂？"

他说他家是中医世家，这么多年耳濡目染，就像"熟读唐诗三百首，不会作诗也会吟"一样，多少懂点，但他不喜欢学医，违背家人的愿望，高考时偷偷报考了管理专业。

我惊讶地问："你还敢违背父愿？"

他岔开我的问题，继续说："你看山和人一样是有灵魂的，有呼吸，有体温，这些植被、树木、花草，都是山的触角。山在不同季节会通过这些把信息传递出来，你在山的身体里行走，山也是有感知的。"

因为我喜欢文字，平日里无事，总爱写点诗歌随笔之类的，至此，我见识到他把山与人的感知融为一体的文学素养，对他由外貌的哲学转而更加佩服他。他说他从小就生长在棋盘山这座山脚下，哪棵树上有喜鹊窝，哪棵树先发芽，哪棵树最后才掉叶子，他都一清二楚。

后来他上初中时，他父亲给他买了一辆自行车，他就更如虎添翼了。每天天蒙蒙亮，他就会来棋盘山骑行。森林的早晨，是好大好大的早晨，他喜欢一个人被大自然包围的感觉，喜欢在森林里畅通无阻地穿行，呼吸森林氧，顺便在不同时节采摘野菜和蘑菇，优哉游哉，与世无争。

我说："你陶醉在棋盘山的时候，我像你这个年纪，正在山间挖野菜，没有你那么幸福又美好的童年。"

他说:"我从山上走来,你从山间走来,多年后,我们所走的两条线交汇在一起。"

我说:"这两条线是九曲十八弯的生命线吧。"

他说:"不对,是月老牵的红线。"他说完不看我,只顾开车。

我被他突然冒出的这句话弄得不知所措。

时间静下来。

车窗外的山野正深情含蓄地为迎接我们,一页页奏着森林的乐章。

许久,他指着一片大森林对我说:"你看!这里夏天一到,枝繁叶茂得都阻挡了鸟儿的飞翔,只有身临其境,你才能感受到'春至花如锦,夏近叶成帷'的真实。你冬天来,我带你看棋盘山的三白。"

我问:"哪三白呢?"

他说:"天上的云,辉山的雪,还有冰冻的湖水,白玉一般。"

我带着疑问问他:"真的白玉一般?"

他说:"是真的,这三白构成棋盘山冬季特有的超凡脱俗的景致。"

停了停,他充满自信地说:"市政府为保护好这座金山,让这里更迷人,正在加大力度紧锣密鼓进行投资建设。"

他目前在这里进行环境监测,改善生态环境与绿色产业是他研究的课题。据专家们测定,棋盘山上每一公顷柏树林,一昼夜能分泌三十千克杀菌素,可以消除一个中等城市空气中的引发结核、痢疾、伤寒、白喉等疾病的细菌……

他说到这儿,我打断他的话:"我想起了有关史料记载里提到秦始皇曾去蓬莱仙岛为长寿寻仙求药没找到,我认为秦始皇当年是走错了方向,他要是来到棋盘山——"

他抢答我的话:"秦始皇要是来到棋盘山,那历史就有可能改写了。"

不知不觉行程已过大半,我们俩一路畅所欲言,侃侃而谈,也对彼此有了更多的了解。

在培训最后一天的下午,我们又去了秀湖,只见秀湖湖面开阔，水天相接，碧水微澜，清澈见底，曲折的岸线被群峦环抱，云翔日耀，山水相依，形成"湖作青罗带，山如碧玉簪"的神奇画卷。每当微雨绵绵，湖面飞云掣电，烟波浩渺，群峦如仙境，远山近水或云笼或雾罩，姿态万千，又形成"秀湖烟雨"的美妙景观。

他拉着我站到他的位置，问我："秀湖像什么？"

我凝神细品，看着他："秀湖是棋盘山眉清目朗的眼睛？"

他说："对，秀湖深邃而平静，看久了，就感觉秀湖的涟漪不仅荡在棋盘山，也荡在自己的心里。"

触景生情，我们都是很感性的人，彼此心有灵犀。

短短一周的培训结束了，临行前，他送我自己做的红果酱、从棋盘山上采摘的山梨，还有一大包榛子，又特意约我，等冬季再来陪我看棋盘山冬季景色。我们互加了微信，我返回原地，又开始了每天朝九晚五的平常日子。

回来的第三天下午，同事从G市来了一个客户，说是研究某种植物的专家，同事称他二叔。二叔吃饭回来，进办公室握住同事手的刹那，让我突然热泪盈眶。想我走时，他握我手的温热，暗暗用过的力，心动的滋味被风拂过一次又一次，这一切都仿佛刚刚发生，又像是在梦中。

说实话，从沈城培训回来，我的心却留在了沈城，我承认我开始喜欢上他了，这小心思仿佛遥远天际游走的星辰忘记了闪耀。

而他，于万千人中与众不同。思念让我在备忘录里写下：回忆开始如高峰期的路段，暂时受堵……

  爱，是一片毒药
  吞下去，再也
  吐不出来

我写完准备熄灯睡觉，微信传来消息，我打开一看，是他发来一段话加一首诗歌：秋渐深，夜半牵扯的梦，开出血色孤独，疼痛蔓延在无边夜色，无数个你，无数个灯盏，在我视网膜的屏幕里奔跑，多少回，多少回，终于忍不住给你发消息。

  十月
  适合说出所有的话
  这个想法从我心中冒出来
  我就想到抒情
  想那些霜下的花儿
  那些劲草，枯萎的落叶
  以及初冬里
  还在延续的脆弱事物
  还有那些温暖的话
  一直坚持着要跳出胸口

我莫名地心动，以同样的心情给他回了一首诗：

  我需要，一场雨
  淋湿，所有的记忆
  回望落霞满天
  如果，迎风拥抱我
  会不会，是一道
  惊艳的闪电

  我们就这样，第一次在爱情这层面纱的笼罩下，一直聊到将近天明。慢慢地，我每天早晨醒来，都能感受到他与阳光都在的曼妙，这种心理以前从未有过。
  有一天我开车去见客户，给他发了位置图。不一会儿，他就发消息回复我：

　　你的位置，在我心中
　　就是一扇随时
　　开启的门，门后面
　　无限延长的路
　　我们之间的距离
　　是无法触及的光影
　　虚构的场景中
　　一遍一遍，演绎
　　相聚或分离
　　这些默无声息的图片
　　是我们，在忙碌中
　　唯一交流的方式
　　时不时
　　带给我满腹欢喜
　　那欢喜里
　　一定有我们
　　心中流淌的甜蜜

　　就这样，看他每天细致周到地给我发来他的一日三餐，出行定位图，工作照片。我的心被牵着，如摩天轮一样陪他在城市转，分享彼此的喜怒哀乐。

　　我对他说，棋盘山是一座让人来了就不想走的山，这就是所谓的爱上一座山，因为一个人吧。

　　他对我说，是棋盘山为我们留下爱情的佳话。来年"五一"，我们要在棋盘山上举行盛大的结婚典礼，这一刻让棋盘山来见证才更有意义。

小小说

调 动

◎ 刘博纯

　　华博要被调回教学部的消息在医大附属医院门诊传开了，这是他不知道第多少次，大概率也是最后一次充当骨科的焦点人物。华博是在听到几个小护士背后窃窃私语后以及交班时医生同事欲言又止的表情里，最终确认了这个小道消息绝对不是空穴来风。

　　下班回家路上，华博开动他的博士大脑，把最近自己周围发生的一系列事件逐项进行分析研判，又结合了骨科工作两年来的总体情况进行了一次因果关系倒推。他的推理过程很复杂，但得出的结论很简单：科主任王立范背后算计，自己被踢出骨科了！他觉得这个结论的证据非常充分。

　　华博第一次到骨科报道时就和王主任各种"不对眼"，除了年龄上存在代沟外，学历不高的王立范也天然地处于鄙视链底端，在华博眼中是不折不扣的"杂牌军"。可偏偏王主任是个很"事"的领导，科里的大事小事都热衷于插上一竿子。上下级共事两年多，王主任被桀骜不驯的华博怼过无数回，每次都以华博完胜，王主任最后干瞪眼收场。华博每次怼王主任的"经典语录"都会在医院迅速传播，成了同事茶余饭后的谈资笑料，华博也逐渐成了医院家喻户晓的焦点人物。

　　压垮两人关系的最后一根稻草源自上星期的一次医疗"事故"，

那天华博门诊值班，120救护车紧急送来一名蜷缩在担架上的患者。核磁共振片子显示他多节段腰椎间盘突出，已经无法正常躺卧和坐立，他是保持大虾一样的姿势弓在诊室桌子上就的诊。五官疼得严重扭曲的患者龇着牙对华博说："华大夫，我听说骨科就您一位博士，今天就是奔您来的，早就听说您有一种办法，一针就能扎好，我要上班，不想住院，求求您一定要帮我！"本来按照体征和症状，患者完全符合收入院条件，华博也已通知了病房，但突然被患者这么认可，华博的虚荣心瞬间爆棚。

虽然华博的一针注射疗法属于手术麻醉科范畴，只在门诊教学时做过示范，并不是骨科规范治疗程序，但这天华博高兴，破例为这个患者做了一针注射疗法。注射后，患者疼痛很快得到缓解，对华博感激得语无伦次时，恰被匆匆赶来收入院病人的王主任撞了个正着。这次王主任没和华博废话，悻悻地看了一眼，然后拉下脸转身走了。还在纳闷王主任反应的华博，很快就感受到了事态的严重性，"私自截留患者、降低了住院率、影响了医院效益"等新号外第二天就在医院里传开了。华博莫名其妙地开始被千夫所指，还没咂摸过味儿，自己被调回教学部的小道消息又接踵而来。

事情的原委梳理清晰后，走在回家路上的华博顿时觉得心跳加快，热血上涌，脑门渗汗。华博激动的原因并不是怕调回教学部，在哪儿工作在他看来根本不重要，他始终认为只要有本事，到哪儿都会是佼佼者。

华博有这样的想法是因为他确实有这样的资本，他从小就是学霸，从小学到高中三次跳级，十五岁就考上了医大，再到考研、考博，二十多岁就被当时的导师、后来的校长马光留了校当医生，一路都是过关斩将，什么挫折、困难，那都是别人家孩子的事！华博激动的真正原因是这次自己被阴了，他不服！

气急败坏的华博边走边掏出手机，找了一圈也没找到王主任的号码，才发现自己从来没存过，点开单位微信群成员备注查到后，直接拨了出去，对方却一直无人接听，又打了两遍也是如此。没处撒气的华博收起手机，陷入了沉思：这次"冲突"王立范没有正面刚，现在又不接电话，进一步坐实了王主任对自己采取的制造舆论、引发众怒、扫地出门的阴谋，自己越想越咽不下这口气，绝对不能这么背着"锅"走！这事得向学校反映，要向校领导说清原委，以证清白！想到这，华博索性拦下一辆出租车，直奔医大家属院而去。

到了家属院门外，因为是下班时间，回家的同事比较多，华博就稍等了一会儿，看到人流少了后才走进大门。华博的目的地是医大校长马光家，马光原来是华博的博士生导师，当时是副校长兼大内科主任，去年晋升为校长。华博在读博士时来过马校长家，他家的位置比较好找。看到马校长家窗子亮着灯，华博很快按响了单元门铃。

马校长有一阵子没见过华博了，对他的来访却没感到意外，他端坐在沙发上，示意华博在对面坐下。

"你这次来是想和我说调到教学部的事吧？"马院长的语气缓慢而平和。

"马老师，看来您都知道了。"华博还是习惯称老师，而不是叫校长，因为那样显得很生疏。

华博把事情经过和前因后果以及逻辑分析一板一眼汇报完后，马院长却没有表态，反而告诉他一个"大道"消息。

"前些天院里研究，王立范拟调入学院教学部任主任，华博拟调入教学部任副主任。"马校长顿了一下，接着说道，"提拔你到教学部当副主任确实是王立范向学校建议的。"

听到这个突如其来的讯息，华博的认知被瞬间颠覆，瞪大眼睛半晌没说出话来。马校长看着自己昔日的得意门生如此失态，不禁觉得有些好笑。

"当年把你安排到骨科是我的意见，骨科是咱们附属医院的重点建设科室，调你去的目的就是想发挥你的专业水平补王立范的短板。王立范虽然只有本科学历，但临床经验丰富，最大优点是特别讲原则守规矩，当科室领导很合适，你配合好他，骨科工作必然蒸蒸日上，这一点王立范对校领导的意图是心领神会的，也一直在积极配合。"马院长喝了一口茶，表情略显严肃。

"可是你，不领会学校的意图，隔三岔五在诊疗方法上我行我素，不服从领导安排，不遵守规定，逞个人英雄主义，比如上周你给患者注射治疗这事，你作为医生为什么不征求一下科里的意见，按照医院三级负责制，你也应该先请示或者边接诊边请示，如果治疗出了差错，患者落下残疾，你一个人承担得起吗？"

坐在对面沙发里的华博面色惨白，越听越蒙。

"你总是认为能力大于一切，其他不重要，这一点恰恰暴露出了你的职业操守和修养的问题。就拿你今天到我这里来告王立范的状来说，你知道吗，你顶王立范的很多事都被医院私下里编成了笑话，王立范却从来没和校领导说过你一句不是。这次学校调他到教学部，他第一个建议就是提拔你当副职，为的就是教学部有了你，工作会更好开展，也能给你一个更好发挥理论水平的岗位，而且还能给你提前解决中层职务！"

华博只觉得脸上发烧，想张嘴说什么，却什么也说不出来。

"你先回去反省反省，你现在已经不是学生了，而是一个职业医疗工作者，从事这个专业，不仅需要你的知识，还需要你懂得它的规则，具备融入环境的沟通技巧和情商，这样才能为自己搭建一个展示智商和发挥能力的舞台……"

离开马院长家，走出家属院，华博掏出手机看时间，发现有同一陌生号码的两次未接来电，查看通话记录才发现是王主任的回拨。他犹豫了一下才拨了回去，电话接通。

"王主任。"

"小华，刚才手术没下台，给你回了你没接，有事？"

"啊……下班了吧，有空没？……一起喝两杯。"

海　沫

◎西瓜猪

深秋的海风实在是太烈了，拍起来的浪花足有一米多高。

在这海边的派出所干了好多年，可我还是无法适应这深秋的鬼天气。尽管每天我都穿得很厚，尽管办公楼是在离着海岸有二里地的山坡上，前面也有密集的楼群挡着，但那刺骨的寒风还是会夹着水气钻进被窝和鞋窠里，让每个骨头节都变得麻木。

这时候来敲门报警的人在我看来简直就是考验我的意志力。我努力爬起来，哆哆嗦嗦地穿上衣裤，极不情愿地打开冰冷的铁门，还要强打精神地询问："你好，啥事？"

"不……不好意思，大……大哥。"只见一个人影在门外踯躅，见我出来还有点要走的意思。

"你进来呀。"我说。见他还是不肯进来，我干脆走过去拉他。

等把这人拉进来的时候我有点后悔了，因为他身上实在太脏了，与大厅里闪亮的地砖简直格格不入，可我又不能让他觉得我在嫌弃他，于是只能硬着头皮说："那啥，你坐吧。"

他挠挠那乱蓬蓬的头发，再看看自己脏兮兮的运动服，突然有些木然，仿佛自己成了一粒灰尘，十分不合时宜地玷污了这干净的氛围。

"算……算了，我……说完就走。"他从里兜掏出一张身份证，双手擎着小心翼翼地朝我递过来，我刚要过去接，他却又像意识到了什么突然把手缩了回去，然后又小心翼翼地把身份证放在了旁边的长椅上。

"我……我捡了个身份证。"他说。

"就这事？"我看了看身份证，心里想笑又笑不出来，要知道这大半夜的一个劲儿地敲门，我以为出了多大的事，我甚至觉得他是不是故意在耍我。

"这……这事不大吗？"他一脸茫然，"名字丢了……多大的事，他一定很着急。"

我看他虽然一脸稚嫩，但估计年龄也不会小，最起码也够法定成年人的标准了。这个时间这个环境跟我说出这么幼稚的话，我觉得这简直是对我的一种侮辱。于是我没好气地朝他要身份证，他却问我要身份证干吗，我不耐烦地解释说："你既然拾到了身份证，最起码也要进行登记呀。"

"没有。"他突然低下头，小声回答。

"什么？"我突然觉得这不仅是侮辱，简直是挑衅，于是我十分不客气地把他"请"进了办案区。

可进了办案区我才傻了眼，这哥们儿真的没身份证，不仅没有身份证，连自己的名字都不知道叫啥，只知道他的名字中有一个"海"字。我觉得这事有些不简单，见他早已浑身觳觫，抖如筛糠，便去给他倒了杯热水。他慢慢地喝下一口水，喘匀了气，才慢慢跟我聊了起来。

这个叫"海"的男孩，据说也是住在海边。印象中很小就跟父亲出过海捕鱼，只不过他只能简单地打个下手，更多时候是在船上玩。他说他喜欢海风，因为那风卷着浪花打在船上，扑在脸上，不但不觉得凉，也不觉得疼，反倒让自己清爽了许多。对于故乡，他现在唯一能记得的便是傍晚站在海岸边，能看到太阳慢慢地藏到对面岛子上的高山后面，直到天完全黑下来。

等他大一点之后，父亲身体不好，已经出不了船了，只能靠母亲给人家梳渔网赚点钱，家里除了给父亲治病还有一个弟弟要养，于是他便和二叔一起去城里跑大船（给大渔业公司做海员）。按照规矩，他和叔叔把身份证交给了船东。可出海没多久，当晚便遇到了大浪，紧接着船触了礁，他被一个巨浪卷进了海中……等再醒来的时候，身边只有一个巨大的泡沫箱，那是公司包装海鲜用的，船上偶尔会放一两个。他赶紧抓了上去，海浪不断地拍着这脆弱的泡沫箱，他第一次对大海感到那样恐惧，已然不是那片让他快乐和幸福的海。冰冷的海水慢慢让他的手脚失去了知觉，可他还是努力用最后的力气抓住泡沫箱。恐惧塞住了他的嘴巴，让他感到一阵阵窒息，直到把他彻底吞没……

不过，他竟再一次醒了过来，这时候已经是在另一艘渔船上。船员们都以为他没救了，如果再不醒就打算直接处理掉。可他的大脑仿佛被海水清洗过，记忆已经所剩无几。别人问他什么他都记不起来，只能记起儿时的海风，海岸边的太阳，孱弱的父亲，忧郁的母亲，还有那个可怕的夜晚。

老船长感慨他的命大，便给了他一些钱，就近把他放到了这个城市。他的脑子也因为这件事不太灵光，说话也不咋利索。

"那你住哪儿？"我问道。

"不一定……看……看情况。"他回答。

"那你现在住在哪儿啊？"我问道。

"就……就在后面的那个……那个破楼上面。"我看他指的方向，大概猜到应该是我辖区里那唯一一栋烂尾楼。

"那你靠啥生活？"我又问。

"捡垃圾……有时候也有饭店……给我口……吃的。"他又回答。

我又问起身份证的事，他磕磕巴巴地告诉我说是他捡垃圾的时候看到了一个丢弃的钱包，里面已经没有钱了，钱包也破烂不堪用不了了，唯独夹在里头的身份证还很新。他说，名字很重要，丢了怪可惜的，失主也一定很着急。

我要把他送到救助站去，他却拒绝了，说警察已经不止一次给他送去，可因为他说不出名字和原籍，没有办法送他回家，于是他又只好跑出来自己找。

"那你也不能就这么打遛遛哇。"我说。于是我便把他带出办案区，连夜和同事把他送到了救助站。我跟他聊了一路，想找到一些蛛丝马迹，直到临下车的时候，他才想起来说他记得那个泡沫箱上画着一个巨大的铁锚。

几天后，我回到家中。最近几天实在太忙了，难得休息。晚上老爸说要做几个好菜犒劳犒劳我，作为回报我便主动请缨去买菜。当我来到菜市场的海鲜档口时，突然，我看到一个画着铁锚的泡沫海鲜盒。直觉告诉我这应该就是那个叫"海"的男孩说的那个标志。于是我便抱着碰碰运气的心态赶紧向档口老板打听这个海鲜公司的情况。老板很热情，给了我这个公司的销售电话。又过了几天，我找到了这个公司，幸运的是这个公司在我们这儿有分部，从总部那里也打听到了之前确实出了这么一档子事，公司还给家属赔了很多钱。

几经辗转，我终于弄清了那个男孩的身份，他叫王海沫，老家也是离这座城市也不太远的一个小渔村。

我赶紧拿着身份底卡和介绍信去了救助站，可救助站的工作人员却跟我说他被送来后没几天便偷偷地跑了出去，再没回来。我听完脑袋一片空白，赶紧又赶回了辖区，找到了那个烂尾楼。烂尾楼里破烂不堪，楼梯已经坏了一半，摇摇欲坠的楼体发出一阵阵腐臭味。我心里忐忑不安，这气味也让我做了最坏的打算。可我来回跑了两三趟，几乎找了每个角落，也没有看到他的身影。

我来到顶层，望着那一片紧贴着一片的楼群，似乎像是看到了一片灰蒙蒙的大海，海浪卷着灰白色的浪花，打在岸边，聚成一团脏乎乎密密麻麻的泡沫，虽不那么晶莹，却又那么透明。它成得不知不觉，破得也无声无息。

小姨顾顺

◎ 关璐斯

我姥爷管顾顺叫顾顺儿，我妈喊顾顺为顺子，我姥姥给顾顺的称呼里掺了糖。

老丫头。

懒丫头。

老丫头。

懒丫头。

三岁的我发音含糊，却有样学样儿。

小学教员退休的姥姥干脆利落地夺下我手里的水鸭子，叫小姨。

我当时一门心思要抢回水鸭子，加之懒在沙发上看莎士比亚的当事人顾顺无所谓地换了个更舒服的姿势看书，所以这一含糊就含糊了十二年。

我从小就喜欢给懒丫头顾顺当小跟班儿，恨不得变成顾顺的一条影子，想知道她早晨会挑哪件衣服，想知道她买了什么颜色的口红，其实最想做的还是偷看她的日记。

顾顺总不会让我失望，她时不时鼓捣出一些新鲜玩意儿来，让我对家庭聚会有了强烈的期待。她的身份在不断添加，上周还是街舞舞蹈家顾顺，下周又成了贝斯手顾顺，再等一周就可以叫她画手顾顺了。其实她最初的身份应该是写手顾顺。

什么家不家的,顾顺烦躁地打发等着要签名的我,我充其量就是个写手。

那个短篇,她斜了一眼我手里的杂志,我只花了四个小时。

我小时候向同学们科普,我小姨是个外星人,她的星球跟小王子的B612星球是邻居。她隐藏在地球上,拥有各种各样的身份。随后我把自己编造成会魔法的落难公主,家里的洗脸盆能凭空长出钱来。每天一百块,我神神秘秘地宣布。

顾顺还拥有一个大家头疼不已的身份,大龄剩女。

三十七岁的顾顺油盐不进,一门心思将单身进行到底,凭借一己之力在各种身份间愉快转换,把女孩子用来谈恋爱的时间全部投入各种课程。弹弹唱唱,写写画画,可能今天晚上还跟乐队排练,明天就跑去外地看画展了。

不是每个人都会拥有爱情,就跟彩票中奖一样,与其刻意追求一个不确定,不如做好一个内容丰富的人,顾顺又加了一句,保持善良。

这次周六聚餐,大家又挑着吃饭的好机会齐齐声讨懒丫头的单身问题,这可是家族聚餐的保留节目。

我的老父亲在这种难得团结一致的氛围里异常不安,恨不得把自己缩成眼镜片后面的一块油梭子。谁也别注意他。可话题末了,大家往往把期望寄托在他身上,以研究所大龄单身博士数量惊人为理由,让我的飞行器研究员老父亲安排顾顺与适龄的男飞行器研究员相亲。

其实研究所里大龄单身的可不只男博士,还有女博士。

我妈常常以女博士为燃点向我的男博士老父亲开火,你无法想象那些肮脏的字眼儿出自我那温柔端庄的老母亲之口,你更无法想象给我讲"诸葛亮陨落五丈原"时会泪光闪闪的老父亲此时完全无视我那开启暴走模式的老母亲,气定神闲地翻看《黄帝内经》,仿佛我的母亲是一只嗡嗡乱叫的蚊子。

研究所忙项目，加班很正常啊，有次我试图劝解。

你懂个屁！母狮子张开血盆大口。

"懂个屁"的我通常选择去顾顺那里避避风头。

两年前，顾顺用公积金贷款买了个大房子，一个人设计加联系装修。忙活半年后，顾顺拥有了一个完美的个人空间——有琴房，有书房，有手工间。顾顺还拐走了家里的团宠——肥猫阿顺，理由是她一直给阿顺铲屎，接着理直气壮地搬出姥姥姥爷家。

有时我甚至邪恶地想，如果爸妈离婚了，我是不是就可以跟顾顺住在一起了。

顾顺会很耐心地听我讲完事情经过，接着打电话邀请我妈过来小住。

我妈自然选择待在家里守住制高阵地，她酝酿了一晚上的情绪可不能在太阳升起前断掉，她又絮絮叨叨跟顾顺描述一遍事情经过，凭空添加了许多故事情节，努力加持已经满级的愤怒情绪。

顾顺可真是个优秀的倾听者。向她投诉之后，我妈的气就消了，轻声细语跟顾顺研究起早餐的内容来。

每每这时，顾顺都会在我的授意下说我已经睡了。可刚放下电话，她就急吼吼地赶我去客房睡觉。

简直跟刚才的顾顺判若两人，精力旺盛两眼放光的我冲顾顺抱怨。

睡眠对女孩子很重要的，顾顺贴上面膜，不紧不慢地解释，我可不喜欢抱着叽叽喳喳的小孩子睡觉。

此时，饭桌上的问题少女顾顺正在闷头啃排骨。

我猜她在琢磨明天的贝斯课，因为饭前顾顺刚刚发了微博，说贝斯课的作业还没交，美男子肯定会教训她的。

美男子是顾顺给贝斯老师起的绰号，微博字里行间充满着对美男子的崇拜和垂涎。

我扫视完顾顺的秘密微博后又顺手偷窥了美男子的微博。

两年前，我无意间发现了顾顺的微博，这简直为我打开了一扇新世界的大门。

微博里的顾顺写下很多特别又细腻的想法，对蝎子乐队的喜爱，对赛博朋克的解读，对帮助流浪动物的探究，这些都是现实里的顾顺不曾卖弄的。我听她推荐的音乐，看她喜欢的电影，读她热爱的书籍，透过顾顺的眼睛发现不一样的世界。

现实里的顾顺大大咧咧，神经粗得能当扁担挑水。提起顾顺，大家选择集体屏蔽顾顺写手、贝斯手等身份，而是争先恐后地在视网膜贴上大龄剩女、点火就着、贪吃贪玩等标签。

每每这时，我总要替小姨顾顺抱打不平，翻出顾顺的种种身份为她平反。反抗的效果自然微乎其微，那句时髦的话怎么说来着，不要试图叫醒装睡的人。

没错，在他们眼里，盖章的好姑娘应该是以适龄结婚为首要条件，其他一切都可以忽略不计。

顾顺并不在乎大家对她的误解，并且似乎对这种误会乐在其中。相信很多年后的我会懂得，那些误会仿佛一个屏障，反而保护了真实的顾顺，让其任性地野蛮生长。

美男子——这个其貌不扬的贝斯老师照例发了贝斯演奏日记。

丑归丑，倒是挺勤奋的，就是没有稳定工作，没有五险两金，我们顾顺可是有着收入不错的正经工作的。我对不正经工作的美男子百般挑剔，毕竟我是顾顺的娘家人，得站在姥姥姥爷的立场考虑问题。

我回家了，晚上要练琴，明天还有贝斯课呢。不知情的顾顺戴上安全帽，拎起门边的电动滑板车准备回程。

我赶紧放下筷子，用蜜糖抹了抹嘴巴，小姨我要跟你一起回家。

好哇，来呗。

公交车上，我一只手拎着电动滑板车，另一只手亲热地挽着顾顺的胳膊。她个子不高,手腕上还戴着一个九十九块钱包邮的史努比手表。

车窗闪过一片又一片萤火,流淌成了曲子,涂抹成了油画,再随手点了一条银河。

三十七岁的背带裤少女顾顺流光溢彩地映在其中,嘴角模模糊糊地上弯起来。

顾顺身上的香水味儿真好闻哪,甜甜的,暖暖的。

我缩成了婴儿,无限信任,无限接近顾顺。

小姨,我看过你的微博。

我知道,有次你不小心给我点了赞呢。

温　暖

◎关洪禄

　　行色匆匆的吕大爷再次走进税务局办税大厅，径直来到宋丽丽所在的服务窗口。"吕大爷，您还有什么事情没办完吗？"宋丽丽赶忙站起身，把一张笑脸迎向吕大爷。

　　吕大爷那双变得充满疑惑的眼睛，目不转睛地盯着写有宋丽丽名字的桌牌，然后抬起头问："孩子，你叫宋丽丽？"

　　宋丽丽点点头。

　　"你父亲叫宋秉德吧？"

　　宋丽丽又点点头。

　　吕大爷把目光一下子从宋丽丽的脸上移开，两只手激动地拍在了一起……

　　昨天，宋丽丽在大厅窗口，耐心细致地接待了这位一度脾气急躁，甚至显得有些不可理喻的吕大爷。吕大爷是替在南方经商的儿子前来咨询减税降费相关政策的。后来宋丽丽又与他远在南方的儿子通了电话，对相关的政策进行了详细的讲解说明。令宋丽丽万万没想到的是，吕大爷的儿子在电话那边当即表示，三天后从南方飞回来实地考察，如果有可能的话，就在家乡选址再成立一家分公司，为一天天变得宜居宜游宜业的家乡发展建设奉献出自己应尽的一分力量。

宋丽丽又根据他们父子的要求，加班加点准备了一份详细的税收政策材料和成立分公司需要准备的相关资料，亲自送到吕大爷家里，为过几天吕大爷儿子的到来，做好了前期的准备工作。当忙完了这些工作，宋丽丽拖着疲惫的身体回到家中时，幼小的女儿，抱着那只被她称作"妈妈"的大洋娃娃，早已进入有妈妈依偎和撒娇的童年梦乡……

面对表情异样，显得有些语无伦次的吕大爷，宋丽丽心中充满了疑问。正当宋丽丽在心中不停地琢磨，自己在服务上还有什么差错时，吕大爷突然开口："我昨天看着你就觉得面熟。都说女孩像爸，我寻思一晚上，你一定是宋所长的亲闺女！"吕大爷像得到了一个印证、满足了一种愿望似的，扔下一句让宋丽丽一头雾水的话："老吕头向你爸宋所长问好了！"然后倒背着双手，令人不解地匆匆离开大厅。

每天在办税大厅工作，什么样性情秉性的纳税人都会遇到，今天这又是一例。宋丽丽习惯性地扫了一眼压在玻璃板下面的半张老版五角钱纸币，又开始工作了。这几乎成了她每天进入工作前的一种下意识行为。这是她刚走上税务工作岗位时，父亲送给她的一份让她一直感到莫名其妙的"礼物"。父亲语重心长地对她说，等你工作一段时间后，我再把这半张五角钱纸币的故事讲给你听。

让宋丽丽万万没想到的是，三天后，从南方乘机飞来的吕大爷儿子吕文哲的口中，她竟然听到了关于那半张五角钱纸币的故事。

吕大爷的儿子和几名志同道合的同乡大学毕业后，在南方投资开办了一家规模不小的食品加工公司，由于经营和管理得当，很快又发展了三家分公司。正当他们准备大展宏图时，他们第一时间看到了作为新兴滨海城市的北方家乡良好的营商环境，他们像一下子听到遥远家乡亲人们的声声呼唤，激动得彻夜难眠，仿佛一直在默默等待着这一天的到来。特别是他们的领头雁董事长吕文哲，接到宋丽丽带着家乡亲人温暖问候的电话，这些奔波在外、艰辛创业的大学生下定了决心：坚决回到家乡那片充满亲情的热土创业，为曾经养育过自己的一方水土，贡献出应尽的力量。

宋丽丽在办税大厅，热情地接待了风尘仆仆的吕文哲一行。他们把公司的相关材料十分信任地交到宋丽丽手中。宋丽丽一再表示，一定为公司提供最优质的服务。为表谢意，吕文哲邀请宋丽丽和科里的同志们一同去饭店吃饭。"我们有工作纪律。为纳税人服务是我们应该做的，谢谢您的好意。"宋丽丽说。

吕文哲竖起了大拇指，正当他准备离开时，却无意中发现了宋丽丽桌前玻璃板下面那半张老版五角钱。他愣了一下，急急打开手机相册，把半张让宋丽丽十分眼熟的五角钱纸币照片清晰地呈现在她的面前，然后动情地说："这是我大学毕业去南方经商时，父亲送给我的纪念品，并叮嘱我要把它永远保留在身边，作为一生的警钟长鸣。父亲语重心长地给我讲述了这张半张五角钱纸币的故事——

"那些年父亲为养家糊口，一直在离家不远的渔村集市上做些小买卖，同时他也成了远近闻名的偷税抗税户。当时集市上设有一个税务所，那个所长姓宋……"

宋丽丽简直有些不敢相信自己的耳朵了，她两眼死死地盯着吕文哲手机相册中的半张似曾相识的五角钱纸币图片，迫切地想知道下文。

吕文哲最后感慨地说："那时国家全靠着这一分一毛的税收支撑建设和发展；父亲绞尽脑汁、口挪肚攒地为自己上有老下有小的那个贫困拮据的家庭，明知故犯地为了每天少交或不交那几毛钱税……最后抱恨终身——两人在抢夺这五角钱税款时，很不理智地厮打在一起。最后，一个受到上级组织的处分；一个被处罚，一年内不得进入市场交易……"

一行晶莹的泪珠从宋丽丽的眼窝流出，当年父亲一分一毛地为国收税，真的是不易呀！

吕文哲仍沉浸在那半张五角钱纸币的故事中："父亲送给我这半张五角钱纸币和关于它的故事，是想用现身说法告诫我，经商路上没有歪路可走，自觉为国家纳税，是咱每一个公民的光荣义务。"

宋丽丽抬头把目光投向阳光灿烂的窗外，这座滨海新城每天都沐浴在海韵河风中。她对吕文哲意味深长地说："那半张五角钱纸币的持有者，一定会对他的后人说，为国收税，就该像一名国库的忠诚卫士，一定要尽职尽责。"

几天后，在税务局办税大厅，"不忘初心，砥砺前行，永做为国纳税的守法人"的透明展柜里，一张第三套1972年版式、已在国内停止流通的五角钱纸币，醒目地展示在那里。细心的人都会看到纸币间那道被岁月流年弥合为一体的缝隙。人流熙攘的大厅里，人们时常会看到两位老人，并肩出现在展柜前，或沉思或交谈，或对好奇的人们讲述着什么。

那张经过岁月洗礼的五角钱纸币，成为两位老人生命岁月中美好的记忆与眷恋。

蓝帽子，红帽子

◎张宝义

　　光阴似箭，李刚在省城的四年大学生涯很快就结束了。毕业分配在县供电局，县供电局又把他分在柞树供电所。

　　柞树乡是县里最偏僻的一个乡镇，比李刚出生地的那个乡还要偏僻。记得当年考上大学时，邻居们都羡慕不已，说你看老李家小子，多有章程，这可是鲤鱼跳龙门哪，再也不用回来数地垄了。此时此刻，李刚想，现在地垄是不用数了，但是由数地垄变成了数电线杆，也没有进步到哪儿去。李刚突然鬼使神差地想起了"从群众中来，到群众中去"，又想了爱因斯坦相对论关于那个乘上超光速宇宙飞船回到娘胎里的假设。父亲安慰说，你这就不错了，安心报到去吧，去年木鱼房村老赫家儿子四年化工大学毕业，现在还在家放牛。想到这儿，李刚颇有点慰藉，甚至窃喜。幸亏当年报志愿时选择了电气专业，数电线杆到底也比数牛要强许多。

　　第二天李刚就兴高采烈地去报到了。所长是个五十多岁的小老头，说是"小老头"是因为所长的长相要比实际年龄大许多。宿舍里还有一个住宿的，后来知道他叫柱子，当兵转业的，是本乡人。宿舍是水泥地，白灰墙面，除了小点，也还入得眼，不过比大学生公寓还差很多。

不久就开始线路作业,工作负责人发给李刚一顶帽子,给李刚安排了个师傅。就这样李刚大学毕业后,角色马上转换成了徒弟。作业时李刚好似发现了新大陆,所长、工作负责人、县局来的领导都戴红帽子,工人都清一色蓝帽子。李刚毕竟是大学生,有点素质,一下子悟出了道理,原来下现场领导戴红帽子,工人戴蓝帽子,这大概跟军人的军衔没有什么区别。大学书本里可没有学过这一条。

很快李刚和柱子成为好朋友,形影不离。工余时间,柱子夏天带领李刚到水库洗澡、网鱼,冬天领着李刚上山踏雪、登高。逐渐地李刚便与分配在深圳、浦东的大学同学失去了联系。这叫既然你不能叫环境适应你,那么你马上适应环境吧。李刚想,这种生活肯定比大城市里舞厅洗浴中心灯红酒绿充实多了,起码远离了浮躁和喧嚣。

工作生活平淡无奇,"小老头"待人也非常和蔼。只有一周一次安全活动时,才能看出"小老头"的所长威严来。什么自我保护意识啦,什么防患于未然啦,什么"株连九族"啦,"小老头"车轱辘话轱辘来轱辘去,就是不厌其烦阐述一个道理,安全生产很重要,听得李刚直打瞌睡。别看柞树供电所售电量不高,一年就二三百万千瓦时,却是连年的安全生产先进单位。

时间晃悠得也很快,转眼李刚、柱子到了谈婚论嫁的年龄。柱子找关系在供电所西边批了一块地皮,两人搭伙拉起两套大瓦房。柱子先结婚,而后也托人给李刚介绍了一个。农村姑娘,清纯无比,特别那牙齿白得像小溪浸泡的石子,模样像大学班级里的丁艳艳,李刚一口就答应了下来。不久李刚也结婚了,李刚和柱子成为邻居,两家关系处得非常融洽。

生活马上又平淡无奇,像墙上那挂石英钟,嘀嗒嘀嗒的,只要你给安上电池,几乎分秒不差地转悠。一晃又是五年过去了,李刚、柱子的孩子已经五岁了。这时"小老头"光荣地退休了,县局考虑到李刚是大学毕业,又有一定的实践经验,就安排李刚接任了所长职务。那天李刚和柱子一起回家,儿子大老远就跑出来。小孩子心就是细:"爸爸,爸爸,你今天帽子怎么变成红色的了?柱子叔叔帽子为什么还是蓝色的?"李刚小声说:"爸爸当所长了,领导都戴红帽子。""爸爸当领导喽,爸爸当领导喽!"儿子欢呼雀跃,妻子也喜上眉梢。

　　李刚刚上任就赶上了农村电网改造,起早贪黑,风餐露宿,忙得两头不见日头。因为忙,安全活动就不一定按时搞,有时搞也是敷衍了事。那天在柞山线改造时,柱子因为急,安全帽没有戴。李刚也发现了,心想多少年了,虽然大家都戴安全帽,但是没遇到过什么险情,今天工作紧急,就那么着吧。结果点气真是背到家了,事故发生了。第九基电杆,金具滑落,不偏不倚正好砸在柱子头上……就这么个大活人,一大早还是活蹦乱跳的,说没就没了。柱子的妻子哭得天昏地暗。

　　按照事故"四不放过"原则,李刚被撤职了,所长一下子变成了工人。那天回家,儿子看见李刚手里拎着蓝色安全帽。就问:"爸爸爸爸,那红色帽子呢?"李刚眼睛红红地回答:"爸爸被撤职了。"儿子虽然不懂什么叫撤职,但是会观察大人脸色,知道一准不是什么好事情,就悄悄地离开了。

　　李刚吃完晚饭就拱进被窝睡觉了。突然上级又出台一个新规定:工作现场,领导戴蓝安全帽,工人一水儿戴红色安全帽。于是工作现场几乎全是红色帽子,李刚也戴上红帽子,高兴地嘻嘻笑。"快起来吃饭,做梦娶媳妇儿了怎的。"李刚一骨碌爬起,原来是个梦。李刚三口两口扒拉完早饭,出去发动着摩托车,又折回家拿安全帽。但是安全帽奇怪地不见了。出鬼了,每天安全帽都挂在大衣架上,昨天也挂在上面,记得清清楚楚。妻子也帮助找,但还是不见踪影。于是他们来到儿子房间,儿子睡觉的憨态跟李刚一样,睡觉不老实,伸腿撸胳臂的。这时李刚发现儿子的被角有个东西,微微地凸起，掀起一看，原来是安全帽。安全帽变成了红色，儿子一手拿着安全帽檐儿，一手拿着红色水彩笔。李刚明白了一切，禁不住潸然泪下。

李刚小心翼翼地拿下安全帽，快速用抹布蹭掉红色，又陡然间想起了柱子。假如以前自己不放松安全管理，假如那天工作负责人监督力度再强点，假如柱子自我保护意识再大点……那天的事故是绝对不会发生的，绝对不会！恍然间，李刚眼前晃动的全是安全帽，绿色的，红色的，眼花缭乱……

二百美金

◎ 曲文学

  这事必须得报警。尽管张阳一个劲儿安慰我,我还是难以平息心头的怒火。

  张阳嘀咕:"都怪我俩粗心大意,手包不该就这么放到床上,应该放进保险柜里才安全。"张阳用手指了指客房门口处的保险柜。

  我不以为然。简直不可思议,不可理喻,在一个省会城市堂堂的四星级宾馆里竟能遭贼。我是一个职业警察,我向来是窃贼的"天敌",这次被窃贼冒犯,无异于打雁的被雁鸽了眼睛。

  临行时,我到中行兑换了一千美金,十张面值一百的,就是那种印有起草过《独立宣言》的美国政治家富兰克林头像的钞票。朋友的孩子在国外读书,我也是破车爱揽活儿,经常帮朋友兑换一些美金。这次兑换的美金,一直放在手包里,还没来得及给他。

  我反复清点了几遍,十张美金,只剩下了八张。还好,窃贼手下留情,没有一窝端。

  我克制一下情绪,在张阳面前,我不能失态。警察怎么了?警察也是人,是人就要遭遇各种事情。"你也别幸灾乐祸,看看你包里的钱丢了没有。"我对张阳说。

  张阳这才回过神来,慌忙打开自己的手包,蘸着唾沫星子数里面的钱，数完一遍，又数了一遍。

我问："咋样？"

张阳变色："丢钱了。"

我又问："丢多少？"

"具体数字不好说，少说也有两三千吧。"张阳阴沉着脸。

这事必须得报警。我再次怒火中烧，按捺不住，掏出手机。张阳坚决反对，阻止我。理由是出门在外少惹麻烦。临行时，我们早已策划好，借着这次笔会之机，畅游一下H省的大好河山，尤其是我，还是第一次踏上这片土地，也是做了充分的准备，还特意跟领导请了年假。

张阳的想法是，一旦报警，就得配合警方调查取证、做笔录，宝贵的时光都耗掉了，得不偿失。张阳是做生意的，业余时间搞点写作，共同的爱好使我俩成为朋友。生意人都精于算计，可我无论如何还是咽不下这口恶气。

我找来宾馆大堂经理。我怕经理不相信，又亮出随身携带的警官证。我没有别的意思，只想告诉经理我的身份是警察，不可能到这里报假案，制造是非。

经理相信我说的都是真话。经理还知道我们是以作家的身份来到H省开会，下榻在这家宾馆。经理还说，这几天宾馆里住满了来自全国各地的作家，她平时喜爱读书，对作家这一职业心怀仰慕。

我的心态稍微平和了一些。在我的提议下，经理带我俩来到宾馆的监控室。我调取早晨七点三十分我们离开房间之后的视频。视频里显示：十点三十七分，有一男一女两人同时进入我们居住的402房间，很快，视频里的那个女的抱着一堆被褥毛巾之类的物品离开房间；而那个男的，则在房间里逗留至少十分钟……

我问经理："这是你们的服务员吧？"

"是的。"经理点了点头。

我说："找那个小伙子把钱要回来，就当什么事情都没有发生，别把事情闹大了。"

经理有些犹豫，声称这事她做不了主，得请示领导。经理转身跟领导通了个电话，领导丝毫没有袒护自己员工的意思，意见是：报警。我瞅了一眼张阳，张阳还是有些不情愿，埋怨我事事都爱较真，我责怪他是一个没有骨气的家伙，包庇纵容犯罪，其实也是一种犯罪。

经理打了110，很快，有警车来到宾馆。警察先是察看现场，又拷贝了监控录像。我和张阳一起踏上警车去公安机关配合调查。

警方找来了视频里的那个小伙子，没出五分钟，小伙子便招了供。供词显示，当时两个服务员到客房打扫卫生，女生抱着换洗的东西刚离开，小伙子发现床上有客人的手包，便从其中的一个手包里抽出两张百元人民币；接着又打开另一个手包，见到里面除了人民币之外，还有一沓他叫不上名字的纸币，就顺手也抽出两张。

正是这两张花花绿绿印有富兰克林头像他叫不上名字的纸币，把这个年仅二十二岁的小伙子推进犯罪的深渊。二百美金合人民币一千三百元左右，而在H省当时的立案标准是一千元（根据经济上的差异，全国各地立案标准不同）。

小伙子瘦高的个子，眼神怯怯的，一个劲儿向我鞠躬道歉，还口口声声说他真的不认识美金。我斥责他，客人的东西，即使是一张白纸，也动不得。

我有了恻隐之心，心里痛骂一句："该死的美金！"然而法律是无情的，面对眼前这个既可恨又可怜的小伙子，我又能做些什么呢？多年的从警经验告诉我，小伙子肯定不是第一次作案，如果今天不犯案，肯定还会有下一次。

张阳被窃的二百元人民币很快被返了赃。我板起脸质问张阳："你不是说丢了'少说也有两三千'吗？"我心里清楚，张阳包里的钱也没有个具体数，丢了多少他也就是顺口那么一说。张阳搓了搓手，也难怪，张阳这几年生意做得风生水起，让他一下子说出包里有多少钱，真是难为他。我慨叹，有钱就是任性。

　　我丢失的二百美金，由于是外币，警方需要到金融机构鉴定真伪，如果是假币，案件尚需重新定性。办案警察告诉我，待鉴定完毕后会把美金电汇给我，案件的进展情况也会通过电话及时跟我沟通。

　　回到家里很长一段时间，我心里都不是个滋味。我是业余作家，警察才是我的主业，少发案一直是我的工作目标，可是由于我个人的疏忽，把一起刑事案件带到外地，我深感内疚。我甚至想，这两张美金是假的该有多好。可世间万物，终究是假的真不了，真的也假不了。

　　我特意给张阳挂了个电话，嘱咐他："我俩丢钱的事一定要守口如瓶，不能声张。"张阳反问我："为什么？"

　　我说："不为什么。"

最美那颗星

◎李 筀

夜幕降临，华灯初上，寒风把路边的行道树吹得哗哗直响，腊月天就像急脾气人的脸，说撂下来就撂下来。

徐峰看了看手表。"八点一刻！竟然这么晚了，还能在吗？"徐峰狠踩油门，把车开得飞快，好几次差点闯红灯，上衣口袋里的飞机票压得他的胸口发痛，今天是申报期最后一天，明天又要出远门，税款还没有按期申报，这可不是个小问题。徐峰的公司刚被评为纳税信用等级 A 级纳税人，在税务部门与银行开展的"银税互动"中，还能享受融资优惠政策，经常有失信行为，纳税信用会降级的。徐峰的公司下个月要去银行贷款，可不能在这关键时刻掉链子。

徐峰看见办税大厅亮着灯光，他提到嗓子眼的心总算放了下来。徐峰拿起办税资料，关紧车门，径直走进办税厅，大厅里的灯光暖暖的。

"您好，是您打电话预约办税吗？"一声轻柔的呼唤响在徐峰耳边，一个女孩瘦弱的身影出现在徐峰面前。

"对对，是我。这么晚了，没想到你还……在……等我。我想申报。"口齿一向伶俐的徐峰竟然变得有些不利索。

"请您跟我来。"女孩向后转，税徽在她瘦削的肩头上闪闪发亮。女孩在服务台椅子上坐下来，双手接过徐峰递过来的申报材料。

徐峰说："原本预约的七点，这都八点多了，耽误你下班了。"

"没关系的。今天是申报期最后一天，您肯定很着急。我马上给您办理。"女孩冲徐峰粲然一笑，露出雪白的牙齿。

"今天事情太多，忙昏了头，紧赶慢赶还是来晚了，多亏您没走，解决了我的后顾之忧，要不然等我出门回来再来办税，公司信用评价就会受到影响，那时黄瓜菜可真凉了，哭都没地方哭。"徐峰安慰自己。

"选择这个时候来报税，不用排队，不用叫号，专人专办，多好哇！咯咯咯咯！"女孩清脆的笑声回响在空旷的办税大厅。女孩一个玩笑，让徐峰一直紧张的神经放松下来。

一会儿工夫，徐峰的税报完了。他说声谢谢，准备离开办税厅，却被女孩叫住了。

女孩又启动她那两片薄薄的嘴唇，用标准的专业术语，言简意赅地向徐峰介绍说："为了让纳税人少跑路，我们税务系统开展了手机APP办税通，纳税人可以通过手机进行申报缴税、发票管理、涉税事项办理和涉税信息查询，还可以使用办税通，进行政策咨询，目前该系统能提供预约发票领购、移动申报缴税、随时查收发票、实时发票验旧、自动涉税申请、掌握办税动态六类基本服务和十余项涉税服务功能，为企业纳税人和自然纳税人提供较为完备的、不间断的掌上涉税服务，推动纳税服务由传统的面对面服务向掌上移动服务转变。"

"哎呀，税官，你的业务呱呱叫哇！"徐峰由衷地赞叹。

女孩有些羞涩，脸都红了，她说："不瞒你说，我这是现学现卖，手机程序办税通，是新拓展的项目，我们税务人不熟悉，纳税人更不了解，我们要对纳税人进行培训和指导，让纳税人尽快地了解、尽快地掌握、尽快地开通使用，我之所以下班没走——"女孩停顿了一下，"就是在收集整理资料，编写课件，练习培训的内容，好让我的讲解更加简单明了，刚才的介绍，等于实战演习一次，就是不知道效果如何呀。"

徐峰在女孩指导下，下载了办税通，学会了具体操作方法，注册申请通过后，体验到了别样的办税"乐趣"。徐峰感叹："真是太方便了，打开手机，随时随地办理，几分钟就能办完，不用跑腿，不耽误时间，可以把全部心思用在公司业务上，太谢谢你了，税务官！"

"不用谢我，我们还要感谢纳税人呢，尽心、尽力、尽职、尽责，这是我们的工作准则，有什么问题尽管找我，这是我的联系方式。"

女孩说着递给徐峰一张名片，徐峰接过名片，看见名片上醒目地印着"为国聚财、为民收税"八个字，徐峰在心里默默地向税务人敬了一个礼。

走出办税大厅，启动车辆之前，徐峰下意识地回头望了一眼，税务服务大厅已经暗下来，夜幕下的税务局大楼庄严肃穆，在大楼顶上，蓝色的天幕印着一颗颗闪亮的星星。徐峰忍不住赞叹：好美的星啊！

生日离归

◎王　可

从放学回到家的那一刻起，我就感到一丝不安，因为在今天这个本命年的生日里，门厅的柜子上没有按照往年惯例摆着爸妈买的生日礼物，联想起我妈早上看到微信群里"少年杯"钢琴初赛结果那一刻脸上阴冷的表情和接我放学路上的一言不发，我惶惶地预感到今天自己这个十二周岁生日肯定不会愉快地度过。

抱着一点侥幸心理，我寻遍所有房间和角落，却依然一无所获，最终无奈地确认了没有。回到自己房间，我的心情急剧跌落到冰点，压抑了几年的委屈突破了意志的临界点，借助眼泪一下子涌了出来。我知道男子汉不应该哭，哭也会被别人笑话，但是我实在是太憋屈了。随着自己年龄的增长，我妈对我越来越不关心，态度也越来越不好，小的时候我妈对我的亲昵回忆，已经渐渐变成了一种遥远的美好。我妈现在每天能够和我交流的全部内容就是催着我学习、练琴、抄谱，无限死循环，我每天还必须逆来顺受一板一眼地完成这些我并不感兴趣的"工作"，稍有抵触情绪，便会遭到我妈的呵斥与指责。我现在的生活就是一个看不见未来的牢笼，把自己紧紧锁在了里面。我越想越难受，越难受眼泪流得越厉害，越流眼泪越觉得自己在这个家里没有地位，还不如不被爸妈生出来，来做这个家里多余的人。

走！这个念头从我心底陡然升起，一不做二不休，我悄悄抠出储蓄罐里几张百元压岁钱，绕过我妈在正在其中做饭的厨房，静静地穿上鞋，回头再看一眼这个自己曾经的家，多少有些不舍，但又一瞥那架把我折磨得筋疲力尽的钢琴，还是义无反顾地迈出了家门，下楼走进了夜色当中。

初尝自由的我，感觉并不是那么美好。冷风中的夜路变得有些狰狞和恐怖，稍稍冷静下来，我才意识到了"去哪里"是一个要当机立断的问题。去学校的篮球队友胡鹏家？不行，他家没有我住的地方。去农村的姑姑家？住倒是没问题，但是她会告诉爸妈，也不行。去当志愿者？不知道要不要我这么大的……我低着头边走边想，不知不觉已踱出了小区大门。

"大可。"一个熟悉的声音迎面而来，我被吓了一激灵，是左手拎着个大纸袋，右手拎着个生日蛋糕，正往小区里走的我爸。"这么晚你干什么去？"我爸关切地问道。"五线谱本用完了，我去买谱本。"我感觉我说话的表情一定很不自然，好在天黑，我爸看不清楚。"文具店马上下班了，你今天生日就别抄谱了，回家吧。"我爸顺手把纸袋递给了我，"这个是你的东西，你自己拎着。""这是啥呀？"我满是疑惑。"篮球鞋。"我爸答道。当听到"篮球鞋"几个字之后，我有些不太相信自己的耳朵，大脑里更是一片雾水。

看到我半晌没有反应，平时话不多的我爸一反常态地打开了话匣子。"大可，你今年已经十二周岁了，是个大男孩了，有些话爸爸妈妈得和你谈谈了。我平时总出差，也没时间管你，你的事都是你妈在操心。她性子急，总希望你能有出息，特别想把你培养成有才能的钢琴家。这几年在这事上也没少下功夫，也没少花钱，最近这次比赛就盼着你能取得个好名次，可你连复赛都没进去，你妈气坏了，找钢琴老师长谈了你学琴的事，这才知道，我们不懂钢琴，你这方面也没有天赋，光靠逼你刻苦也不能使你在这门艺术上有所成就。原以为这次你能进复赛，爸妈已经给你买好了一套高档的演出礼服，想在这个生日送给你，今天才知道用不上了。其实我和你妈都知道你爱打篮球，一直反对的原因是怕你戳伤手指影响弹琴，现在我们想明白了，热爱才是最好的老师。今天我下班后紧赶慢赶把演出礼服退了，去体育专卖店给你买了双专业篮球鞋，赶在今天生日送给你。你妈现在应该炒好菜了，咱俩赶紧上楼。对了，你妈的气还没消，你回家乖一点。"

　　再一次走进家门，一刻钟前还冷森森的家突然在我视野里变得春意浓浓。"天都黑了，过生日你出去瞎跑什么！"我妈又是劈头盖脸一声呵斥，在我听来却觉得生动了许多，一股暖流也随之在全身蔓延开来。

　　"妈，我回来了。"

我欠老唐一支笔

◎董玉涛

光阴荏苒，我和老唐已经隔了四十多年的烟云。可能我们会再相见，可能我们永远不会再见了：因为我在辽宁盖州，他远在四川遂宁射洪。几千公里，何其遥远。但我最近想起了他，我欠他一支笔，一支英雄牌钢笔。

老唐当年只有二十二岁，大我三岁。一来他黑红脸膛，看去比实际年龄大几岁，二来说话处事比同龄人老成，所以都不叫他小唐，而叫老唐。

1975年我十九岁，刚参加工作，工作地点就在县城西郊的变电所。变电所北邻驻扎着部队的一个团。军民团结如一人，有一个连，借用我们变电所的大院子当菜地，老唐和几个兵负责种菜。于是我们和这几个兵很熟，除了四川老唐外，还有辽宁小郝、吉林大赵。

小郝是辽宁绥中的，长得精神，干净。他管老唐叫"四川榔头"。小郝的嘴呱呱的，少见他弯腰干活；老唐话少，干活不吭声。老唐总爱呵呵地笑，说的话我们很难明白，他就尽量放慢了说。连听带琢磨，也就听明白一半。

"老唐！过来，这堆粪撮茄子地去！"喊话的是小郝。他在地头抽烟。这天本来是他负责茄子地的活。

老唐正在辣椒地里干活。听到喊声，他抬头望望，抹抹额头的汗，走过来弯腰抓起地头的铁锹。每到这个时候，我就很为他生气，但老唐好像不知道小郝是在"抓乎"他，乐呵呵地一锹一锹地撮粪。

我有一支钢笔，英雄牌，是很有名的品牌。笔杆墨绿色，笔帽银白色，铱金笔尖，书写流畅，线条均衡。我经常没事练字，就在"工作日志"的纸上写会背诵的几首唐诗宋词：剑外忽传收蓟北，初闻涕泪满衣裳；却看妻子愁何在，漫卷诗书喜欲狂……

老唐在菜地里干完活，就进屋站在我身边看我写字。我字写得实在太一般，唐诗他也不明白；但老唐的目光，多盯在绿色的笔杆上。等我写完了，放下笔，老唐立即拿起笔，拈着笔杆反复观看。我见他喜欢，也让他写写。他有点兴奋，急忙在军装上擦擦手，小心地捏起钢笔，在我练字的纸的下角写了三个有点扭歪的字：唐国安。

此后老唐给家里写信，再不和小郝借笔了，总等我上班这天，和我借笔使。他告诉我说，他未婚妻回信夸他字有进步了。"那是你的笔好哇！"他说。见我笑他，他认真地说："真的，你这笔顺手，小郝的笔划纸。"

"等我再有一支笔，这支就给你。"

"别，别……"老唐有点惶恐。

秋天，变电所迁移到一公里外的大道边。场地不大，没有了菜地，老唐他们也就不来种菜了。到了新变电所，我们忙于基本建设，自己铺地面，除草，健全资料……和老唐他们见面次数也没几次。

第二年，我在变电所院子里，看见十多米外的大道上，大赵赶着小驴车买菜回营房经过。大赵也扭头往大门里看，看见了我，便吆喝住驴车，过来和我说话。他告诉我，小郝和老唐都退役了，回了老家。

两个月以后,我收到老唐从四川给我寄来的一封信,大致说说回家务农的情况。最后说,生活很困难,有时买一盒火柴的钱都没有……

后来,我从县供电局考进了市电业局党委宣传部,当企业报编辑。办公用品可以领取,那支跟随我五年的英雄牌钢笔便收藏在家中。

四十多年过去了。前不久,我家换了新书柜。在整理旧书柜抽屉时,发现了这支躺在木盒多年的英雄钢笔。年龄大了,回忆的闸门容易打开。我隐约记起,好像四川的老唐喜欢这支笔;好像我答应过他,给他这支笔的。可是,后来我竟忘记了。

我觉得自己的心跳有点快,脑袋有点发涨。

我掀开床盖,里面摞满了我不常看的书,以及笔记本、杂志、过去的信件。一个牛皮纸大信封里,是几十封早年的信件。老唐给我的那封信,也在里面。一个白色的旧信封,边角有了破损,但正面的蓝色钢笔字仍然清晰:四川省射洪县××公社××大队。

带着英雄牌钢笔,我来到邮政局。包裹的封皮上,我把原地址的公社换成乡,大队换成村,寄了出去。

老唐,老唐!你能收到吗?

纪　念

◎蔡雨艳

　　内蒙古的草原太辽阔，以至于导演成为牧马人的第一天，把坐骑跑得口吐白沫也没有看到草原的尽头。

　　喧嚣一天的草原平静了，可他的心实在无法平静。他就那样仰卧在草原上，对着灿烂的星空，闻着青草香味儿想着以后的生活。风吹草低见牛羊曾经是自己追求的理想镜头，现在却变成了现实。他也不知是委屈还是激动，想着想着，过早出现鱼尾纹的眼角居然流出一滴泪水……

　　导演从遥远的城市来，可牧民并没有因此减少对他的热情。他随便进入一个蒙古包，都能喝到新鲜的马奶酒。

　　草原人的粗犷豪放和不加掩饰的性格，像极了这片恢宏博大的草原。至于在草原深处藏着的美丽传说，更是无时无刻不在洗涤他的灵魂。

　　他喜欢草原，喜欢万马奔腾穿越草原的气势，好像一曲爵士乐毫不留情地激荡他的耳膜……

　　马群漫无边际地迎着血红的朝阳在绿色的草浪上滑过，红的白的黄的黑的，所有的马一律昂着头，马蹄声嘶鸣声节奏鲜明，就像数以万计的摄像机在同时按动快门。

他觉得草原的神奇足以让他像凤凰一样涅槃，而和草原相关的每一种记忆符号都足以使他感动。

直到他认识那个少年以后，才知道真正感动他的还是人。

少年叫古达木，也是牧马人，只有十四五岁的年纪。

平时大人们在蒙古包里喝酒的时候，只有古达木在马群四周巡视。

他对导演很好奇，每次看导演的时候，眼睛都像星光一样闪烁，他不明白一个大城市的导演，为啥要到草原来。

导演只好说，他来草原是学习的。

古达木显然不信，他不明白放马和拍电影有啥必然的联系。他觉得导演没说实话，而不说实话的人是不能成为蒙古人朋友的。

导演却觉得古达木就是一匹还没有长大的黑马，他的世界应该是干净的，美好的，任何谎言对他都是亵渎。

古达木对导演的敌意很明显，这从一件事上完全可以看出：导演用偷偷带出的老式相机给很多的牧民都照了相，古达木却拒绝了。

他不能让一个不是朋友的导演给自己照相，可在导演摆弄相机的时候，古达木又瞄着导演偷偷地观察。

也许他们注定会成为朋友，那天，当导演带着几十张照片从城市返回的时候，遇上了狼。他的马已经跑得精疲力竭了，接下来要发生什么谁都知道。可就在这时古达木带着马群忽然冲了过来，救了导演。

事后导演问古达木，既然你不把我当成朋友，为什么还要救我？

古达木说，你虽然不是我朋友，可你还是草原的客人。

导演深深地被这个少年感动了，他真诚地向古达木道歉，并且毫无保留地说明了自己来这里的原因。

古达木一脸纯朴的笑容，终于认下了导演这个朋友。

接下来导演开始教古达木摄影。古达木的镜头感特别强，时间不长便掌握了摄影技术的全部要领。

导演觉得古达木很有艺术天分，在草原上放马未免可惜了，便去说服他的父亲送他到州里上学。

　　古达木的父亲接受了导演的建议，在临别的时候，导演把自己唯一的相机送给了古达木。

　　在古达木读书期间，导演忍着病痛，几乎每个月都去州里看古达木。他喜欢上了这个纯朴而又毫不雕饰的蒙古族男孩，竭尽所能地向他传授摄影技术。

　　古达木感激导演对自己所做的一切。他本来已经读到初中了，这次能重新上学特别高兴，也特别刻苦。

　　他是想用学习成绩报答导演，可等他大学毕业成为导演的时候，导演已经离开了这个世界。

　　按照遗嘱，导演被埋在了草原深处。古达木为了纪念自己的老师，以他为原型自编自导了一部电影。

　　电影上映以后，古达木来到老师的墓地，亲自为老师放映了一场没有观众的露天电影。

回　家

◎吴　雪

　　火车将要靠站，身边的人都离开座位，提着行李，准备下车。
　　她擦了擦玻璃，这个站比较偏僻，站台并不拥挤，她很容易就找到了那个身影。
　　他正抱着双臂来回走动，时而停下跺着脚，哈口热气。地上的冰凌折射出太阳的光芒。
　　她招了下手，他看到她，小跑过来。
　　接过她手里的箱子，他讷讷地问，火车上人多不？
　　还好。
　　怎么这么晚才到？
　　晚点了。
　　哦。他提着行李不再说话。
　　她瞥了他一眼，真傻，三九天的早晨在外面站了这么久。
　　空气里的味道开始熟悉起来。
　　久违的街头，小贩吆喝声中夹杂着远处闷雷一样的鞭炮声。
　　母亲和这个男人结婚那年，她离开家乡，一下就过去好几年了。那天，她对母亲吼道，有他没我。男人看着母亲满脸泪水，悄悄地投进纷飞的大雪里，母亲抬手甩了她一巴掌……

到家了。他指着屋子。

我知道。

她有些赌气地跑上去敲门。

他像个犯错的小孩，唯唯诺诺地跟在后面。

来了来了。母亲满面笑容地出现在门口。

母亲没变，还是那么美。

她捧着母亲的脸，哭了，又笑了。

他立在门口搓着手，风吹落屋檐上的雪飘了进来。

进来，门口冷。她说。

附

2021年辽宁小说扫描

◎张维阳

2021年是中国共产党建党一百周年，百年来中国共产党带领中国人民走出历史的泥淖，历经艰难险阻，饱经雨雪风霜，迈向光明的前途，让中华民族重获新生，让中国再次步入辉煌。在这重要的历史节点，辽宁的作家们以丰富的创作庆祝和纪念这重要的时刻，或以文学的方式深入历史，重温国家民族筚路蓝缕的艰辛历程，揭示安宁祥和生活的来之不易，或注目现实，表现社会细部的具体生活和丰富多样的人生百态，表现当下国人的生活状态和精神处境，通过对现实的书写和表现，表达对社会民生的关切与眷注。

关于历史叙事，首先要谈到老藤的长篇小说《铜行里》。小说中，老藤以铜匠行业为切口，以沈阳城为样本，借一个行业和一个城市的变革历程，展示近代以来中国的沧桑巨变。《铜行里》讲述的是铜匠们的传奇，沈阳城的往事，也是中国现代化的故事。"铜行里"是沈阳城里一条胡同的名字，皇太极登基后，把城内制作铜器的店铺集中，形成了一条"铜行胡同"，市民称之为"铜行里"。清末民初，这里规模大的铜器店有十几家，小说着重讲述了石家的"富发诚"、令狐家的"永昌号"以及唐家的"永和兴"的故事。铜行里的铜匠们钻研技艺，大多专注于铸铜的某一领域，有人铸铜钟，有人做铜烟袋，有人做铜的昆虫，在各自的细分领域精益求精，久而久之形成绝活儿，代代相承。铜匠们不仅技艺精湛，而且重情重义。伪满时期，唐家遭难，唐家的女儿唐婉秋被卖到妓院，为了营救唐婉秋，石家和令狐两家倾其所有，凑齐赎金，让唐婉秋脱离苦海，救人后，施救者不图回报，义字当头。铜匠们不仅讲朋友情义，更讲家国大义，在"富发诚"，每一代铜匠都有心中所愿，第一代铜匠石嘉文想打造一个巨大的铜火锅——奉天第一锅，第二代铜匠石国卿想打造铜的大政殿，第三代石匠想打造国家纪念馆的巨幅铜雕，这些作品是其技艺的标的，个人的丰碑，同时也体现出铜匠们对于国家的关心与祝愿，在不同的历史时期，他们希望国人可以丰衣足食，国家可以安定团结，政治可以清正廉明，这些铜匠不仅钻研手艺，也关心国家民族的命运和前途。日本发动太平洋战争后，物资供给不足，收集民间金属，铜行里的生意不能做了，闲下来的铜匠们拉车，替公差去收老百姓家里的铜铁，他们表面上迎合侵略者，为其做事，暗地里藏匿收上来的作为战争稀缺物资的黄铜，只上交一些烂铁，让侵略者的计划落空。事情败露后，参与此事的十八个铜匠没有一人出卖同伴，后来一并被送去煤场挖煤，死于万人坑中，他们为朋友而死，为兄弟而死，也为国家民族而死，正所谓"铜匠多壮士，义薄冲云天"。铜行里的铜匠们在战争时期守住了底线，为民族的解放事业投入了力量，在新中国成立后，又为祖国的建设做了贡献。为了支援三线建设，铜行里的很多铜匠去了南方，用他们的手艺帮助南方的工厂发展。留下来的人多数进了铜器厂，充实了工厂的力量。《铜行里》记录了沈阳城铜行胡同的历史，书写了铜匠们的传奇，表现了近代以来国家的命运，是东北历史叙事的重要收获。

  如果说老藤的《铜行里》讲述了东北现代以来的曲折经历，那么他的《北地》则讲述了四十多年来东北建设的艰辛历程。小说中，风烛残年的常克勋是个退休的官员，是小说不在场的主角，子一辈重履他工作和奋斗的足迹，去广袤的东北城乡实地勘探他的人生现场，发掘那些让他牵挂的往事，将他奋斗的一生、奉献的一生呈现出来。他履职于白山黑水的各个县区，每到一地都要根据当地的实际，为当地谋发展，找出路，组织种植经济作物，保护自然生态，抗疫防病，侦办冤案，处理群体性事件，领导社员包产到户，兴办厂矿企业，组织国有企业改革……他根据地方和时代的需要，为当地的管理与建设投入全部的精力，展现了东北建设者的智慧与勤奋。当然，小说不仅讲述了主人公的功绩和成就，也有很多的失误和遗憾，时代的拘囿、认知的局限以及条件的限制，造成了很多发展道路上的曲折和改革的代价，也给他的人生带来了诸多的遗憾。对这些遗憾的书写使小说体现出坦诚的风格与自省的意识，在这些部分的映衬下，建设者的功绩更加真实而立体。小说中，作者将三十个地名设为三十个章节的题目，是主人公奋斗的历程，人生的地图，也是三十幅北国风光的画卷，三十个建设者贡献的丰碑。

关于历史叙事的作品，王野的中篇小说《白狼水》也是值得注意的文本，小说书写了日据时期辽西百姓的日常生活，其中对婚丧嫁娶和风俗礼节的书写给人留下了深刻的印象。小说中，面对侵略者的残暴统治，辽西百姓在屈辱中艰难地生存，他们的生活虽然苦难重重，但他们就像大凌河一样生生不息，历经艰难险阻，压迫迫害，终于迎来自由的春天。

工业题材方面，不得不提到李铁的小说。和老藤一样，李铁也有着鲜明的历史感和地域意识，注目于东北的发展历程和历史变迁，他的长篇小说《锦绣》通过对锦绣金属冶炼厂命运的书写，表现了新中国成立以来东北工业发展的历史过程。小说表现了工厂的建设与投产、规章制度的创建、生产目标的确立、技术路线的选择、股份制改革等新中国成立以来各个时期的任务与使命、机遇与挑战，写出了国有工厂的辉煌、困惑、疼痛和新生。小说着重书写了两代工人的理想与奋斗、经历与遭遇，在表现大国工匠精神与使命传承的同时,也表现了他们具体的工作与生活;既表现了计划经济时代工人对社会主义建设的巨大热情,也表现了由于企业管理制度的不完善,工人所表现出的草率与莽撞;写出了国企改革过程中工人的困难和无奈,也写出了下岗工人自主创业拥抱新生活的可能。在这个意义上,《锦绣》是新中国成立以来东北工厂的发展史,也是东北工人的心灵史。

李铁的作品,除了《锦绣》,中篇小说《手工》也值得关注。小说书写了工厂中高级钳工的故事,荆吉和西门亮是师兄弟,当年在红星机械厂的钳工中出类拔萃,两人都手艺了得,技艺精湛,互相不服,争做厂里唯一的"大把"。在万人瞩目的市里举办的技术大赛中,西门亮凭借与师傅女儿的特殊关系,以微弱优势取得了胜利。钳工间的比赛虽有输赢,但当时工厂对工人手艺的倚仗,以及人们对手艺的关注,使他们都成为那个时代的骄子,受到人们的尊重和敬仰。不久之后,数控机床的引入让钳工的地位不再,工厂不再需要手艺了,就连手艺超群的荆吉也面临被淘汰的处境。荆吉不屑于向命运低头,他一次又一次地向机器发起挑战,像堂吉诃德一样,屡败屡战,最终也难逃被时代淘汰的命运。西门亮凭借自己的手艺去南方闯荡世界,但毕竟用武之地有限,也没有取得想象中的收获,后来成了一名主播,在直播平台上展示自己的手艺,他的手艺失去了实际的功能,成了供人参观的标本,他虽然赢了荆吉,但是输给了时代。《手工》写出了技术工人当年的辉煌,也表现了他们被时代淘汰后的迷茫和凄凉。

潘一掷的长篇小说《子弟》从"工二代"的视角表现了中国三线建设的历史变迁,小说书写了三线工厂辉煌的过往、转型的尝试以及落幕的遗憾,记录了三线工厂的历史遭遇。更重要的是,小说书写了工厂中众多工人及其子弟具体的人生经历,书写了普通个体在变革时代的命运。小说中,西铁城厂的孩子们在厂区经历了热闹浪漫的青春岁月,也经历了改革后疼痛与荒凉的艰难时光,他们中的一些人奋力拼搏，走出厂区，在外面的世界博得精彩的未来，更多的孩子无力出走，随凋零的工厂一起，在困惑与迷惘中寻找希望。这是一首旧日的恋曲，也是一首青春的挽歌。

王开的中篇小说《东方欲晓》也是这一年值得被记录的工业题材作品。小说书写了面对西方的技术革新，东北国有工厂上下一心，积极赶超的故事。小说中，西方先进的技术不仅意味着对市场的争夺和占领，更是对我们的国家安全构成了威胁，面对这样的挑战，东方厂的领导和工人们没有胆怯和退缩，面对重重困难和阻力，他们鼓足干劲，群策群力，凭借超乎常人的耐力与意志，最终攻克了技术难关，打破西方的技术封锁，为国防力量提供了有力的技术支持。这部小说让我们看到，东北国有大厂对于国家的意义，不在于创造了多少利润，或者占有了多少市场份额，而在于对国家和人民的安全提供可靠的保障。这里需要指出的是，这部小说不是简单的东北工厂的赞歌，其中提到的因南北收入的巨大差距所导致的北方工厂人才流失的问题，以及中国的工业严重依赖进口设备的问题，使作品具有强烈的现实性和批判性，读过小说，使读者在骄傲于祖国工业成就的同时，也对中国工业面临的现实问题进行思考和反思。

此外，安勇的中篇小说《一九六四年的逃离》也书写了工人的故事。小说中，作为技术工人的三叔有过辉煌的过往，他是行业比武的第一名，能耐大，被工厂的领导重视，分了房子，生活上一度春风得意。但时代的变化让他猝不及防，下岗后他的生活不再安定，朝不保夕，妻子弃他而去，他在孤独和愤懑中将儿子拉扯大，最后死于一场大火。通过这样的描写，作者表达了对时代巨变的唏嘘，和对作为工人的三叔命运的惋惜。

这一年，关注当下精神状况和社会问题的作品不容忽视，辽宁的作家们本着对社会和时代负责任的态度，拒绝回避和掩盖矛盾，秉笔直书。黑铁的中篇小说《无所依》关注的是功利主义导致的工匠精神丧失的问题。小说中，张天明是杂志的小编务，审过的稿子需要找退休的老编辑李老师把关。李老师严谨的作风和精益求精的工作态度给张天明很大的触动，作为一个编辑，他具有广博的知识储备和对知识的渴望与敬畏，他严谨而博学，俨然是一个学者，曾因为编辑的水准不够而对作品进行了重新翻译，张天明对其非常敬佩。然而李老师专业的水准和严谨的作风并没有得到同事们的尊重甚至是认同，大家都认为行业已然如此，编辑做得再认真也赚不到钱，反而会给大家带来不必要的麻烦，在这个暮气沉沉的行业中，在行将就木的杂志社里，编辑们都在忙着网购追剧，或者兼职写剧本，被功利主义者所同化，身陷消费、逐利和娱乐的旋涡，对工作不再热爱，对知识不再敬畏。

面对功利主义，有人顺应或者迷惘，但也有人遵照良知的指引，不顾利益的诱惑和暴力的威胁，坚守内心的纯良，与之对抗。在伊尔根的中篇小说《桃花岛》中，我们看到了这样的人物形象。小说中，桃花岛是海河公园水面上的小岛，之前是一片荒地，经过老黄头数年的照料与经营，小岛植被繁茂，郁郁葱葱，水鸟成群，成了一片世外桃源。商人们看到了小岛的价值，想对小岛进行商业开发，政府从繁荣经济的角度支持商人们的动议，但老黄头坚决不肯，他坚持要在这个城市为这些水鸟留下一个能落脚的沙洲滩头。他不为利益所动，也不惧暴力威胁，勇敢而执着地守卫着小岛。他在岛上种桃子，免费给市民品尝，想让这一片绿洲惠及所有市民，而不是某些商人牟利的工具。他像一块礁石，坚定地镶嵌在桃花岛上，为城市捍卫这一片珍贵的绿洲。

张鲁镭的短篇小说《笑春风》关注的是功利主义和消费主义对纯真情谊的冲击和侵蚀。小说中，昔日的学霸小夏多年后遇到了同学肖林，上学时肖林的成绩虽不如小夏，但由于她嫁了一个开培训班的老公，当下的生活水平比小夏高出很多，这让小夏心有不甘。肖林热情地邀请小夏为其老公的培训班招生，以增加收入，小夏感动于肖林的同学情义。肖林告知小夏，昔日的同学付强当上了局长,张罗同学聚会,肖林与小夏相约共同参加。小夏为了聚会积极筹备,又是美容又是买衣服,生怕在同学面前显得落魄难堪。小夏以为同学聚会是单纯的同学情谊的联络,实则不然,付强在上学时对小夏心存好感,张罗这次聚会可能是别有所图,而肖林让小夏参加聚会,是因为付强主管培训机构营业执照的审批,她希望可以利用付强对小夏的情感,为自己老公的培训机构申办营业执照,同学的情谊不再纯粹,背后是赤裸裸的利益交易。她的另一篇短篇小说《桉树下》揭开了一些所谓成功人士优渥生活的面纱,暴露了他们的功利与虚伪。小说中,秀儿在昆士兰大学读书,为了让她出国,家里把房子都卖了,她在国外过得并不宽裕,给富裕人家当保姆,却向朋友谎称自己是成功人士的私人助理,虚构一个富裕优越的处境。

孙春平多年来一如既往地关注社会现实,习惯用文学的方式揭露社会上诸多的不平事,他的短篇小说《子夜的爆竹》关注了基层权力滥用的问题。小说中,大山深处的农村大沟大壑,土地不平整,难以展开大规模农业生产,所以农产品产量上不来,农民普遍贫穷。为了解决这样的问题,国家将这里设为种子生产基地,希望通过这种方式让这里的农民脱贫。但种子站的站长刘凤林中饱私囊,卖给农民不达标的种子,让农民遭受了巨大的损失。农民找乡长处理此事,不想乡长和刘凤林有亲属关系,大事化小,形式上处理了他,实际上却包庇了他。孙春平并没有停留在暴露问题的层面上,他进一步写了村民的抗争,这正是这篇小说精彩的部分。遭受损失的农民无力通过正常的程序继续追究刘凤林的责任,但也确实真切地感受到了乡长对他的包庇,于是农民们用一种特殊的方式惩罚了他。他们聚集在葛彩云家,看她跳大神,捉黑猩猩怪,继而根据她的指引,追打所谓的黑猩猩怪。他们追到了一户人家,以捉黑猩猩怪的理由把他的家里砸烂了,被砸的正是种子站站长刘凤林的家。村民们以这种方式,对贪腐的基层官员予以惩罚,以闹剧的方式惩恶扬善。小说虽然以喜剧的形式展开,但已然给我们留下了问题,如果基层的权力得到更好的约束和监督,如果群众申冤的路径更加值得信赖,那他们的利益就能得到更好的保障,也就不需要以闹剧的方式进行报复了。

陈昌平同样是对于社会现实具有强烈介入意识的作家,他的短篇小说《血涡》,触及当代商业社会中契约和良知的问题。小说中,工头儿刘有源意外身亡,地产老板张军为了应对刘家人对自己狮子大开口,伪造了一张刘有源的借条,内容是刘有源欠他五万块钱,并在朋友老秃的帮助下,去太平间,在借条上印了刘有源的手印。刘家并没有看出破绽,张军以为事情到此为止,一度良心发现,用提拔刘有源儿子的方式弥补自己的过错。但不久后,老秃如法炮制,也伪造了一张刘有源的欠条,借条上同样有死者的手印。这让刘有源的孩子刘博产生了怀疑,展开了深入的调查,并四处举报。张军胆战心惊,生怕牵扯到自己。老秃的意外离世让张军松了一口气,但派出所所长发来的让其配合调查的信息,又预示了东窗事发的可能。商业社会中,最重视的就是契约和信誉,遵守契约是经商的底线、商人的操守,对契约的无视意味着信誉的丧失,这是商人巨大的危机,甚至意味着经商道路的终结。张军为了减少损失,伪造欠条,是对商业社会底线的挑战,一旦发现有败露的风险,便惶惶不可终日,他将面对的,是法律的严惩、同行的惩戒以及内心的审判。

宋长江的中篇小说《认识那个叫荷儿的》关注当下社会中年男性的情感困惑,表现了经济条件的改善和生活水平的优渥让一部分中年男人摆脱了生活的负累,面对生活的平淡,心生空虚,渴望激情与刺激,一些图谋不轨的人借机乘虚而入,用毒品与情色诱惑他们,最终让其脱离正常生活的轨道,堕入深渊。作者在抨击这些阴险歹毒的恶人的同时,也对部分人丰衣足食后表现出的心灵空虚,失去生活方向的状态敲响了警钟。

陈萨日娜的短篇小说《碳水》关注当下社会青年女性的身材焦

虑和婚姻焦虑。主人公为了减肥，不吃碳水，身体对食物强烈的渴望让她难以忍受，坚持不住节食，她就大快朵颐，之后强行催吐，用这样的方式控制自己的体重。女主人公的这种身材焦虑来源于其对婚姻的焦虑，男性对女性的身材有着苛刻的要求，于是女性用这种自我摧残的方式迎合男性的审美，不得不说是当代女性的悲哀。

还有一些作品具有独特的艺术个性，难以被归类，一样值得被记录。邓刚的中篇小说《潜进阿木尔湾》续写"海碰子"的传奇，小说讲述20世纪90年代初主人公去俄罗斯当"海碰子"的一段经历。通过主人公与俄罗斯渔民的"过招"，以及中国援建工人与俄罗斯姑娘的恋爱，表现了中俄两国人民的友谊，以及中俄两国文化的差异。曾剑的中篇小说《慈悲引》书写了六弟出家的经历，讲述了一个僧侣的人生传奇。六弟的出家和家庭多子女、不堪重负有关。六弟年幼时，与外乡的捕甲鱼者"河口王"投缘，母亲就让六弟跟他去学手艺，给他当养子，几年后，"河口王"的老婆生了孩子，容不得六弟，他只得返乡。他想去当兵，但村里并没有给他名额，他离乡而去，出家为僧。机缘巧合，他年纪轻轻就当上了寺院的住持，从此一心传经布道，扩建寺庙。他没有得到家庭的庇佑和温暖，却要为人们提供一方栖息灵魂的净土。他有一颗佛心，为了不伤及对面三轮车上的孩子，自己驾车急转方向，发生车祸，遍体鳞伤；为了消除人们对盗窃庙产女人的怨恨，他徒步远赴名山道场，为其请罪，代其受过；他还领养弃婴，关怀备至。曾剑塑造了一个慈悲僧人的形象，家庭关爱的缺失让他强烈地感受到爱的珍贵，他曾因此愤懑伤感，但终究没有困囿于怨念。他化身爱的使者，传播爱的种子，让世界因他的存在而多了许多温暖。老藤的《祛魅者》讲述了一个东北"明白人"的故事。小说中，老王是人们心中的明白人，他知识丰富，逻辑缜密，处事圆融老到，对事物的认知和判断令人信服，对事情的处理令人满意。他个人的发展也非常成功，先后从文、从政和从商，都取得了令人瞩目的成绩，作为来自乡土世界的精英，在城市书写了一段个人的传奇。马晓丽的短篇小说《午后的细节》书写了发生在炊事班的故事，战友们互相竞争，也互相关爱，有偏执的对荣誉的渴望，也有坚定的理想信念，那是一个单纯而青涩的时代，通篇写满了作者对青春的怀念。班宇的中篇小说《我年轻时的朋友》讨论关于友谊的话题，有些朋友像是亲密的挚友，见面时无话不谈，可以互相袒露内心幽微隐秘的角落，但又好像没那么密切，一别数年，并没有惦记和想念，就好像不曾相识一般。双雪涛的中篇小说《刺客爱人》是一个精巧的装置，将都市白领的隐秘生活和多年前发生在东北的迷案连缀起来，结构成一个惊心动魄的故事。李铭的中篇小说《马艳红》塑造了一个勇敢泼辣、进取要强的东北女性形象。面对父亲的重伤和母亲的出走，马艳红早早地当起了家，挑起了生活的重担，用她的坚毅和隐忍，带领几个妹妹追求幸福的生活。鬼金的短篇小说《荒野诗篇》通过描写摄影师对拍摄东北小城街景的投入和执着，表达了对东北小城日益凋敝的惋惜和隐忧。陈昌平的短篇小说《雪户型》通过一张借据，引出了多年前的一段情伤遗恨。孙炎莉的中篇小说《夜形如白昼》通过书写两段问题婚姻的故事，表现了中年女性对于婚姻的无奈与困惑。曲子清的短篇小说《路过》通过回乡投资者的经历，展现了东北小城的风土人情。薛雪的短篇小说《修补师》塑造了一个技术精湛、善于修补工程缺漏的工人，不仅工程的错漏需要他的修补，工地的人际关系和家中的疑难状况，也需要他的修补。潘洗的短篇小说《要给你灿烂》表现了中年男人对事业和婚姻动荡的无奈。冯璇的短篇小说《水渍》表现了中年女人经历失败婚姻后的重生。苏美霖的短篇小说《终极舞者》描写了舞者对舞蹈偏执的热爱。班宇的短篇小说《缓步》表现了中年离婚男人独自带孩子的辛酸和不易。满城烟火的短篇小说《世界上的远方》表现了父辈和子辈的隔膜。杨家强的短篇小说《古柏芬芳》表现了留守儿童的辛酸与孤寂。于晓威的短篇小说《危险》具有浓厚的先锋意味，表现出主人公紧张敏感焦虑的状态。万胜的《节日》表现了女人在婚姻中的困惑。

本年度的小小说也值得关注，白小川的《寻青》表现了工人之间的兄弟情谊，李朝阳的《贵重礼物》表现了官场上复杂的人事关系，巴音博罗的《椅子》、津子围的《鹊起》以及庞滟的《年关》书写了老年人的寂寞，侯德云的《鲍老》对艰难岁月进行了回望，佟掌柜的《踏实》和庞滟的《去趟彩电塔》写出了平淡婚姻中的幸福。

这一年，辽宁的作家和小说获得了国内的各种奖项，也值得被记录。老藤的《战国红》和孙惠芬的《寻找张展》分别获第一届辽宁省出版政府奖·图书奖；津子围的《十月的土地》获得鲁艺文学大奖·长篇小说奖；老藤的《忧郁的星期天》、班宇的《冬泳》分别获第十九届百花文学奖·中篇小说奖和短篇小说奖；班宇的《山脉》和陈昌平的《教授与狗》分别获得第六届"金短篇"小说奖；鬼金的《柳暗花明》获得2020（第三届）右玉·《黄河》年度文学奖·小说奖；梁豳的《哈布特格与公牛角》获得首届梁晓声青年文学奖·短篇小说奖；津子围的《鹊起》入选中国小说学会2021年度小小说·微型小说排行榜第二名；班宇获第四届茅盾新人奖；胡月、姚宏越、苏笑嫣、刘天伊、满城烟火五位作家获得第十届辽宁文学奖·新锐作家奖。

2021年是值得被铭记的年份，在这一年辽宁的作家们也为读者带来了诸多值得被记住的作品。2022年已经来临，希望辽宁的作家们在新的一年里再接再厉，为读者提供更多的文学精品。

（本文为2019年度辽宁省社会学科规划基金重点项目：当代辽宁城市文学研究L19AZW001；2020年度辽宁教育厅项目：东北城市文学研究WQN202023；以及2021年辽宁省哲学社会科学青年人才培养对象委托课题2022lslwtkt-080 阶段性成果）

图书在版编目（CIP）数据

2022辽宁文学.小说卷/金方主编.—沈阳：春风文艺出版社，2022.7
ISBN 978-7-5313-6284-5

Ⅰ.①2… Ⅱ.①金… Ⅲ.①中篇小说—小说集—中国—当代 ②短篇小说—小说集—中国—当代 Ⅳ.①I217.1

中国版本图书馆CIP数据核字（2022）第131254号

北方联合出版传媒（集团）股份有限公司
春风文艺出版社出版发行
http://www.chunfengwenyi.com
沈阳市和平区十一纬路25号 邮编：110003
沈阳绿洲印刷有限公司印刷

责任编辑：崔 丹		助理编辑：孟芳芳	
责任校对：陈 杰		封面设计：雷 宇 黄 宇	
印制统筹：刘 成		幅面尺寸：155mm×230mm	
字　　数：192千字		印　　张：14	
版　　次：2022年7月第1版		印　　次：2022年7月第1次	
书　　号：ISBN 978-7-5313-6284-5			
定　　价：50.00元			

版权专有 侵权必究 举报电话：024-23284391
如有质量问题，请拨打电话：024-23284384